ホームズ万国博覧会 中国篇

上海のシャーロック・ホームズ

樽本照雄 編・訳

国書刊行会

目次

The
International
Exhibition of
Sherlock Holmes
CHINA

ホームズ万国博覧会　中国篇

上海のシャーロック・ホームズ

上海のシャーロック・ホームズ　最初の事件

冷血 著

（シャーロックは、英国の探偵として有名である。『時務報』誌上で「ワトスン探偵事件」が翻訳されてから、続いて啓明社、文明書局などが「ワトスン探偵事件」を翻訳した。商務印書館も「補ソトスン探偵事件」を翻訳したし、『新民叢報』にもまた「シャーロック復活第一の事件、第二の事件」が掲載されている。どれもシャーロック探偵のことだ。読めばとてもおもしろい。人の知力をおおいに高め、まことに名家の文章である。本作は、遊戯にすぎない。題名を拝借しただけ。以前の作品とは無関係だ。読者は私が下手にまねたのを笑わないでほしい）

シャーロックが上海に到着した翌日の、午前十二時近くになろうとしていた。ちょうど安楽椅子にあおむけになり、口には葉巻をくわえてワトスンと上海の珍事を話しているところに、ふとドアをトントンと叩く音がした。シャーロックは入るように言った。ドアが開くと一人の中国人客がいた。年はたぶん三十一、二歳か。入って挨拶をしおわるとシャーロックは客に座るように言い、来意をたずねた。

その客は次のように言った。

「シャーロック先生のお噂は、かねがねうけたまわっておりました。前にご著書を読みまして、先生が人間捜査にとてもすぐれていること、かすかな手がかりから過去、未来のことを理解されるのを存じております。このたび先生がおいでになったということで、どうしてもお教えいただきたいのです」

シャーロックは何が知りたいのかとたずねた。

「盗賊ですか？　親戚の失踪ですか？　それとも殺人事件ですか？」

中国人客は、いずれも違うと言った。

「他人のことではありません。私が先生にお聞きしたいのは、昨夜から今まで、私が何をしたのかということです。ひとつひとつ指摘できますか？」

シャーロックは中国人客の首から上下を見つめた。

「あなたの両眼を見ると、目ヤニをまだ取っていない。あなたは起きてから、まだ一時間もたっていない。違いますか？」

「そうです！」

「あなたのまぶたはまだくぼんでいない。昨夜、あなたは寝入って目覚めなかった。違いますか？」

「そうです！」

「あなたの右手親指と人差し指は黒く、しかも乾いていない。歯は焼けこげて吐く息がアヘン臭い。あなたは来る前にアヘンを吸っていた。違いますか？」

「そうです！」

「あなたの指には硬い肉がついている。中国式カルタが好きに違いない。あなたは昨夜寝ずに賭けカルタをやっていた。違いますか？」

「そうです！」

「あなたの眉の下、目の上は皮膚が赤く、赤筋が多い。両方の瞳は常にぼんやりしている。あなたは昨夜女性の色香に親しみアヘンを吸った。違いますか？」

「そうです！」

シャーロックが言い終わっても客はなお耳を傾けている。シャーロックはさらにたずねた。

「ぼくがあなたにした質問は、これで全部ですね？」

「全部です！」

「それならぼくの捜査は終わりです。お引き取りください」

中国人客は大笑いした。シャーロックがなぜ笑うかと問うと、客は言うのだった。

「もし当たっていれば、だ！　おれも名探偵になることができる。なんの不思議もないな」

シャーロックがその理由をたずねた。

「ならば、あなたが試しにぼくのことを探ったらどうですか？」

「おれはあんたが人間であることを知っている。違うかな？」

シャーロックは、にやりとして答えた。

「その通り！」

「おれはあんたが中国人ではないことを知っている。違うかな？」

シャーロックは、またにやりとした。

「その通り！」

「あんたには頭、身体、四肢がある。違うかな?」

シャーロックは、答えた。

「その通り!」

「あんたの口はしゃべる、目は見る、耳は聞く、手は動く、足は歩く、食べる、飲む、起きる、寝る、息をする。違うかな?」

シャーロックは、さらに答えた。

「その通り!」

その中国人客は、そこで突然話さなくなった。シャーロックが、なぜ質問しないのかと聞くと、客が言った。

「おれがあんたに質問したことは、全部当たっているのかな?」

「全部その通り!」

「それじゃおれが探ることはこれで終わりだ。これ以上話すことは何もない」

「だめだ! あなたの質問は人間にとって当たり前のことだ。あなたに探ってもらうことでもない」

中国人客は、せせら笑って言った。

「あんたがおれについて言ったことは、おれだけでなく上海人にとっては当たり前のことなんだ。なんであんたに探ってもらう必要があるんだ」

シャーロックは目をぱちくりさせ、どう対応していいのかわからなかった。

中国人客は、いきなり出ていった。

冷血いわく、シャーロック・ホームズの能力をしても上海では窮してしまう。

冷血戯作「（短篇小説）歇洛克来遊上海第一案」
『時報』光緒三十年十一月十二日（一九〇四年一二月一八日）掲載

上海のシャーロック・ホームズ　第二の事件

天笑　著

（以前『時報』を見たとき冷血著「上海のシャーロック・ホームズ　最初の事件」が載っていた。文章は厳格冷酷にして味わい深い。冷血氏は必ず第二の事件を書かれる、と予想した。小説界は歓迎するだろう。切望しているうち現在にいたってしまった。非常に慎重な人だ。そこで小生がぶしつけながらたわむれに続篇を書いた。冷血氏の第三の事件を切望する。それがまた『時報』の読者が望むものでもある）


中国人客が帰ってしまうとシャーロックはワトスンを見て言った。

「上海は支那《チイナア》の文明の中心地だ、とぼくは聞いていたがね。信用ならないあんな連中がいるなんて、まったく嘆かわしいことだ」

ワトスンは言った。

「とはいえ、今や支那は急いで改革を進めているところなんだ。青年志士が、日本へ年に千人以上留学しているよ。上海の夢うつつに一生を送る人でもって、今日の若者をはかることはできないよ」

シャーロックは「はいはい」と言った。

言い終わらぬうちに、玄関の呼び鈴が鳴る音が聞こえ、一人の若者が自信満々で入ってきた。ぴったりした洋服を着て、頭の後ろには黒髪がみだれたまま数寸の長さになっている。金縁眼鏡をかけて、口には葉巻をくわえていた。シャーロックに挨拶をした。

「僕は日本から帰ってきて二ヵ月になろうとしています。シャーロック先生のご高名は、かねがねうかがっています。本日初めてお目にかかることができました」と言いながら、しきりにポケットに手を入れて金時計を探り出して見る。まるで仕事がとても忙しく一分一秒さえもむだに過ごすことができないかのようだ。

シャーロックは丸椅子をぐいとひっぱり暖炉に近づけて言った。

「お掛けなさい」

若者はゆっくりと座る。シャーロックは客に来意をたずねた。

若者が言った。

「シャーロック先生は、名探偵です。僕には、わざわざ推理してもらうような奇怪事件はありません。ただ、最近の僕の行動について、先生の神業をちょっと試してもらえませんか」

シャーロックは「はいはい」と言った。

シャーロックは上から下まで若者を見て言った。

「きみは近ごろとても忙しい。長い時間道を歩いている。違いますか」

「その通りです」

「きみは昨夜は寝るのが特に遅かった。違いますか」

「その通りです」

「きみは最近原稿を書いた。後にそれを破り捨てた。違いますか」

「その通りです」

「きみは今、友達との約束に行かなくてはならない。違いますか」

「その通りです」

「ならば全部、その通りなんだね」

「全部がその通りです」

シャーロックは言った。

「それなら、きみのことを知るのはむつかしくないね。きみたち若者は、祖国に帰ったばかりで、運動しようと焦っているのだろう。ぼくはきみの靴が真新しいのに底がすでに破れているのを見て、きみが長時間道を歩いているに違いないとわかった。きみの袖にはロウソクのロウがたくさんついている。さらにシワも多い。きみが昨夜寝そこなって、今しがたうたた寝したからだ。また、きみの手のひらにはインクのあとがあるね。これは筆跡が乾かないうちに破いたからだ。きみは来たときからしきりにポケットの中の時計を見ている。ならば友達との約束があるに違いない。おそらく遅刻しているのだろう。だからきみのことを知るのは、むつかしくないのだよ。きみは、おそらく祖国の利益のために運動したいのだね」

若者はそれを聞いてにこりとしたが、答えなかった。シャーロックは客に、「何がおかしいのかね」とたずねた。

「先生の捜査は神業だということですが、僕に言わせれば、本当は上海芸者の侍女［主人の芸者より使用人の侍女のほうが客に対する品定めが厳しい、という意］よりも劣っていると、今わかりました。侍女は僕たちをうかがってしつこく探るという点で抜群の素質があるんです。百にひとつもはずすことはありません。あなたのはどこが神業なのか、という間違えっぷりで、彼女たちより劣るというわけですよ」

シャーロックはがっかりして言った。

「どういう意味かね」

若者は言う。

「僕は東京から帰ってきて、世の中はますますどうしようもないと気がつきました。僕はもうがっかりしているんです。僕は美酒と女性の中にだけ生きています。僕が上海に来て二ヵ月になろうとしていますが、昼間は必ず張園《チャングユエン》［静安寺路にある。舞台をそなえた遊園地］へおもむき、夜は必ずぶらつきます。靴が破れているのは気がつきませんでした。そこにあなたは注目されたのですね。僕は、昨夜は寝るのがとても遅かった。それは友人とマージャンをやっていたからです。清一色《チングイーサ》［同じ種類の牌で上がること］で上がってうれしさのあまり跳び上がり、ロウソクが袖に倒れてきた。それであっというまに僕の袖にロウソクのロウが点々とついてしまった。僕の手のひらには確かにインクのあとがあります。いまさっき西洋料理屋の「一品香《イーピンシアング》」に、ある芸者を呼んで酒をすすめようと思ったんで、呼び出し状を書いてから、それを書き直した。乾いていなかったので指が汚れたんでしょう。ここに来たときしきりに時計を見ていたのは、アヘン用のベッドでうつらうつらしてしまい、醒めたときに急いで起きたからです。僕が意中の人とした秘密の約束に遅れるんじゃないかと気が気ではなかっただけです」

若者は言い終わるとさっさと帰っていった。シャーロックは目をぱちくりさせ、ひとことも言うことができなかった。

長い時間がたってから、シャーロックはため息をついて言った。

「ワトスン、ぼくのために記録しておいてくれたまえ。ぼくが上海に来て二度目の失敗だよ」

天笑いわく、淮南《ファイナン》のおいしい橘《たちばな》も淮北《ファイペイ》で育てればトゲのある枳《からたち》になる、つまり元が善人でも環境次第で悪人になるということ。シャーロックは上海にやって来たが、芸者の侍女にもおよばない。不思議、不思議。

（包）天笑「（短篇）歇洛克初到上海第二案」
『時報』光緒三十一年正月初九日（一九〇五年二月一二日）掲載

深く浅い事件

ワトスン 著・鴛水不因人 訳

ワトスンが言う。昨年の秋だった。風雨が窓を叩き、まるまる十日間も止まなかった。私は、往診のために家を出る以外は、終日窓に向かってきちんと座っていた。何もすることがなく、まったくうんざりしていた。

ある日、空が明るくなり、わずかな寒さが枕を襲ってきたため、とたんに夢から醒めてしまった。服をはおり、家を出た。すると風雨はともに止み、晴れた光がいきいきと人に降りかかっている。心はとても愉快だった。朝の散歩から帰ると、時刻はすでに九時三十分だった。

部屋に入って見れば、ホームズがちょうど朝食をとっている。朝刊が一束、テーブルのそばに置いてあった。

ホームズは私を見て言った。

「ワトスン、ずいぶん早起きだね。外へ行って来たのかい」

私は不思議に思って言った。

「風と雨が続いたからね。気分がふさいでしょうがなかった。野外をのんびり歩いたら、もやもや気分は一掃されたよ。だが、君はどうしてそれを知っているんだい」

「きみを見ると、顔つきがゆったりとしている。すがすがしい気分でぼくを見た。きっと広い場所でぶらついて、とても新鮮な空気を吸ったに違いない。そう思ったんだ。それに、帽子がぼくに告げているよ」

私は帽子を取って、それを見た。かすかに湿ったあとがあるようだ。たぶん、私が出かけるのがとても早かったため、木の枝から露が落ちてきて、乾いていなかったのだろう。帽子についたまま、まだ湿っていた。

ホームズはさらに言った。

「東の郊外を散歩するのは、ぼくも好きなんだ。きみは出かけるとき、なぜぼくに言ってくれなかったんだ」

私はいぶかって言った。

「確かに東の郊外を散歩したけれど、どうしてわかったんだい」

ホームズは言った。

「きみの口が、みずからぼくに語ったよ」

私は、ますます不審に思い、勢いよく言った。

「私は、部屋に入ってから、一言も口をきいていない。それなのに君はなぜ私が自分から告げたと言うのかね。私をなんでそんなにからかうんだ」

彼は、少しじらして言った。

「いらいらしないでくれたまえ。およそ人は、心の中で注目していることは、口で言うものなんだ。

往々にして口と頬のあいだから流れ出る。おまけに自分では気がつかない」

私は弁解して言った。

「とにかく、私は今日まだ何も言っていないよ」

ホームズが言った。

「そうだ。きみは、今日はもちろんしゃべっていない。以前の夕方のことを覚えていないか。きみは、庭の菊を指さして言った。風と雨の一夜をへて、この菊は咲いた。きっと東の郊外では菊が満開に違いない、と。きみは、その言葉を覚えていないかな」

私は、しばらく言葉が出てこなかった。その判断が神業であることに心服したからだ。ほかのことを質問しようとしたとき、ホームズはふと言った。

「待て。あれは何の音だろう」

すると呼び鈴がチリンと鳴るのが聞こえた。ドアが開き、靴音がコツコツと鳴って、すぐに客が階段から上がってきた。

来客は二人だった。前の方にいた者は、長身ですらりとし、顔は色白、目は灰緑色だった。高い鼻には、金縁眼鏡をかけている。眼球が上下にぐるぐる回り、きらきらと光って人を射ており、眼鏡の外に流れ出ているようだ。左足がいささか短いようで、急いで歩くと、わずかに足を引きずるが、ゆっくり歩けば気がつかない。衣服は褐色でラシャだ。靴、帽子は光り輝いている。

後ろの一人は、身体が少し小さく、顔は色白で、眼球は深い黒色でまるで漆だった。軽快に動き、みめ麗しい。衣服は灰色でラシャだ。眉をひそめ目を伏せ、涙があふれて、まつげを伝わっている。大きな憂いがあるようだ。

部屋に入ってきて、前にいた者が質問した。

「どなたが、ミスタ・ホームズですか」

私の友が立ちあがって言った。

「ぼくです」

また私を指さして言った。

「こちらはどなたですか」

ホームズが言った。

「ぼくの友人ワトスン医師です」

ホームズはタバコの箱を客に渡し、椅子を指さして言った。

「お座りください。タバコをどうぞ。あなた方は、とても遠くからいらしたんですね」

「ライフォート村から来ました」

ホームズが言った。

「ロンドンの南ですね」

言いながら、何か気にかかっているように、視線を二人の客に注いでいる。また、前を歩いていた者に向かって言った。

「あなたは、昨夜眠れなかったようですね。今朝も早く出発したに違いない。ここに着いたのが十時だった。ですから、あなたの住まいは、近くないとわかったのですよ」

客はそれを聞いて、不安になったらしく、とても驚きいぶかって言った。

「そうです。どうしてわかったのですか。私は、昨日、ある光陽子について研究していまして、終わらずに夜になってしまった。ついに東が明るくなったのも気がつかなかったのですよ。今朝は、早く出発し、先に私の友人の家に行き、それから馬車を寄せてあなたのところへ参上したというわけです」

「ぼくが見たところ、あなたの精神は健全で慎み深く自負が強そうだ。しかし、部屋に入って座ると、目の光がだんだんと弱くなった。倦怠の表情があるように思ったのです。それであなたは昨夜は寝ていない、しかも今朝の出発はきっとかなり早かったのだと考えました」

客は、うなだれて何か考えているようだった。

ホームズは、さらに言った。

「あなたがぼくを訪ねてきたのは、たぶんあなたの友人のことでしょう」

客は、突然、座っていても落ち着かない様子で言った。

「ホームズさん、あなたはまるで神のようですね。私たちのことを、全部知っているのですか」

ホームズは、にこりとして言った。

「いえ、いえ。とてもわかりやすいのです。あなたのご友人の顔を試しに見ると、顔色が白っぽく、憂鬱のかたまりのようだ。必ずやとても重大な事情があるはず。しかし、あなたとなると、自由自在に変化し、その違いがはなはだしく、似ても似つかない。はたから見ると、とてもはっきりしている。意識しないでもわかるのです」

言葉がまだ終わっていないのに、後から入ってきた人が、にわかに叫んだ。

「ミスタ・ホームズ、私は前からあなたのお名前を耳にしていました。それから、あなたの友人ワトスンさんのお名前もね。今、あなたの説明を聞いて、初めて知りましたよ。私が前から聞かされていたことは、あなたの能力の全部ではなかったのですね。私は、どんなに事情が風変わりであっても、重要な事件は、どれでもあなたが着手して調べて解決しないものはない、と聞かされていたのです」

「それは少し違います。ぼくが調べて解決しなかったものは、あるいはあるでしょう。ただ、あなたがご存じないだけですよ」

「しかし、調べて捕まえた者は、必ずや多数を占めるのでしょう」

「とても幸いなことです。神がぼくを助けてくれる」

「私の今度の事件も、その多数の中に入れてほしいものです」

ホームズがまだ答えないうちに、後から入ってきた客が続けて言った。

「ふふ、ミスタ・ホームズ、私は今、突然とても困難で重要な事件に直面しているのです。あの警察は、何もできません。昨晩から今まで、手がかりがまったくないのです。そこで、あなたのところへ参上しました。私を助けると言ってください」

「難しくはありません。試しにあなたの事情を詳しく説明してください」

客は、テーブルの上の新聞紙を指さして言った。

「朝刊を読めば、詳細がおわかりになるでしょう」

「だいたい知っています。ライフォート村の殺人事件ではありませんか」

「そうです。ご存じでしたか」

「新聞には簡単なことしか載っていません、おそらくは遺漏があるでしょう。その中の肝要な鍵となる部分を、ひとつひとつ説明してください。そうして欠落を補うのです」

そうして私を見て言った。

「ワトスン、この新聞をちょっと調べて読んでくれたまえ」

「わかった」

新聞を取り上げて調べると、ひとつ出てきた。その見出しは、ライフォート村タムスン（名）・バート（姓）医師謀殺事件である。読み上げたのが次のような内容だ。

ライフォート村のタムスン・バート医師は、医者となって一年でありおだやかな性格で、以前から恨みをかうことはなかった。彼を知る人はすべて、彼が善人であると言っている。その医院では、タイヤーという下男が一名、タイヤーの妻である下女が一名いる。タイヤーは医院の用事を取り仕切り、その妻は、衣服の洗濯および清掃の雑事をしていた。タイヤーは用事でロンドンへ土曜日に出かけて、月曜日にやっと帰ってきたと証言している。日曜日の朝食後、バート氏は外出した。タイヤーの妻は、ふだんからめまいに悩まされていた。午後、突然めまいを起こし、二階で休んでいた。もうろうとする中、ふと階下から叫ぶ声が聞こえた。ひどく驚いて目を覚まし、再度聞き耳を立てたが、すでに静かになっていた。夢の中で聞き誤ったものか、と初めは疑った。二階へあがるとき、部屋には鍵をかけていなかったとふと思い出し、無理に起きて階下に降りた。するとドアはすでに大きく開かれており、部屋に入って見ると、いつ帰ったのか不明のバート氏が床に倒れていた。顔を下にして、身体中血だらけで、血はまだあふれ滴っていた。バート氏を撫でるとすでに絶命していた。タイヤーの妻はとても驚き、狂ったように飛び出すと、警察を呼んだ。死体の傷跡を入念に調べると、ナイフは首に刺され気管を切り裂いていて即死だった。タイヤーの妻が、再び彼の叫び声を聞かなかったのはこのためである。犯人は、玄関から入ってきて、犯行後は窓から出た。窓の外は泥地であり、足跡が二ヵ所に残っていた。これが、日曜日午後四時五分のことである。

以下は主筆の短評である。この事件は不思議である。曖昧で、手がかりがない。犯人はすでに逃亡している。しかし、私の聞くところによると、著名な警察長カールスンがすでに検証におもむいた。カールスンは、才能知識があり聡明でもあり、長く探偵を務めている。犯人が狡猾であるとはいえ、捕獲するのはむつかしくないと思われる。

読み終わると、ホームズは目を見開いて、両手を握り背伸びをして言った。

「なるほど、なるほど」

何かを言おうとしたところで、客が突然椅子からはね起きて言った。

「ふふ、ワトスンさん、大間違いです、大間違い。読まれた新聞は、昨晩の情況です。事実は違うのです。今晩の新聞では、きっと訂正されると思います」

私は驚いて言った。

「まさか、今日の情況が変わったと言うのではないでしょうね」

「いえ、別に理由があるのです」

ホームズが言った。

「あなたは、どなたですか。死者とあなたはどんな関係ですか。あなたが連れてきたこの客は、どういった人なんです。ぼくに教えてください。その後に、この事件の原因を詳しく説明してください」

「私が、ライフォート村の医師タムスン・バートです」

私は、その言葉を突然聞いたものだから、混乱し、なんと言っていいのかわからなかった。

ホームズは、両眼で直視すると言った。

「奇妙なことをおっしゃいますね。それなら、死者は誰ですか。とても興味深い。早く教えてくれませんか」

バートは、恨みと悲しみで声がかすれ、息をつまらせて話すことができなかった。前を歩いていた男が、椅子を押して立って言った。

「ホームズさん、唐突な発言をお許しください。私がかわって説明しましょう。私は、ハミルトン（名）・ホーガン（姓）です。バート君とは幼い頃から同級生で、私たち二人は、これ以上ないくらい親密なのです。私は、ライフォート村の南に住んでいます。バート君の家から一マイルも離れてはいません。今朝、バート君のことを突然聞いて、驚くあまり気絶しそうになりました。急いで駆けつけてみますと、ちょうどバート君が帰ってきたところでした。そこで亡くなったのは、バート君の兄ボルボレイ（名）・バート氏（姓）であることを初めて知ったわけです。バート兄弟は、普段からとても仲がよく、その兄がにわかに不幸な目にあったのを目にして、バート君は痛恨のきわみで気絶してしまいました。意識を取り戻してから、兄のため必ず復讐をすると誓ったのです。警察は頼りにできないと見て取り、そこでロンドンに来て、あなたのところに参上し助けを求めたわけです。私が見るところ、彼はようやく意識を取り戻した身体です。恨みが強く、精神衛生上の障害をまねくのではないかと心配し、それで一緒にうかがいました」

ホームズが言った。

「死者がバート君の兄であるというなら、当時、みんなは、なぜそれがわからなかったのでしょうか。タイヤーの妻でさえも、判別ができなかったのですか」

バートが言った。

「私たち兄弟は、双子なのです。容貌がとても似ています。ただ、兄は私より背が数インチばかり高かった。衣服もほとんど同じです。よその人がにわかに判別できるものではありません。それに、私の兄はロンドンに住んでいました。普段は外出しないのです。化学実験をするのが好きで、それを自分の楽しみとしていました。私は、ライフォート村に住むようになってから、しょっちゅう交流していたわけでもありません。また、そのとき血痕のためにはっきりせず、タイヤーの妻でも、判別はできませんでした」

ホームズが言った。

「それならば、あなたは昨日の朝、何時にどこへ出かけましたか。その夜はなぜ帰らなかったのですか」

「あの朝、私は兄に会いたくなり、十時に列車でロンドンに来ました。兄のところへ行ったのですが、すでに外出していました。兄は午後に仕事を終わったあとで、私に会いに行ったのかもしれません。座って待ちましたが長いあいだ帰ってこないのです。そこで街をぶらついて、夜は兄のところに泊まりました。兄は、それでも帰って来なかった。しかたなく今朝早く村に帰りました。ひどいことです。私の兄は、私に会っても私と話をすることがもうできない」

ホームズが言った。

「あなたのお兄さんに恨みをもつ人がいましたか」

「いませんでした。門を閉ざし交際することが少なかったのです。人に恨まれることはありません。まさかこんなことになろうとは」

「あの村の人で、あなたのお兄さんを知っている者はいますか」

「よくわかりません。行くのはいつも私の方からです。兄が私に会いにくることはまれでした。もしも見た人がいたとしても、覚えていないでしょう」

「あなたが、今朝帰って、ほかに何か形跡を見ませんでしたか」

「新聞が言うように、雨のあとで泥土が濡れていまして、足跡が二ヵ所に残っていました。ひとつは、窓の外の泥地の上です。そこはとても広い場所で、前は短い草、あたり一面に草木が生い茂っています。さらに西南に向かって、およそ二十五ヤード行くと、その草がまばらになるところがあるのですが、そこにも足跡がひとつありました。同じ人間が踏んだものです。もっと行けば草地で大通りに面しています。そこには形跡はありませんでした」

「室内のそれぞれの物の位置に、変化はありませんでしたか。なくなった物はないですか」

「たずねていただかなかったら、忘れるところでした。机の二番目の引き出しにあった銀兌《ぎんだ》換券《かんけん》、五十ポンドがありません。私が今朝帰って、調べて初めてわかりました。昨晩は、気がつきませんでした。そのほかの物は、いつも通りで、変化はありません」

「その銀兌換券について、タイヤーと彼の妻は知っていますか」

「あれは土曜日でした。私が、財産家の診察をして新しく得た謝礼です。タイヤーが私に渡してくれました。私は、そのまま引き出しの中に置いたのです。彼の妻は知らないでしょう。私は、あの日あの部屋から離れていません。タイヤーは、用事で休みをとってロンドンへ行きました」

「タイヤーの人となりは、どうですか。彼がロンドンへ行ったのは、結局は何の用事だったのですか。彼は、月曜日に帰ってきたと言いましたが、今はもう帰ってきていますか」

「今朝、すでに帰ってきています。タイヤーは、性格が少し荒っぽいとはいえ、とても忠実です。私の家に住んで、すでに八年になります。彼がロンドンへ行ったのは、親戚の財産のためです。行って処理をするように言われたのです」

ホームズは、しばらくは何もしゃべらなかったが、ふとまた質問した。

「ならば、あなたが疑っている者がいるのではありませんか。面倒くさがらずに、すべてを私に話してください。言い残しはなしでね」

バートは言った。

「奇妙なご質問ですね。あの警察長カールスンも、そう言って私に詰め寄りました」

「それは、警察がやらなくてはならない仕事ですから。あなたはなんと言ったのですか」

バートは言った。

「私が疑ったのは、アクスという者です。ロンドンに住んでいます。さる名家の子息で、私がロンドンにいるときに仲がよかったのです。ひどく賭博が好きで、財産を使い尽くして、収入もなく貧乏です。たびたび私に借金を申し込んできました。私も、そのたびに援助したのです。彼は、土曜日の午後にまた私の部屋へやってきました。その五十ポンドの謝礼をちょうど彼に見られてしまったのです。それで、くどくどと私にそれを貸してくれ、生計のためだから、と言うのです。私は、彼をたびたび説得しましたが、悔い改めることのないのに腹を立てたし、資金が手に入ったとたんに、いつものように賭博をするのですから、彼の底なしの欲望を埋めることはとても難しいと考え、断固として断りました。とうとう、彼は不満たらたらで出ていきました。彼だけです、私が銀兌換券を引き出しの中に入れるのを見たのは。そのほかに知る人はいません」

ホームズがまた言った。

「死体の傷は、首にあった一ヵ所だけですか。それとも、ほかにも傷はありましたか」

「いいえ、そこ一ヵ所だけです。鋭いナイフで後ろから強い力で刺したようです。右耳の下から入って、ナイフの先は前の顎の下までまっすぐに穿っていました。死体はテーブルのそばに倒れており、顔は床に伏せていました。首は室内に向いており、足は部屋のドアから約六ヤード以上離れていました」

バートがそこまで語ってホームズを見ると、顔の表情は慌てていて、何かなくしたものがあるようだった。再び指でテーブルを叩いて言った。

「ああ、そのことは、関係が大いにあるのです。事態は複雑ですが、ぼくが推理すれば、もつれた糸をほぐすように、手がかりの所在が得られないことはありません。ぼくが、自分で調査に行きます。研究のためですから。そうすれば、着手する場所がわかります」

さらに言った。

「お二人とも、昼食はまだでしょう。ここで食事をとってから、その後でみなで一緒に行きましょう」

バートが時計を取って見ると、驚いて言った。

「十時五十分ですね。私は、ウリッジ街に行かなくてはなりません。私の兄の家に少し寄って、そのままライフォート村に帰ります。検死の準備をしなくては」

立ち上がって言った。

「ホームズさん、あなたに感謝します。あなたが、私をお助けくださることにとても感激しています。一時半に駅のそばでお待ちします」

「わかりました。ぼくは、食後すぐウォータールー駅に行って汽車に乗ります。きっかり一時半に会いましょう」

客は行ってしまった。ホームズは、私に向かって言った。

「ワトスン、きみはこの事件について考えることがあるかい」

「ちょうど筋を追って考えているところだよ」

「何かわかったことがあるかね」

「事情はとても明らかだね。ボルボレイを殺したやつが、銀兌換券を盗んだ者だ。そこから推測すると、事情がわかる」

ホームズは目を閉じ、首を振って言った。

「おそらくは、そうじゃあるまいね。そいつはどうしてボルボレイを殺したんだ」

「犯人が銀兌換券を盗んだとき、ちょうどボルボレイがやってきた。あるいは銀兌換券を奪い合ったのかもしれない。または、その行為を阻止しようとした。だから、すぐ彼を殺して逃げた」

「そうすると、そいつはあらかじめ殺すつもりだったということだ。二人は、先に口論した。あるいは互いに奪い合った。その後に殺した。それじゃ、どうしてどなったり、どたばた足音がしなかったんだい。タイヤーの妻は、叫び声を一回聞いただけだと言っている。それからは静かだった。なぜだろう」

「あるいは、彼女がもうろうとしていたから、聞かなかったんだよ」

「二人が、顔を付き合わせて奪い合っていたのなら、当然前から刺し殺しただろう。なぜ、後ろからナイフで刺されているのかね」

「ボルボレイは、そいつがナイフを出したのを見て、自分は武器を持っていないのできびすを返して逃げようとした。だから、後ろから追いつかれて刺された」

「近いけれども、しかし、逃げたのならば、部屋の外を向くだろう。きみはバートが言ったことを聞いていなかったのかね。死体は顔を床に伏せていた。その首は室内を向いていた。逃げる者がそうなるかな」

私は、こうなると急に話すことがなくなり、とまどって言った。

「わからないのは、まさにそこなんだ」

「おおよそ、ことは難しいところから易しいところへ入っていく。その手がかりが得られれば、だんだん推測して近づくこともむつかしくはない。一刀両断だ。ぼくが言うところの、髪の毛の一本から始まって、最後はその全身を求めることができる、だね。だいたいが、推測できないものは、ない。この事件は、浅いように思えて、しかし実に深いのだ。今、すでにわからないことがあるのは、その情況がおそらくはまだ確定していないからだ」

「どうあろうとも、犯人はボルボレイを殺したんだ。きっと銀兌換券を盗んだことが原因で起こったんだよ」

ホームズは、黙ったまま答えない。タバコに火をつけると、しばらくして言った。

「ぼくは、いまのところそうとも限らないと思っている。もしも、きみの言う通りだったら、簡単に着手できるがね。事情は奥深く曲折していて、本当に予測がつかない。実地を経ていないから、どうしても当て推量になってしまう。今は、すぐに行って調査すべきだね」

呼び鈴を引っぱって、下僕に食事を準備するように言いつけてから、私に言った。

「ワトスン、きみは一緒に行きたくないかね」

私は、自分で確かめたいと考えていたし、行って観察したいとも願っていたので喜んで言った。

「いいとも」

二人で食事をし終わると、服を着替えて帽子を持って出かけた。

ウォータールー駅に到着した。ちょうど列車が出発しようとしていたので、切符を買って乗車すると、しばらくして汽笛一声、飛ぶように走った。

列車が移動しているとき、ようやく気がついた。天地が広々と広がり、目に映るのは青赤の農耕者、放牧者であり、牛羊がそこに混ざって、高原の田畑、緑野をうろついている。この風景に面と向かうと、浮き世の煩わしい思いは、瞬時にしてきれいになくなり、ロンドンの華やかさに慣れた身が、さっと洗い流されてしまった。時は秋の暮れ、山林の木々のあいだには、落葉が道に満ち、枯れ草が散っている。遠く連なった空の端に、もの寂しい気配がただよい、ながめるとさらに感傷的な気分になった。しばらくして、駅に到着し列車が止まった。

私とホームズは、飛び降りた。さっと見れば、駅のそばに二人が立っている。私たちを見つけやってきたのはバートとホーガンだった。馬車がすでに道路際に待たせてあったので乗ると、すぐに出発した。だんだんと山道に入った。山並みが起伏し、渓流は美しい。水の音がさらさらと聞こえる。眺望しているあいだに、ようやく村に入り、ほどなく建物に到着した。

バートは門のそばで立って待った。ホームズは、私を連れて下車したあと、まずその建物の外を見た。左右は、どちらも空き地であり、その南側は、大通りだった。門から約七十ヤード以上離れており、建物はそれほど高くはない。レンガの壁はとても古く、剝落しているところがあった。ドアを入ると、一並びに三部屋あり、上の階もある。ホームズが入ろうとしたとき、突然ドアのところに出迎える人が叫んで言った。

「ミスタ・ホームズ。ずいぶん遅いお着きだ。この事件の要点について、私はもうすべてわかってしまいましたぞ」

警察長のカールスンだった。目をつり上げ、眉を動かし、口をふくらませて、まるでその得意な様子を大いに吹聴し示しているようだ。

ホームズは、急いで進み出ると言った。

「おめでとう。この事件の凶悪犯人は、あなたがすでに逮捕したのですね」

カールスンは笑って言った。

「まだ逮捕したわけではありませんがね。しかし、私が考えるに、この凶悪犯人は、必ずや私の手の内にいます。たとえて言えば、魚を捕まえる者が、河に網をはりめぐらせ、かの大魚は、悠々として波間にいる、というところです。つまり、泳ぎまわって自分の思い通りにできる、だが、網があることを知らずその身はたちまち捕獲される、というわけですな。私はこの事件の内情を考え、それに今朝のバート君の言葉を証拠にして、ついにすべての要点がわかったのです。この事件には、ひとつとても重要な証拠物件がある。私は、もうそれを確保しております。凶悪犯人は、高飛びしているわけではない。その形跡、所在についても、私は偵察して知っております。三日以内に必ずやかの殺人犯を逮捕し、我が警察署に座らせることができる、と自信を持っています。ホームズさん、あなたは来るのが遅かったようです。われらの捜査は、迅速に行動しなければならない。にわかの雷に、耳をおおうのが間に合わないくらいにね。凶悪犯人は、逃亡することはできない。今、私はあなたを先んじているが、悪く思わないでくれたまえ」

言い終わると、態度は傲慢なまま、狂ったように笑って止まらない。私は、カールスンの言葉を聞いて、気分が興ざめしてしまった。今回の遠出は、まったくひどく興味のないものになった、と黙って考えていた。

しかし、今朝バートが来たときはまだまったく手がかりがないと言っていたのに、彼らは信頼するに足らないのではないか、と疑った。この数時間で、事情をすべて把握し、凶悪犯人の形跡を捜査して解決できるだろうか。それに警察長は重要な証拠物件を獲得したという。どのような手段なのか、神のように迅速ではないか。そのようなことがあるものだろうか。疑念がわくあいだ、ホームズを見ると、ぼんやりした様子で笑みを浮かべて応じて言った。

「いえ、いえ。何をおっしゃるやら。あなたが事件を解決できたのなら、ぼくはとてもうれしいです。しかしながら、ここまで来たのですから、形跡を少し実地調査しなければなりません」

そうして私をともなって建物に入っていった。

右側の一室に来た。室内は、飾り付けが古風で優雅で、長机は上質で清潔だった。きっとバートが平素いるところで、人を診察するのだろう。検死員がすでに座っていた。立会人と医者も、かたわらに座っている。今日の二時に検死なのである。ホームズは、入ると座って、それぞれと簡単に時候の挨拶をした。ちょうど検死に質問が及んだとき、時計が二度鳴ったのが聞こえた。

検死員が立ち上がって言った。

「時間です。みなさん、準備をしてください。仕事をします」

そう言って、すでに開けられている左手の部屋のドアから、一緒に入っていった。死者の顔をおおっている布を取って、その顔を見る。年齢は、おおよそ三十歳くらいだとわかった。バートと顔がとてもよく似ている。その衣服も、またほとんど同じでみながバートだと誤解したのも無理はない。傷跡を観察すると確かにナイフで後ろから強い力で刺している。右耳の下から前の顎まで、まっすぐに達していた。衣服には、ナイフでこすれた血痕がまだついていて、形を詳しく識別すれば、小型ナイフではなさそうだ。きっと両面に刃のついた小型の匕首だろう。

検死のとき、まずタイヤーの妻が説明した。あの朝、主人は十時に出かけた。午後、物を取りに二階に上がった。めまいが突然始まったので、二階で横になっていると、叫び声が聞こえ、無理をして階下に行くと、主人の兄が室内で殺されていた。

検死員が問いつめた。

「お前が二階に上がったとき、部屋のドアに鍵はかけなかったのか」

「もともと階下で仕事をしていたのです。二階に物を取りにあがって、すぐに降りてくるつもりでした。思いがけずめまいがして横になったのです」

さらに追及して言った。

「ならば、お前が叫び声を聞いて階下に降りるまでの時間は、約何分だったか」

タイヤーの妻は、少しためらって言った。

「十分か十五分くらいです」

「叫び声を聞いて、なぜすぐに降りて見にいかなかったのか」

「私は、めまいでもうろうとしているところで、驚いて目覚めました。すぐに静かになったので、初めは聞き間違ったのだと思いました。あとで部屋のドアに鍵をかけていなかったことを思い出し、それでようやく階下に行ったのです」

検死員は、さらに言った。

「お前は、初めに現場を見てから、外に出て周りを見なかったか。通りかかった人はいなかったか」

「私は、すぐ外に出て警官を呼びました。門を出て周りを見ましたが、誰一人としていませんでした。

ここは、少し広いですし、大通りからもまた少しばかり遠いのです。ですから通りかかる人はほとんどいません。警察署へ呼びにいきましたがそこまでの距離は約一マイル五分の一です。大通りでは、通行人は多かったですが、狂ったように急いで走っていきましたから、覚えていません」

次にタイヤーが出てきて述べた。親戚の財産のことで、どのように土曜日にロンドンへおもむいたか、どのように今朝帰宅したか、そこで初めて主人の兄が殺されたことを知った、などなど。

最後はバートが、彼の兄がロンドンに住んでいた情況をつぶさに語った。また、その朝、兄に会おうとしてどのようにロンドンへ行ったか、兄を待ったが帰らなかった、どのように街をぶらついたか、夜は兄の家で泊まったこと、いかにして今朝帰宅したか、そこで初めて兄が殺されたことを知った、などなど。さらに、兄の人となりは、あまり人付き合いをせず、前から恨まれることもないこと、ここの村の人で彼を知っている者はほとんどおらず、この不幸に遭遇したのは、実に予想外のことであることなどを述べた。話すときの声は、とても悲痛だった。

検死員および立会人は評決して言った。

「姓名不明の人物だったが、今、ボルボレイ・バートであることがわかった。小型ナイフで首のきわを刺され、気管が切断され、それが原因で命を落とした。凶悪犯人は、まだなお逮捕されていない」

以上のように評決しおわり、みなは漸次解散した。

カールスンは、口にタバコをくわえ得意な表情を顔にうかべて、急いですべてを話し、自分が有能であることをひけらかしたかったようだ。

出てくるとホームズに言った。

「ホームズさん、今、この件は終わったよ。私が君にこの事件の詳細な情況を話してあげよう」

ホームズは、それを止めて言った。

「少し待ってください。ぼくは、あの足跡を調べたいのです。その後でゆっくり話しあいましょう」

バートに向かって言った。

「バートさん、ぼくを連れていってください」

「わかりました」バートはホームズを導いてドアを出た。私もついていった。歩きながらホームズに言った。

「あのカールスンは、君をだましているんじゃないか。彼は、昨晩ここに来たのに。今朝私が散歩から帰ったときまで、まだ手がかりはなかった。それなのに、数時間のうちにその要点をすべて把握したという。君は、あの言葉を信じるのかい」

ホームズは答えない。

カールスンは、ブラインドのある窓の外に出て、その下を指さして言った。

「これだよ」

また、南に向かって指さして言った。

「この細い草が断続しているところにも、踏みつけた足跡がある。きみも詳しく観察するかね」

言い終わると、彼は木陰を散歩して待っていた。

私は、ホームズと周囲を視察した。地面はとてもやわらかく、踏むと足跡がついたのでわかりやすかった。窓の下に、足跡がふたつあった。ひとつは、とても深く、もうひとつは、前が深く後ろが浅い。

さらに前へ行くと、半分のものがある。爪先でちょっと地面にふれて歩いているようで、不完全なものだった。さらに前へ行くと、草原に入り、形跡はなくなった。その南側の草が断続しているところにも足跡がふたつある。ひとつは完全な形であり、もうひとつは浅くてぼんやりしていた。ただ、爪先であることはわかる。慌ただしく歩き、足が腫れていて地面につかなかったかもしれないことが、十分見て取れた。そのとき、ホームズの目が鋭く光り、すべての精神を、ここ一フィートの地面に注ぎ込んだ。

彼は、ふと向こうへ行き突然こちらに来た。狂ったように走りまわり、ふたつの場所を裏付けるかのようだった。急に身体をうつむけて地面に横たわり、拡大鏡でそこを観察した。立ち上がって首を垂れ、考え込むことがあるようだ。

瞬時に、眉と目のあいだに色々な表情が重なって現れた。あるいは驚き、あるいは疑い、あるいは頭をあげて目を見開く。得た物があるようだ。まるで役者が舞台にあがり、いくつかの仮面を腋にはさんで、瞬時に取り替えて変化し、人に予想できなくさせるようだった。たずねようとすれば、また黙り込む。最後には鉛筆を取り出し、ひとつひとつ絵にかいていた。

調査が終わると、建物の前後に行って、もう一周観察した。我々は再びもとの場所に戻ったが、ふとバートがいないことに気づいた。彼は先に帰ったかと思い、ゆっくりと歩いて帰った。

角を曲がったところで、ホームズがふと私の腕を引っぱり言った。

「待って、待って。誰だろう。聞いてごらん」

にわかに聞こえてきたのが、甘ったるい声である。

「バートさん、あなたは本当に生きているのですね。わたくし、今、あなたにお会いして、夢の中にいるみたいよ。あなたのお首を見ても、本当に血は流れていないわ。あなたの暖かくやわらかいお手を握ると、昔とちっとも変わりないわ。心が少しは慰められました。でもまだ動転して、今でもおさまりませんわ」

言葉にはため息が混じっている。バートは驚いて叫んだ。

「ミス・ノーラン、なんでここに来たんですか。身体がもとから弱いのです。大事になさってください」

言葉が終わらぬうちに、女性は大声で言った。

「バートさん、あなたはわたくしの今日の苦しさをご存じですか。今朝の八時、朝食をとっていると、突然隣人が来て、あなたが昨晩四時に殺された、と言うんです。ひらめく稲妻のように、わたくしの脳の中を貫き、耳が鳴って目がくらみました。ぼんやりとしてめまいで気絶したのです。気がついて、どうしても駆けつけて確かめたいと思いました。わたくしの母は理解できなくて、わたくしの身体がもとから弱いのだから、お前が惨状を見たならば、めまいを起こしてしまう、などと言ってわたくしが行くのを力いっぱい邪魔したのです。聞くもんですか。そうしたら、わたくしの部屋に鍵をかけたのです。そのときのわたくしは、まるで小舟ひとつで大海を渡るようなものでした。舵もマストもすべてを失い、荒れ狂う暴風、怒濤の中を揺れ動くように、再び自分で自分を自由にできないのではないか。身体を危うい崖にさらしているところに、突然足をすべらせて、万丈の谷川に墜落するような、ぼんやりと夢を見ているような気分で、わたくしの正気を失った精神は、身体の殻から直接抜け出し、大空の上を飛び越えて、どこを頼ればよいかわかりませんでした。わたくしの母は、わたくしの身体に鍵をかけることはできても、心に鍵をかけることはできません。しばらくすると意識がはっきりしました。隣人が言ったことをもう一度考えてみました。ナイフで首を刺されてあなたが殺されたと言われたのです。そこで、急に感じました。千百のナイフでわたくしのうなじを力を込めて刺せば、わたくしの心に直接力を込めて刺すことになる。あのときは、死んだと思いました。一撃の死とはいえ、わたくしには千百のナイフを受けて刺された痛みです。寝返りをうち、あまりの苦しみに死のうとしても死ねません」

ここまで言うと、さらにかすかにうめいて言った。

「バートさん、考えてもみてください。わたくしは、今日遠いところからやってきたのです」

バートは言った。

「部屋の中に閉じこめられていたのではないのですか」

「そうです」

「なら、どこを歩いたんですか」

「わたくしは、朝から六時まで、部屋の中を行ったり来たりしていたのです。片時も座ったり横になったりはしませんでした。その距離を計算すれば、数十マイルの距離になりますし、癲癇《てんかん》に似た症状を起こしたのです。そのとき、心がようやく静まり、初めて腰と肘のあいだが、かすかに痛いことに気づきました。わたくしは、あなたを見て安心し、また苦しさも忘れました」

言葉がしばらく止まったが、さらに言った。

「一時前、ようやくあなたが死んではいないという確かな知らせを手に入れました。わたくしは信じませんでした。母がわざとそう言って、わたくしを安心させようとしている、と考えたからです。母は、ようやくここに来ることを許してくれました。バートさん、今あなたに会うことができて、本当にうれしいです。心から慰められたのです」

バートはここにいたり、感極まったように喜び、話す声はますます小さくなった。

「ノーラン、あなたの真心を感じます。私をそんなに思ってくれるなんて、私は死んでもいいくらいですが、結局は死んではいないのですから。あなたの身体は、もともと弱い。早く帰って休んでください。どうか私を心配なさらないように願います」

言い終わると、黙ったまま時間が過ぎた。私たちも外に出ようとしたときに、ふと女性が話すのが聞こえた。

「ああ、バートさん。あなたは昨日、わたくしの手紙をお受け取りにならなかったのですか」

バートは、何がなんだかわからない様子で言った。

「何の手紙ですか」

「よかった。バートさん。神さまがあなたをお守りになっているのよ。そうでなければ、おそらく死者はあなたのお兄さまではなくて、あなただった」

バートが質問しようと思ったところで、女性がまた言った。

「わたくし、とても疲れました。帰って少し休みます。明日、またお話しします」

言い終わると、女性は帰ろうとした。

ホームズは、急いで私の手を引っぱると、塀の後ろから回って出ていった。真ん前に行って顔をあわせると女性はいぶかり、バートに目を向けて言った。

「このお二人は、どなたですの」

バートは言った。

「こちらはロンドンの著名な探偵ホームズさん。こちらはホームズさんの友人で医師のワトスンさんだ。私がこの方に助けを求めたんですす。実の兄のように敬意をもって接しているので、ここに来てもらったのですよ」

女性はわずかにうなずくと、私たちと顔をあわせた。

非常に美しい容貌の女性だった。皮膚は雪のように白く、目は薄い青緑色、髪の毛は細く金糸のようで、黒いネットをかぶり、衣服は黒い絹だった。地を掃くまでの長いスカートの半ばを手でつまんでいる。服飾は質素ではあるが、色つやがあってこの人を引き立てていた。本当に絶世の美女である。これほどの美人は、ロンドン市中といえどもなかなか出会うことができないほどだ、と私は密かに考えた。これほどの素晴らしさをそなえているのに、片田舎の辺鄙で荒涼たるところに埋もれて、ロンドンの貴い女性のように、社会の交流の中に身を置くことができないなんて、多くの人が失望するだろう。惜しいと思わない者がいるだろうか。話し方が、なまめかしく優美であるのを聞くと、愛情がとても誠実でまっすぐに美しく、かつ賢いということがわかる。敬愛すべき女性である。彼女を好きになり慕う感情が自然に湧き上がり、発生したのも気がつかないほどだ。

そんなことを考えているあいだに、ホームズが声をかけるのが、ふと聞こえた。

「ミス・ノーラン、失礼をお許しください。ぼくは、バート君の事件で友人と一緒にここに来ているのです。調査するのはすべてです。この事件と関係する人もすべて含みます。お嬢さん、ぼくが質問するのをお許し願えますか」

　ノーランは言った。

「もちろんです。わたくしの願うところです。もしご下問がありましたら、知っていることならば、すべてを必ずお話しします」

「ありがとうございます。お嬢さんの話をちょうど聞きましたが、昨日、バート君に手紙を出したのですか」

「そうです」

「いつですか」

「たぶん午後一時でした」

「郵便局で手渡したのですか」

「いいえ、アランという下女に命じてここまで持っていかせました」

「手紙の中身は、なんですか」

「それは、事件の内容とはまったく関係がございません。なぜお聞きになるのでしょうか」

「お嬢さん、煩わせているのをお許し願います。われら探偵を仕事にしている者は、ひとつの事件の内情を調べるときには、その事件に少しでも関わるものがあれば、必ず、些細なことでも厭わず、残さず、広く集めて密かに探求するのです。あの凶悪犯人は、悪事を働く力があるのですから、必ずや悪事を働く才能を持っています。その狡猾な手段は、当然探偵より下ということはありません。彼の探偵に対応する気持ちは、探偵が彼に対応する気持ちに比べて、特に周到緻密なのです。ですから、それぞれの事件には、あるいは著しく目立つ、しかも簡単に見つかる事件の特徴が、犯人によって偽造されることがあります。それによって探偵の耳目を誤らせるのですね。もしもそこから着手すれば、進めば進むほど、ますます枝分かれして、ついには底なしで終わる。ですから、われわれの調査は、たいてい、まずはっきりしていて易しいところから始めます。さらには、往々にして大勢の人が着目するところを捨て、反対に大勢が絶対にかしいものを求めます。求めて得られなければ、さらに進んで隠れているもの、むつかしいものを求めます。求めて得られなければ、さらに進んで隠れているもの、むつ注意しないものを探すのです。暗闇の中に入って模索し、長く研究に専心します。もしも一筋の光明が得られたならば、その後は、暗いところから明らかになり、難しいところから易しくなる。突然出現するというわけです。事件全体の内容は、結局のところ現れる。ですから、その手紙は事件の内容と無関係であって質問する必要はない、とお嬢さんはおっしゃいますが、探偵は、そういうところこそおろそかにはしません。お嬢さんは、バート君に言いませんでしたか。もし、あの手紙を受け取っていたら、バート君はお兄さんのかわりに死んでいた、と。これには、必ず理由があるのです。お嬢さんは、先ほど私に話すと承知なさいましたね。隠さないでいただけますか」

ノーランは、少しためらっていたが、恥ずかしそうな様子で話した。

「あなたのおっしゃる通りです。人に話せないことは何もない、と信じています。本当のことをあなたにお話しします。わたくしとバートさんは、お互い深く愛し合っています。一週間前に、密かに婚約をいたしました。二週間後に結婚をすることになっています。ただ、わたくしの母は、別に期待しているものがあるらしいのです。母に邪魔されるのを恐れたので、まだ話しておりません。昨日の手紙は、バートさんと約束をして、四時に部屋で私を待つように、結婚のことを話しあいましょうというものです。

ところが、バートさんのお兄さんが殺されてしまいました。それがその四時だったのです。ですからわたくしが申し上げたのはそのことです」

「すると、お嬢さんは昨日ここにおいでになったのですか」

「いいえ。アランが帰ってきて、バートさんはロンドンに行かれた、手紙はタイヤーの妻に手渡した、と言ったので。わたくしは、彼が帰ってくるとは限らないと思い、ここには来ていません」

バートが、突然かたわらから質問した。

「手紙はタイヤーの妻に手渡したのですか」

「そうです。アランが帰ってきてそう言いました」

「おかしいな。私は今朝帰って、部屋の中をよく調べたがそんな手紙は見なかった。タイヤーの妻も私に言わなかったし。なぜだろう」

「あの老婦人は、言い忘れたか、部屋の中に大勢の人がいてひどく慌ただしいので、なくしたのかもしれません」

ノーランは、またホームズに言った。

「ご質問は終わりましたか。わたくし、とても疲れてしまいました。おいとましようと思います」

ホームズは言った。

「お話しくださったことを感謝します。ぼくの質問はもう終わりました。お嬢さん、どうぞお引き取りください」

ノーランは別れを告げて、ゆっくりと帰っていった。

ノーランが帰っていき、その姿が見えなくなるまで私たちは見送った。

ホームズが言った。

「すばらしいね。ノーラン嬢は美人だし性格もいい。あの女性と結婚するなんて、バート君は本当に幸福だ」

バートは言った。

「ノーランは、幼いときロンドンの某学校で学んでいました。私とホーガンは、みな同級生です。ですから、私たち三人は厚い友情で結ばれ、最近でも私とは、本当に親密なのです。そしてついに婚約しました」

ホームズが急に理解したように言った。

「そうすると、先ほどノーラン嬢が言った、彼女の母上が別に期待するものがある、というのはホーガン君のことですか」

「そうです。母上は、ホーガンの富をうらやましがっています。私にはそうではないと言いますがね。しかし、ノーランの意志はとても固く富で彼女の志を奪うことはできません。ですから結婚することに決めました」

「あなたは、一週間前にノーラン嬢と婚約した。ホーガン君は、それを知っていますか」

「いいえ。私たちはホーガンには言わないことにしました。ノーランは、私に嫁ぐと決めたとはいえ、彼のことを熟知していますからね」

「では、ホーガン君の気持ちはどうなのですか」

「ホーガンは、真面目で温厚で、謹厳実直な紳士です。彼は、初めは彼女と結婚したがっていましたが、ノーランの心が最終的に私に傾いているのをわかってくれました。本当は、嫉妬する気持ちがあったのでしょう。しかし、ほどなくすっきりと納得したようでした。たぶん、彼は自分がノーランを愛して、ひどい場合は、その欲望を露わにすることだけが心配だったのでしょう。だからこそ、気持ちを強めることにも堪えられなかった。ノーランもまた彼の気持ちを感じていました。終生の友人になることを許したのです。彼はとても不愉快だったでしょうね。私たちが婚約する前は、彼はいつも私に言っていました。『私は本当に彼女を愛している。しかも、その気持ちが強くなっている。たとえ私の愛が必要ではないとしても、私は彼女を愛しているから、結婚する必要はない。君が、本当に彼女を妻にするなら、私は彼女の終身の友人なることができるだろう。私の願いは、それで十分だ』。見解の広さと性情の磊落さは、これほどまでなのです。ですから、ホーガンと私との友情は親密で、隔たりがありません」

すでに部屋の中に入っていた。多くの人はもういなくなっていて、カールスンとホーガンだけがまだ室内にいた。ようやく座ると、バートはタイヤーの妻を呼んで質問した。

「昨日の午後一時、ミス・ノーランが、私に手紙を一通寄こしたそうだ。お前に渡したのか」

「そうです。下女のアランが私に渡しました。私は、ご主人はロンドンに行かれて、いつご帰宅なさるかわからない、お帰りになったらかわりに渡す、と答えました。ところが、突然あの事件に遭ったので、私は混乱して、ご主人にお話しすることを忘れてしまいました」

「それでは、手紙はどこにある」

「手紙はこのテーブルの上に置きました。ご主人さまはお帰りになったあと、ごらんになりませんでしたか」

「帰ってきたとき、このテーブルを点検した。それに部屋中をくまなく調べたが、まったくその手紙は見なかった。勘違いしているのではなかろうな」

「昨日手紙を受け取ったあと、このテーブルに置いたことを確かに覚えています」

「それなら、私が今朝まだ戻る前、その手紙を見なかったか」

「あの事件があってすっかり肝をつぶしました。ほかのことをそれ以上考えられませんでした。ですから、見たかどうかは覚えていません」

「おかしいな。手紙はどこに行ったのだろう」

そこで、バートは身体を起こすとテーブルの前まで行った。テーブルの上、引き出しの中、次に部屋の周囲をくまなく点検したが、まったく形跡がない。口では舌打ちをして、おかしい、を連発している。カールスンはそれを見て、バートがいらつくところがとても気になるらしく、声をかけた。

「バート君、つまらない手紙一通のことじゃないか。なんでそんなに手間をかけるんだ。この二、三日は、多くの人がこの部屋を踏み荒らした。だからもうなくなったのだよ」

バートはその言葉を聞いて、ようやく探すのを止めた。

カールスンが話しているとき、ホームズは、椅子にきちんと座っていた。突然両眼で直視しはじめると、まるでその頭脳を大きく働かせているようだった。しばらくして、眉の上を突然緩めた。何か得るものがあったらしい。

さらに、カールスンが質問しているのが聞こえた。

「ホームズさん、あなたの調査はもう終わったようだが、何かわかりましたかな」

「まだです」

「あなたは、この殺人犯はどんなやつだと考えていますか」

「事件の内情は、とても暗くて見えません。着手する箇所がまだないのです。推測できませんね」

カールスンは笑って言った。

「今日のあなたは、昨日の私と同じです。私が初めてここに来たときは、まるで暗くて何も見えない場所に入ったようで、ぼんやりとして判別できなかった。今朝、バート君が帰ってきて、話を聞いて、ただちに理解したのですよ。ついに、この数時間で事件の子細、凶悪犯人の形跡などのすべてをまるで掌に捕らえるようにね。私が解決した事件は多いですが、推理、手段が今日ほどに迅速だったのは、たぶんなかったですね」

ホームズは急に質問した。

「そうすると、殺人者は誰ですか。あなたはもうご存じなんですね」

カールスンは、激しく笑い、立ち上がると胸のポケットを指さして言った。

「賊は、すでにこの中に入っています。事件の捜査で唯一心配なのは、証拠物件がひとつもないことだ。それを最後に入手しました。まるで針の穴に糸を通すように、曲がりくねって入り組んでいても、その穴を手に入れたからには、糸はそれに従って入っていくものです。今朝、バート君が帰ってから、部屋を点検すると、銀兌換券が合計五十ポンドなくなっているのに気づいた。某銀行が出したもので、その番号は覚えていないとはいえ、これは証拠物件です。この証拠から、比較的容易に着手しましたよ。

私は、この殺人者は必ずや銀兌換券を盗んだやつだ、とにらみ、続けてバート君に質問したのです。すると、このテーブルには引き出しが四つある。そのうちの三つに入っていた物は、ひとつもなくなっておらず動かされていない。ただ銀兌換券を入れていた引き出しだけが、中身が散乱していて明らかに動かした痕跡がある。犯人は、銀兌換券がこの引き出しの中にあることをあらかじめ知っていたに違いない。ですから、ほかの引き出しには触れていないのです。この引き出しだけを開けて、取っていった。よって、犯人はバート君がもとから知っている者に違いない、となる。かつ、常にその部屋に来る者だ。聞いてみれば、銀兌換券を置いたとき見ていた者は、タイヤーのほかには彼の友人アクスしかいない。アクスは資産を使い果たして、おまけに賭博が好きときている。それぞれの情報でこの事件を推理すると、きわめて明らかですな。

タイヤーは、先に暇乞いをして外出している。ならば、アクスが盗んだことは疑いない。そうなれば、彼が殺人者です。彼でなくて、誰だというのか。アクスがこの事件の本当の犯人ですよ。疑問はまったくありません。

難があると言えば、某銀行の兌換券ですかな。全部あるとして、その番号が記録されていないからには、兌換券を犯人の手から取り戻したとしても、盗まれたものだと指摘することができない。兌換券窃盗の罪を証明できないのですな。つまり、殺人罪の証拠にもならない。事件の前後をよく調べ、相互に考証し、逃亡するところをなくすほかないのです。

そこでアクスの人相を詳しく聞きました。また、どういう服装をしているかについてもね。電報を打ってロンドン駅に問い合わせました。今日の午後に、そういう人間がいなかったかどうか。それからこの村の駅に自ら出向いて、詳しく調査しました。すると、確かにその男はいたんです。昨日の三時にここで下車していました。それから四時半に、また列車に乗ってロンドンに帰っている。引き続き、ロンドンから返電があり、そいつがいた、というのです。彼がロンドンに帰っていった時刻は、私が先ほど訪問して、その距離を計ったのと、ちょうど符合しています。

ならば、あの兌換券はアクスが盗んだと、確かにそう証明できます。しかし、当の兌換券を手に入れないと、罪を証明する物がない。そこで、スコットランド警察署《ヤード》に電報で通告しました。手分けしてそれぞれの賭場へ行き、アクスが昨晩いた場所を突き止め、その兌換券を入手するように命じたのです。数時間もしないうちに、もう返電を受け取りました。あなたがまだ到着する前のことです」

そこまで言うと、胸ポケットから電報を取り出してホームズに渡して言った。

「返電がここにある。ためしに読んでみてください」

私は、ホームズの手の中にある電文を読んだ。

　某銀行の兌換券はすでに調査し確保　賭場の主人モートンより入手　アクスは昨晩モートンを訪問　負けた三十ポンドを支払い残りの二十ポンドは小銭で返済　みなと賭博をして夜になり帰宅先頃それぞれの駅を密かに調べたが形跡なし　なおロンドンに隠れている　まだ遠くへは逃げていない　すでに刑事を派遣して探索中

ホームズは、読み終わると電報をカールスンに返した。黙ったまま、何かを考えているようだ。

カールスンがまた言った。

「この返電によると、あいつはまだ捕まっていないが、ロンドンにいるからには、逃げおおせることは絶対にむつかしいね。今、この緊急で重要な証拠物件を入手したから、彼が昨日ここに来たこと、かつまたここに来た時刻が、ちょうど符合することがわかった。証拠の数々は、ありありと殺人の罪を証拠立てている。どこに逃亡したものやら。ホームズさん、あなたの考えはどうですかな」

ホームズは言った。

「謹んでお祝いしますよ。すばらしい。ぼくたちは、来るのが遅かった。あなたに遅れをとってしまった」

私は、初めカールスンの説明を聞いて、私が前に考えていたことと全部が一致したのがとても自慢で喜んでいた。今、ホームズが言うのを聞けば、カールスンに遅れをとっているとわかり失望したのだった。

私の友は、いつも人と話をするとき悠々としており、お世辞はほとんど言わない。奇怪なものを考察し、隠された道理を探求する。その手段は卓絶して高度であり、しかも昂然として負けず嫌いな気持ちもともに強い。ホームズと私の事件捜査のすべては、いつも十分に先手を打っている。今、歩き回ってここまで来たというのに、普通の一警官に遅れをとったのだ。その敗北感は、どれほどのものであったろうか。ホームズの言葉を聞いて、先ほどのうぬぼれて喜んでいた気持ちと、興味津々でここにやってきていたのが、索漠としてすべてなくなってしまった。考え直すあいだに、カールスンはすでに昂然と立ち上がり、ホームズに言った。

「日が暮れそうだ。先に失礼するよ」

そのまま別れを告げていった。ホーガンも、また立ち上がって別れるつもりで部屋のドアを出ようとしたとき、ホームズが声をかけた。

「ホーガン君、あなたに少し聞きたいことがあります。少し待ってくれませんか」

ホーガンについて出ていくと、彼を門のそばの泥地へ連れていき、立ち話をしてしばらくして言った。

「先ほどカールスン君は、事件の内情についてあのように説明しましたが、あなたの考えも同じでしょうか」

ホーガンは、ややためらったようだったが、口ごもりながら言った。

「同じかどうか、私にはどちらとも。しかし、道理から考えれば、きっと近いんじゃないですか」

「あなたは、小さいときからバート君と同級生で最も長く交際していますね。バート君の家柄や最近の事情について、あなたは当然よく知っていますよね。ぼくがよく知らないところを、きっと補ってもらえると思うのですが。バート君のお兄さんをご存じでしょう。恨みを持つ人はいませんでしたか」

ホーガンは言った。

「彼はロンドンにいました。恨みを持つ人がいたかどうか、私には知りようがありません。ここに来たかについては、決してそれはなかった、とあえて言います。たぶん彼は、一年に数回は来たかもしれませんが、この村の人で彼を知っている者は誰もいません。私が以前ロンドンにいたとき、たった一、二回、会ったことがあります。ですから、突然その姿を見て、バート君だと間違って疑ったのです」

ホームズは、長いこと黙って考えていたが、ふと質問した。

「それでは、バート君を恨む人はいますか」

ホーガンは目を見開いて、ホームズに言った。

「どうしてそんな質問をするんですか。死んだのは、彼の兄です。何の関係があるんですか」

「ただ聞いただけです。バート君は、突然この事件に遭ってしまい、混乱して話すことができません。話したとしても、詳しくはないでしょう。部外者のほうが冷静に見ているものです。すべてをぼくに話してくれませんか。思考の手助けになるように」

「バート君は、優しくて親しみやすい人です。恨みを持つ人などまったくいません。ただ私の知る限り、以前この村にいた老医師ヴィルさんとは、意見が合わないことがあったとか」

ホームズが質問しようとしたとき、バートが突然そばに来て口をはさんだ。

「あなたが質問しなかったら、言うのを忘れるところでした。ヴィルさんというのは、私よりも十年前に、この村で医者をしていました。村人からは、とても信用されていましてね。名声は日に日に高くなる一方で、私がこの村に来て開業した頃は、彼にはかなわなかった。続けているうちに徐々に彼より流行るようになったのです。彼が治せなかった人が、私のところへ鞍替えしてきましたから。私がちょっと往診すれば効果があって、それまで彼のところへ行っていた人が、今では大半が行かなくなりました。私のところへ来るのです。それで、彼の名声は急に落ちてしまい、反対に私の名声が日に日に彼よりも高くなったわけです。彼は、それが原因で私をとてもねたんでいます。前に患者の家で遭遇したことがあって、一度行き違いがありました。これはホーガンが知っています」

最近、ホーガンの知らないことがひとつあります。事件の内容ととても関係がありそうです。言い忘れておりました。今、お話しします。私は兌換券五十ポンドがなくなったと言いませんでしたか。その兌換券は、モートビー村の裕福なトーエンという人からもらったものです。トーエン氏は、痰の出る病気をわずらっていました。ヴィルさんを招いて診察してもらい、薬を長く服用しましたが効果がありません。そこで私が呼ばれました。私は、治療のために一種の薬品を新しく発明し、ほかの物質も加えて、ある薬水を製造しました。痰を治療するには、とても効果があったのです。それをトーエン氏に飲ませると、翌日にはかなりよくなりました。そのとき、ヴィルさんがちょうど同席していました。トーエン氏は、症状がとてもよくなったのを心から喜んでいました。そして、もし彼の症状を完全になくすことができるならば、決まった報酬のほかに五十ポンドをさらに出す、と私に言ったのです。ヴィルさんはそれを聞いて、腹を立てて帰っていきました。

翌日、ヴィルさんに道で偶然出会うと、突然トーエン氏に私が飲ませたのはどういう種類の薬水か、ちょっと試させてくれないか、と聞いてきたのです。私は、彼に試してほしくなかったので、断りました。彼はますます怒りました。そうして、トーエン氏の症状が治ったのは、実は彼が処方した薬の効能であって、それで少し緩和したところに、ちょうど時機が合っただけだ、私が自分の功績にしてあの謝礼を奪った、というのです。彼はずっと怒り罵り続けました。私も譲る気は少しもなく、武器を使うほど仲が悪くなりました。これが先週の月曜日のことです。さらに五日たって、トーエン氏の症状は大幅によくなりました。それで私は五十ポンドの謝礼をもらったのです」

ホームズが質問した。

「ヴィル氏は、以前にあなたとは付き合いがあったのですか。前にあなたの部屋に来たことがありますか」

「初めの頃、私とはいつも行き来していました。私の部屋に来たこともあります。近ごろは、それぞれが名誉を争って、ついには敵対してしまいましたがね」

「あなたのお兄さんとは、知り合いですか」

「会ったことはありません。知らないでしょう」

「彼はどこに住んでいますか。あなたの家からどれくらいですか」

「私の家の南に住んでいます。距離は、約半マイルですか」

ホームズは、視線を突然上下にとばすと、まるでショックを受けたように言った。

「とても関係がありそうだ。なぜ先に言ってくれなかったのですか」

「急に兄の事件に遭って、憂い、苦悩、恨みなどいろいろな考えが、脳の中にいっぱいになって、霊感はすべて失われたのです。あの事件から何日もたっています。あなたに言うのを忘れたのです」

バートはそう言い終わった。ホーガンは別れを告げて帰っていった。

ホームズは、またその場所でうろうろして周りを長いこと見ていた。そうして私たちと部屋へ入った。ようやく座ると、時刻はもう六時だった。バートは下僕のタイヤーを呼ぶと、夕食を用意するように命じ、ホームズに言った。

「今晩はお帰りになるにはおよびません。ここにお泊まりください。もう寝室も準備しました」

すると私たちを案内して、食堂のかたわらから二階にあがり、ある部屋に入った。設備は素朴ではあったが、すこぶる清潔でチリもホコリもない。すぐに階下へ降りると食堂に行った。タイヤーがすでに食事を用意しおわっていて一緒に食べ終えた。

ホームズは、タバコに火をつけて二階へあがった。膝を突き合わせて座ると、バートもやってきた。

その夜、ホームズは、バートの家柄、その兄弟の財産について詳しく質問した。次は、交友や行き来、ならびにホーガン、ノーランのことなどに及んだ。さらに、ノーランの下女アランの性格、年齢はいくつかなどを質問した。

「年は十七歳です。とても誠実でノーランは非常に気に入っています。口が固いと信頼しています。ですから、きっと彼女を私のところへ寄こしたんです」

「ヴィル氏の人となりはどうでしょうか」

「ヴィル氏ですか。性格は乱暴で、いらいらしています。とくに酒が好きで、前に街で酔っ払って人を殴って殺しかけました。ですから、酔うと部屋に一人でいます。家族であっても近づこうとする者はいません」

「月曜日以降、彼に会いましたか」

「会っていません」

「彼の暮らし向きはどうですか」

「とても豊かです。彼が私と争っているのは名誉のためであって、利益のためではありません」

彼がそう話しているとき、ホームズは立ち上がって窓の前に行き、突然、窓を開けて下を見て言った。

「おい、ワトスン、早く来て見ろ。おかしいな。彼は誰だろう」

私は、急いで立ち上がって見た。その夜は、月の色はかすかに漠としており、暗くて判別することができなかった。ただ、階下の食堂にはまだ灯火があって、ブラインドのかかった窓から光がさしている。密かに人影がひとつ見えた。草地を通って左の林に入りたちまち杳として見えなくなった。

　ホームズが言った。

「誰なんだろう。ここに来てぼくたちを探ろうなんて。大胆にもほどがある」

　バートが言った。

「ここは、少し辺鄙ですが、まだ夜は遅くありませんから、近くの人であれば通る者がまだいます」

　ホームズは、首を振って言った。

「いえ、いえ。そういう類では決してありません。ワトスン、さあ、行ってみようじゃないか」

　言うなり、彼はもう飛ぶように階下へ行きドアを開けて出ていった。しかし、薄雲が空にあるのが見えるだけで、あたりは物音もせずに静かだった。木の茂みに人影は消えていた。あたり一面の細い草は敷物のようで、足跡はまったくない。灯火がもれる所でうかがい見ると、バートの食堂のブラインドの窓は、中のすべてを隠しているわけではない。タイヤーの妻が、灯火の下に立って、食器をかたづけて洗っているのが見えた。

　私はホームズに言った。

「君が見たそいつは、どこから出てきたんだね。様子を覚えているかな」

　ホームズは言った。

「暗闇の中から出てきた。この部屋を見ているようだった。ぼくが窓を開けたとき、身体をかがめてさっさと行ってしまった。容貌を識別することはできなかった」

「そいつが犯人で、探っていたのだろうか」

「それを言うのはむつかしいね。あの賊はとても狡猾で邪悪だ、とぼくは考えている。この窓は、野原に面している。ぼくは、急いで開けて見たんだ。たぶん、そいつが密かにここに来てぼくらのやっていることをうかがうのを邪魔したと思う。あるいは、思わぬこの月の暗さだったから、ちょうどそいつを助けたかも。しかし、おそらくそれだけではないだろうね」

「どういうことなんだね」

「聞かないでくれたまえ。今は夜がまだ深くない。ちょっとこの村をぶらついてみようじゃないか」

ホームズはバートを見て言った。

「一緒に行ってくれるね」

「わかりました」

みなで一緒に出かけ私たち三人は村の中に入っていった。市街地の建物は分散していて、まばらであるように見える。街灯も薄暗い。村の人は大半が寝入っていて通行人はとても少ない。この時刻のロンドン市中を思った。劇場では新しい劇を演じているし、酒楼、コーヒー店はとてもにぎわう頃だ。この村とロンドンは互いに目と鼻の先であるにもかかわらず、冷たいものと熱いもの、隆盛したものと衰退したもの、という感じがある。

しばらくしてある場所に来た。バートが指さして言った。

「ここが、ノーランの家です」

見れば、部屋のドアは閉じられ、二階に灯火がかすかに光っている。たぶん、すでに就寝したのであろう。さらに進むと村の端に来た。バートは林の深いところにある建物を指さして言った。

「あれが、私の友人ホーガンの家です」

灯火はすべて消えている。静かで人の声はなく、早くに寝入ってしまったと思われる。ホームズは、長いあいだ凝視し、振りむいて言った。

「ヴィル氏は、どこに住んでいますか」

「彼の家は、比較的近いです。ちょうど村の西ですね。家の前を回り道しますか。今ごろは家に帰っているはずです。彼のところを必ず通って行きますよ」

引き返してしばらく行くと、道路のそばに高く大きくしかも古い家が一軒あった。周囲は、低い塀で囲まれていた。

バートが言った。

「これがヴィル医師の住宅です」

囲んだ塀の門は閉まってはいるが、左側の一室にはかすかに光が見えた。ホームズは、バートに暗がりの隅に伏せさせた。私をともなって低い塀をまたいで入り灯火のところに行って、ブラインド窓がまだ閉まっていないところで、窓のすきまから中をうかがい見た。見れば、一人の身体の大きい男性がいた。両頬は濃いヒゲでおおわれて色は黒く鼻は高く、目は大きくしかもキラキラと光を露わにしている。頭は半分が禿げて、年齢は五十ばかり。それがヴィル医師だとわかった。とても凶悪な容貌だった。遠くから見ても粗暴なやからだとわかる。テーブルの上には、ガラス瓶や皿のたぐいが並べてあり、手で薬物を調合していた。行ったり来たりして、とても忙しく切迫しているようだ。

ちょうど見ているそのとき、ふと背後で押し殺した声が聞こえた。塀の隅から聞こえてくる。急いで振り返ると、闇の中でかすかにキラキラと緑色に光っているではないか。近づいて見るまでもなく、狂ったように吠える声が、突然起こった。巨大な黒犬だった。歯をむき出して目を光らせて、とても獰猛な様子だ。光はその目から出ていた。私は、ひどく驚いて急いでピストルを取り出して撃とうとしたが、ホームズはぎゅっと私の手を握って、私に撃つなと止めた。振り向くと窓の中で、ヴィルがすでに椅子の上に飛びのり、壁にかけてあるピストルを持って外に出てこようとしている。私は、驚いて気を失いそうになった。手も足も出ずに、ホームズが力まかせに私の腕を引っぱるのにまかせ塀の隅から走り出た。振り返ると、犬が飛び上がって、狂ったように吠える声と鎖の音がともに激しく起きた。そこで初めて、時間がまだ早く犬の鎖が外されていなかったのを知ったのだった。急いで低い塀を飛び越えて出た。ヴィルが、部屋のドアを開き、狂ったように叫び、追って出てくると、外のドアの鍵を開けようとしているのが聞こえた。

急いで突き進んで、数歩も行かないところで、突然正面に人がいた。バートである。驚いてその理由をたずねようとすると、ホームズが言った。

「声を立てるな。ヴィルが追ってくる。早く逃げるんだ。彼に見られてはならない」

バートが、私たちを誘導して疾走し約百ヤード行ったところで、ある家屋の後ろについた。

「この家は、空き家で人は住んでいません。囲んだ塀も、とても低いので早くここに入って、しばらく避難しましょう」

そこで、ともに飛び込み低い塀の下で伏せていると、ヴィルが追いついて狂ったように叫んだ。

「盗人め、どこに行った。盗人め、どこに行った」

彼はしばらく行ったり来たりしていたが、盗人を捕まえることができず、怒りが極まったような様子だ。地団駄を踏み、罵って言った。

「盗人め、わしの部屋を盗み見するとは、大胆だな。もしもう一度来てみろ、必ずピストルでお前の胸に穴を開けてやる。そうでなければ、わしの巨大な猛犬マスティフをけしかけて、お前の足を食いちぎり、脳に嚙みつかせてやるぞ」

しばらくして、彼はやっと門に鍵をかけて入っていき静かになった。

私はホームズに言った。

「あいつは凶暴だな。よくわかったよ。殺人者とは、ああいうやつなんだな」

ホームズが言った。

「そうとも限らないさ。ぼくは、彼に見られていないが、あのときちょっと顔をさらした。たぶん、これからの活動がやりにくくなったよ」

言いながら、塀の外に飛び出た。踏み出そうとしたときにホームズが、ふと言った。

「止まれ、止まれ。身体をかがめて頭をあげて、前の大通りを見るんだ」

そこを注目して見ると、暗闇の中に人影があった。一人寂しく、揺れて不安定に前を歩いている。心から驚き、心臓がドキドキした。ヴィルはまだ部屋に入っていなかったのか、あるいは門を閉めようとしていたのかと疑った。私たちは暗がりに身を隠して待った。一緒に塀の隅で伏せていたが、しばらくして、人影はようやく遠ざかり、まっすぐ南に向かっていった。

ホームズは、小声で言った。

「ワトスン、きみはバート君と一緒に先に帰りたまえ。ぼくはあとで行くから」

言い終わると、彼を尾行して足を速めた。私はバートと帰った。

私たちが部屋に帰って約半時間後、ホームズも帰ってくると部屋に入ってきた。帽子をテーブルに放り、火を取ってタバコに火をつけた。椅子に座り眉を上げ、目を輝かせ、高いところを見て、すでに得たものがあるかのようだった。聞いても答えずただ言った。

「もう夜も遅い。ぼくたちは寝るべきだ。明日は仕事だよ」

バートは戻っていった。私も就寝した。

次の朝、私が目覚めるとタバコの香りが鼻をくすぐった。目を見開いて見れば、ホームズがすでに椅子にきちんと座り、口にはパイプをくわえている。煙雲がたちこめており、上に昇って円形になっている。煙は高くなればなるほど、大きく、室内に広がって充満していた。

「ホームズ、君はなんでこんなに早く起きたのかね。今、何時だ」

「七時だよ」

私は、そう言うのを聞いて、そのまま服をはおると起きた。顔を洗い口をすすぎ終わると、ホームズに言った。

「私たちは、今日、何をするんだい」

「バート君とは別のところから着手する」

「どこに行くんだろうか」

「ロンドンへ帰る」

「この事件はロンドンで追及しなくてはならない、と君は言うのかい」

「昨日、ぼくはこの事件を実地調査しそれに研究を加えた。おおよそは理解したけれども、事件の証拠物件は、銀兌換券だけなんだ。そこから着手しなければならない。この事件を捜査するための起点だよ」

「君はロンドンで追及すると言うけれど、兌換券を盗んだのは、おそらくはアクスなんだろう」

「そうらしいね」

「兌換券を盗んだのが彼だとすれば、殺人者じゃないか。まさか、彼ではないと言うんじゃないだろうね」

「そうとも限らないさ。ぼくたち探偵は、道を行く者のようなものだ。初めは向かうところに迷う。道路は枝分かれする。ひとつにまとまらない。再三調べて判断する。まず、一つか二つ、近いのを選ぶ。そこから試してみて、だめなら並行して進める。どのみち、その中のひとつの道から始めなくてはならない。そのひとつの道が違うとわかれば、もうひとつの道が正しいことになる。確実となれば、いよいよ決めて進んで求める。疑ってふたつだったのから、線を一本引くにいたる。枝分かれしていた道から出て、平坦な道に入る。道はそこにあるのだ。今、この事件は、疑問点がとても多い。殺人を犯していない者が兌換券を盗み、盗んだ形跡を偽装して、探偵の耳目をだまそうとしているかもしれない。考えれば、ぼくはアクスという者を訪ねる必要がある。アクスは、あの兌換券が引き出しに入っているのを見たのか。また、兌換券を盗んだ者は、ほかの引き出しを開けなかったのか。あの引き出しだけを開けて盗ったのか。カールスンが述べるそれぞれの細部によれば、アクスが疑わしいことになる。彼に会って、あの兌換券の所在がわかれば、その後でそこから追及する。それでぼくの向かう方向も決まるわけだ。道を行く者の始まりは、分かれ道であって、調査して確実になる。ついには、大通りに到達するに違いないね」

「君は、アクスが犯人だとは信じていないな。証拠があるのかい」

「表面を見れば、あの日の三時から四時までの一時間のあいだだ。兌換券は、そのときに盗まれた。殺人も、またそのときだ。ならば、殺人をしたやつは、兌換券を盗んだやつに決まりだ。疑義はないように思える。しかし、情況の多くが符合しないんだ。ぼくは、昨日すでに検討してみて、ぼく自身で調査をし、それぞれの痕跡を理解した。すると明らかに疑わしいものが、さらにいくつか出てきた。

ひとつには、窓の外にあった足跡だ。その模様のパターンを調査すると、とても細密で流行している靴の跡なんだ。この靴は値段がかなり高い。ロンドン市内で購入すれば、五、六ポンドはする。アクスは貧しいのだから、買うのは無理だろう。それが疑問の一だ。

アクスは、四時半の汽車でロンドンへ帰った。この家は駅の南にある。彼は窓から飛び出て、この家を回って北に向かうはずだ。距離は二十五ヤードだ。二番目に残された足跡は、明らかに南を向いていた。それが疑問の二だ。

ワトスン、殺人をして財産を奪った賊がいて、市中で騒ぐだろうか。自分で隠した証拠を出すようなものじゃないか。また、犯罪を実行した日に、明らかに奪い取った財物をあえて取り出して、負債を返済するだろうか。おまけに、何事もなかったようにみんなを呼んで賭博をするだろうか。それが疑問の三だ。

この三つから考えると、ボルボレイが殺されたことについて、アクスはまったく事情を知らなかったように思う。アクスは、その日ここに来たとはいえ、乗っていたのは三時の列車だ。ボルボレイが来たのと、きっと同時だったに違いない。駅からここに来たのも、また同時だね。争いあった者が、二人だ。馬車に乗ったか、歩いてきたか。途中の速い遅いで、部屋に着いたのが前後していたかどうかはわからない。だから、ぼくはその人間をちょっと見ることが必要なんだ。彼の表情、真偽は、当然ぼくの目を逃れることはできない。

さらに、彼とボルボレイが同時にここに来たのであれば、彼が兌換券を盗んだのと、ボルボレイが殺されたのもまたこの一時間内のことなのだ。ならば、アクスは絶対にボルボレイを見ていない、まったく事情を知らないと言えるだろうか。幾重にも推理し探及しても、ぼくには疑うことがあるし、だから、彼によって決まってくるのだよ。ワトスン、早くバート君とは別のところから着手するんだ。一緒にロンドンへ帰ろう」

言い終わらないうちに、バートがやってきた。ホームズは、すぐに立ち上がり、しばらくロンドンに帰ると言って別れを告げた。

「お帰りになるんですか。いつ私のところへ戻ってくれますか。時期を教えてください」

「三日を予定しています」

出発する際、ホームズはまたバートに言った。

「今、いくつかのことを、あなたにやっていただきたい。どうか覚えておいてください。あなたがここにいると、とても危険です。外出には必ず武器を携帯し自衛する必要があります。もし、病人を往診するときには、必ず早めに帰ってください。深夜に一人で野原を行ってはだめです」

バートは驚いて言った。

「おたずねしますが、私が危ないという理由は何でしょうか」

「今はまだ、言うことはできません。ぼくたちが帰ったあとで、また三日で戻ってくるという計画を人に話してはなりません。また、あなたはこの数日中、必ず常に注意を払ってください。少しでもおかしなことに出会ったら、巨細漏らさず、必ずそのつど手紙で知らせるのです。細かいことであっても関係ありません。もしも遺漏があったり、ことをおろそかにして慌てるなどのときは、電報で知らせてください。ぼくはただちに駆けつけますから」

そう言い終わると、私たちは出発した。列車の中では、ホームズはきちんと座って、黙ったまま一言も話さなかった。私は、窓によりかかって野原の景色を飽くほど見続けて気をまぎらわせた。ウォータールー駅に着くと、道路のわきで馬車に乗った。車輪とひづめがガラガラ、パカパカと鳴るまもなく、ベイカー街の住居に着いた。

部屋に入って、すぐに下僕を呼び、食事の用意をさせた。満腹になると、私は慌ただしく先に出ていった。その日は、何軒かの家を往診しなければならなかったからだ。

その晩、八時半に私はようやく帰ってきた。座ってしばらくすると、ホームズも戻ってきて、ドアを入ると声をあげた。

「腹が減ったな。早く食事の用意を頼む」

私を見て言った。

「ワトスン、いつ帰ってきたんだい」

「ちょっと前にね。君は、今日どこに行ったんだ。アクスを訪ねたのかね」

「そうだよ。ぼくは今日、停車場、港のそれぞれをくまなく訪問して彼の形跡を追った。彼は実はそれほど遠くへ行っていないと知っているからね」

「それなら、アクスの行方をきっとつかんだのだろうね」

「ぼくは、その後、いくつかの賭場へ人に紛れ込んで出入りした。あの隠れ博徒の巣まで全部を訪問したけれど、しかし、居場所は完全に隠されていて、まだわかっていないんだ」

「まだロンドンにいるのかい」

「そうだよ。明日出かけていけば、捕まえることができるだろう」

そう言ったとき、下僕が食事を持ってきた。食事を終えると、門番が手紙を届けてきた。郵便局が封筒に押したスタンプを見れば、ライフォート村からである。手紙はバートが出したものだとわかり封を切って見た。

その文面は次のようなものであった。

ホームズさんへ
今朝、あなたが帰られた後、まもなくノーランが私に会いにきました。ホーガンや近所の友人数人も来ました。十時にようやくみな帰っていきました。私もまたしばらく出かけて、午後に帰りました。ふと、無意識に部屋の隅のところ、絨毯の下に、かすかに紙の端が露出しているのが目にとまりました。調べてそれを見ました。前日、ノーランが私にあてた手紙ではないですか。私は、前にくまなくこの部屋を点検したのです。形跡はまったくありませんでした。今、突然出てきたのです。おかしなことです。タイヤー夫婦に聞いてみると、私が家を出たあとは、誰もこの部屋に入ってはいない、と二人ともが言います。

その封筒をよく調べてみると、すでに誰かが開けたようなのです。貼りあわせた痕から、かすかにわかります。些細なことですが、私のためにご判断くださるでしょう。

タムスン・バート

ホームズは、読み終わると、手紙を置いて何も言わなかったが、ブツブツと独り言は言った。

「犯人め、面と向かってぼくをからかっているのか。あまりにも大胆だな」

私は質問した。

「君の考えはどうなんだ」

「あの手紙は、深い関係があるんだ」

「その日、部屋の中には人がたくさんいた。手紙は偶然に部屋の隅の絨毯の下に残されていた。そういうことは、よくあることだろう。どこが奇妙なんだ」

「きみはバート君の手紙の中で、手紙はすでに誰かが開封していた、というのを見なかったのかい。開けたのは誰なのか考えてみたまえ。また、なぜなのか。これは、犯人がもくろんだ細工なんだ。巧みなごまかしだよ。うまくない、とは言うことができないよ。もっとも、天下のことは往々にしてそれがあまりにも巧みだからこそ、転じて自分から敗れるものだがね」

翌日、私は早く出かけて、昼近くに帰ってきた。ホームズは、手に手紙を持ってカウチに寄りかかって座っていた。私が来たのを見て言った。

「ワトスン、今さっき、バート君がまたぼくに手紙を寄こしてきた。読みたいかね」

私は、帽子と服を脱ぎ、気持ちも慌ただしく、ホームズが言ったことを聞いて急いで手紙を取り、広げて見た。

その文面は次のようなものであった。

ホームズさんへ

昨日午後、手紙を一通お送りしました。きっとお読みになったと思います。あなたがお帰りになるときに言いつけられたことを、私は恐れています。自分でとても注意しているつもりです。出かけるときは特にそうです。

昨晩、往診から帰ってきました。空は、黒色に近づいていました。野原を通るとき、歩きながら振り返りました。あるいは私に危害を加えるものがいるのではないか、と疑ったからです。はたして人を見つけました。遠くから私をつけているようなのです。見え隠れしながら、村の近くまで来ました。森林を過ぎて、ためしに振り返ってみると、その人はなおも後ろをついてきます。遠くなったり近づいたり、およそ百ヤードの距離です。そのときは、空はまだ完全に暗くはなかったので、頬にヒゲがあるように見えました。ヴィル医師にそっくりです。心でそう疑いましたから、顔をちょっと見ようとして、木の後ろに身を伏せて待ちました。なかなか来ません。再度出て見ると、すでにいませんでした。どうやら、村人が畑から帰ってきたらしいです。それまであった疑念を捨てました。

はからずも、その夜、家の中で突然とても驚くべき怪しい出来事がありました。その日、遭遇したことを疑わないわけにはいかないほどに、ますます危険で恐れが増す出来事です。その夜、私が眠りについてまだそれほどたっていない時刻です。十二時でした。突然、階下からタイヤーの叱りつける声が聞こえました。すぐにドアを開ける音が聞こえ、とても驚きました。絶対に奇怪なことが起きたに違いない。急いで服をはおり、ロウソクに火をつけて、手にピストルを持ち、階下に行ってみました。部屋のドアから、タイヤーが息をはずませて走って戻ってきます。「賊がご主人の部屋に入った。ご主人はご存じですか。早く入って見てください」と叫ぶのです。入って見ると、窓は大きく開いていて明るい星が白く輝いています。光は、外から中にさし込んでいました。よく見れば、窓の鍵が壊されており、長机のいろんな物が、全部散乱していました。そのそばは薬棚です。棚の中の並べられていた薬瓶は、全部が移動していましたが、点検したところなくなっている物はひとつもありません。さらに窓の外の泥地を見ました。土は、すでに固く乾いていて足跡はありません。タイヤーにたずねると、次のように言いました。

「今晩は、寝返りをうって寝ることができなかった。安眠水《すいみんやく》を飲もうと思い、前の部屋に行った。ふと見ると部屋の中に火が灯っていて鍵穴から光が外にもれている。急いでドアを押すと、いつものように鍵がかかっている。すぐに部屋の中で足音がするのが聞こえた。大声でとがめても応えがない。急いで外のドアを開けて回って見に行った。方向を変えて塀の角を過ぎると、突然人が窓の中から出てきて狂ったように飛びあがって走り去った。追いかけたが逃げられた。そのとき、窓の中の灯火が消えた。暗闇の中でその姿をよく見ると、身体はとても大きく、衣服は黒色。服で隠れていて見えたのは横顔だった。濃いヒゲが頰をおおっている。顔は判別ができないが、形はヴィル医師にそっくりだ」

ああ、ホームズさん。私はこの一日で、ひとつ目に疑わしいこと、ふたつ目に驚くべきことに遭遇しました。私の兄の惨状を思い出し、おまけにあなたが別れるときに言った言葉が、このいろいろな恐ろしい現象と予測のつかない隠れた災禍に結びつきます。それらが頭の中でロクロのように回り、不安なままで、終日眠ることができませんでした。

私がこの村に住んでから長く、隣近所とはみな親密につきあっていることを考えると、私を恨んでいる者は、ただヴィル医師一人だけなのです。彼についての証拠が入手できていないのが残念です。これでは法廷に訴えることもできません。あなたが早く来て、私をお助けくださることを希望するだけです。

タムスン・バート

読み終わって、私はホームズに言った。

「バート君が手紙で書いている、彼のあとをつけた者と夜に彼の部屋に入った者は、同一人物だろうか。

それとも別人か。君はどう考えるかね」

ホームズはうれしそうに言った。

「ワトスン、そんな質問するなんて、きみの腕が上がったことになるな」

「君は、この手紙を読んで、きっともうわかったことがあるんだな。そうだろう」

「ぼくは、この事件について、すでにおおよそを把握している。バート君はとても危険だが、ぼくたちは今晩仕事を終えて、明日は必ず行くから、彼のために先に着手しなくてもいいだろう」

言葉が終わらないうちに、門番がまた手紙を持って入ってきた。開けて見ると、中身はほんの数語である。

ホームズさんへ
私は、今、事件に関係があることで、あなたに助けていただきたいのです。重要なことは、お目にかかってお話しします。今晩七時にあなたの部屋へまいりますので、お待ちください。

手紙の最後には、署名がない。

私は言った。

「ひとつが終わらないうちに、もうひとつが出てきたな」

ホームズが言った。

「その言葉の意味と、手紙に署名がないところを見ると、きっと普通ではない関係があるのだろう。だから、こんなに秘密にしている。しかし、ぼくの性格は、もとより奇妙なものを好むんだ。誰かが普通ではないことをぼくにやらせようとしている。ぼくが助けないわけがないじゃないか。ちょっと出かけてくる。七時前には当然帰ってくるからね」

「すごいね。君の頭脳は、まるで山の奥深い泉だな。汲んでも尽きない、使ってもなくならない」

言ったときには、ホームズはすでに上着をはおり、ステッキを持って、慌ただしくドアから出ていっていた。

その晩六時半に、ホームズは部屋へ帰ってきた。

「アクスの居場所は、とても秘密めいていたよ。だから、数日来警察か偵察しても確保できなかったんだろうね。ぼくは、ある場所を探し当ててね、そこにアクスはいるだろう。六時になっていたので、行くことはできなかった。今晩きみを連れて訪問するよ」

また、時計を見て言った。

「もう七時に近い。そろそろ約束した客が来るんじゃないかな」

言い終わらないうちに、呼び鈴の音が聞こえた。門番が入ってきて、会いたいという客がいると伝えた。

ホームズは、言った。

「入ってもらいなさい」

続けて客が一人、ふらりと入ってきた。縁が破れている黒い山高帽子をかぶり、衣服はとてもくたびれ垢じみて、ズボンには穴が開いている。鼻は高く、鋭い目は色眼鏡でおおい両頬の短いヒゲは乱れている。

部屋に入ってきて呼んだ。

「どちらが、ホームズさんだね」

ホームズは立ち上がって応えた。

「ぼくです。お座りなさい。あなたは誰です。ぼくに何をやらせたいのか、教えてください」

客は、もじもじしながら座って言った。

「とても重要な用件があるんだ。あんたに助けてもらいたくてね。要点を言うよ。もしかしたら、あんたのためにも手助けになるかも。このことは絶対秘密にしてもらわないと」

私を指さして言った。

「この人は誰だい。先に教えてもらおうか」

ホームズは言った。

「ワトスン医師でぼくの親友です。ぼくが手がけた事件の多くを彼に助けてもらっている。言いたいことがあれば、遠慮なくどうぞ」

客はその言葉を聞いて、少しためらった。初めは口をもぐもぐさせて言った。

「おれの名はクリートン、姓はモースだ。アクスのダチだよ。アクスのかわりに来た。アクスは殺人の疑いをかけられているが、自分で弁護できない。警察の捜査は急だし、アクスがもし出てきても、自分で疑いを晴らせるとは限らん。あんたの才能を知っているし、近ごろこの事件を引き受けたというじゃないか。あんたに助けてもらいたいと伝えるようおれに頼んできた。冤罪を晴らしてほしいってね」

私は、客の言うことを聞いて、驚きと喜びが脳の中でごっちゃになるのを感じた。呼吸が浅くなったのは、たぶん驚きからだ。ホームズは、事前にあたかも見てきたように判断する。まさに神業だ。客がここに来たのがうれしいらしい。奥深く曲がりくねり、微妙に広がるこの事件ではあるが、ひとつひとつえぐりだすのは難しくないだろう。まもなく真相を明らかにするのではないか。その次が聞きたいと思ったとたんに、ホームズが質問するのが聞こえた。

「アクスはどこにいるんですか」

「アクスは、初めおれの家に隠れていた。今はよそへ行った」

「どこに行ったんです」

「彼はしばらくよそで身を隠すと言っていた。決まった考えはないと。どこに行ったかは知らん」

ホームズは聞いていたが、ふと目の光を輝かせて、キラキラと輝かせて恐ろしいくらいに長く客の顔にあびせた。

ふいに叫んで言った。

「ねえ、アクス君。君は、クリートン・モースではないな。ぼくは、もうきみを知っている」

私はそれを聞いてびっくりしてしまった。見れば、客はギョッとして立ち上がり、慌ててどうしていいかわからない。自分で話したいらしいが、せっぱ詰まって言葉にすることができないようだ。

ホームズが言った。

「きみは生命に関係することだからといって、ぼくのところへ助けを求めた。どうして変装してぼくに会うのかね。対応が誠実ではないな」

客はためらって不安げだった。急いで色眼鏡をはずしマスクと頬に付けた短いヒゲを取り去ると、若者の白い皮膚の顔が現れ、きまりが悪そうに謝って言った。

「ホームズさん、お許しください。私は罪を認めます。私は、実はアクスです。私の友人クリートン・モースの名前をかたりました。警察が私を捕らえようと必死で、いったん捕まったら殺人の罪を着せられます。しかも証拠物件があります。冤罪だと弁解する方法がありません。偽らなければ、本当の姿で向かい合うことができないのです。特別に自分で隠すという方法を用いたわけです」

ホームズは言った。

「奇怪だな。アクス君、きみが自分で来なくても、ぼくはきみをたずねていくつもりだった。モースの部屋で、きみはしばらく座っていたね。この事件の始末と、きみが今日遭遇したことを、詳しく話してくれたまえ」

アクスは、椅子に座り直し、恥ずかしそうに言った。

「この事件について述べることは、私の恥と悔いをさらすことになります。今、ことここにいたっては、本当のことをお話ししないわけにはいきません。あなたの助けを期待しているからです。ただ、私はバートさんが殺されたことについては、本当に事情を知りません。これについて法廷で審議するということでしたら、私は志を堅くして変えません。あなたが信じないというのであれば、先に十分に誓って自分で明らかにしますが」

ホームズが言った。

「もうわかっている。早くその始末を話してくれたまえ。隠さず、もらさずね」

「私は、もとが名家の生まれです。私の父はかつて議員をしたことがありました。私は、不幸なことに小さいときから博打が好きでした。家産を蕩尽するまでになったのです。生計は日に日に逼迫しました。バートとはとても仲がよく、かつてはお金を貸してほしいといえば、彼もまたたびたび助けてくれました。先週の土曜日に負けの返済に迫られて、再びバートのもとに参上しました。バートは私の頼みを聞いてくれませんでした。そのとき、バートはちょうどあの兌換券を引き出しに入れているところでした。私は、実際にこの目で見ています。翌日、モートンが私に早く返済するよう要求してきました。すでに期限が来ているというのです。私を法廷に訴えるぞ、と。私は、あちこちから借りようとしたのですが、うまくいきませんでした。ついに、バートのところへ行きました。着いてみると内と外のドアは、大きく開いていました。そのまま部屋に入ると、ひっそりしており誰もいません」

ここまで語ると、ホームズが質問した。

「あの兌換券が置いてあった部屋は、閉めていなかったのか」

「そうです」

ホームズは私を見て言った。

「タイヤーの妻は、ドアは閉めておいただけで鍵はかけていないと言わなかったか。アクス君、内も外もみな大きく開いていたのかね。それなら、アクス君が着く前に、すでにその部屋には人が入っていたということだ。情況はとても明らかだ」

私は言った。

「そうだね」

アクスが言った。

「私は、初め彼を待つつもりでした。続いて考えました。バートはすぐに帰ってくるとは限らない。また、帰ってきても私の要請に応えないかもしれない。試しに引き出しを開けて見ると、五十ポンドの兌換券が、確かにそこにありました。密かに考えました。言わずに持っていくのを窃盗と言います。道理上は許されません。しかし、迫られている情況を考えれば、しばらく持っていって急場の間にあわせるのがいい。これで負けを償って、まだ二十ポンドある。もし博打で一発当てたら、明日には玉［金の意味］をもと通りに返す。完璧じゃないか。黙って持っていった罪についてもわびることができる。両得の考えでした。

翌日の朝刊を読むと、バートが殺された事件が載っています。私は、自分の友人が被害にあったことを悲しんだけれど自分の幸運を感じました。バートがすでに死んだわけですから、五十ポンドの銀兌換券について追及する者はもういないと。

そのときはちょうど昼近くでしたが、思いがけなく、突然私の友人であるクリートン・モースが飛んできて告げたのです。殺されたのはバートではなく、バートの兄だというのです。今、バートはあの兌換券を探していて、私がやったのではないかと疑っている。警察も駅に行って、私の昨日の行動を探索している。ついにはモートンの所で、あの兌換券が確かにバートの物であることを追及し尋問したというではありませんか。

昨日、私が兌換券を盗んだときとバートの兄が殺された時間が、ほぼ同じ時刻だとか。時間も同じで隠した証拠が明らかです。窃盗と殺人という重罪が、ついに私一人の身に集中してしまいました。百の口があったとしても、自分で弁解することができません。

私は、そのとき正気をまったく失って、癲癇の発作を起こしそうになりました。幸い、モースが私のために計画を練ってくれ、顔を変装させて、彼の遠い親戚として彼の部屋にかくまってくれました。それで警察の手から逃れることができたのです。

翌日、各新聞は、ついに私の窃盗と殺人をしきりに論じました。ひどいものになると私が犯人なのは明らかだ、という。私は、ついに厳然としてこの事件の真犯人となったのでした。

ああ、ホームズさん、私はこの奇妙な冤罪を受けて、どう考えても自分で弁解する方法がないのです。危険を冒してあなたのところに参上したのは、あなたに早く私のためにこの冤罪を晴らす方法を考えてもらいたいからです。この大恩は忘れません」

言い終わると、頭を垂れて目を閉じた。顔色は痛ましいほど悪かった。

ホームズは言った。

「ぼくが考えるに、この事件はとても骨が折れるね。きみの事情は、ぼくはほぼ把握しているが、ただきみはまだ全部説明していない。きみはあの日何号車に乗っていったのか」

「三号車です」

「あの日、ボルボレイはきみと同時に出発している。車中で会わなかったかね」

「きっと同じ列車ではなかったのでしょう。会いませんでした」

「ライフォート駅に着いたあと、駅からバートの部屋まで歩いていったのか、それとも馬車に乗ったのか」

「気持ちがとても急いていたので、馬車に乗っていきました」

「きみがバートの部屋についたとき、ドアはすでに大きく開いていたかね。ぼくの考えに大いに関係するところなのだよ。きみが兌換券を盗んで外に出たあと、会った者はいなかったか」

「細かいですね、あなたの質問は。私が来たのは、まさにこのためなのですが。

私は殺人罪を疑われていますが、いったん真犯人が捕まれば、私の罪はそそがれます。ただ、兌換券は実際に私が盗みました。ですから、禁錮の罪はやはり免れることはできません。今、それをあなたに話せば、少しでもあなたの助けになり、私の罪をあがなうことになるのを願います。あなただけが、バートに言って、私を禁錮の苦しみから救うことができるのです。そうなれば、永遠にあなたが幸福になるよう、一生涯神に祈り続けます」

「むつかしいことではないね。ぼくはバート君に、あの兌換券については追及しないように言おう。きみは、罪を免れることができる。きみがあのとき遭遇したのは誰なのか。何があったのか、早く言ってくれたまえ」

「私は、そのときドアを出たあと、急いで駅に向かいました。心臓がドキドキしてただバートに出会うのが恐ろしかった。会えば、ことは必ず露顕するはずです。幸いそこはとても辺鄙なところで、通行人も少なかった。回り込んで建物のかたわらにある森に入り、樹木の中を突っきって行きました。約二百ヤード行くと、人が一人木の後ろに伏せて頭だけ出して見張っているのが、急に見えました。両眼は大通りを直視していました。ふと振り返って私を見るとなんだかとても慌てたように、すぐさまマッチを取り出すとタバコに火をつけました。ゆったり落ち着いているように見せてごまかすつもりのようです。

私は怪しく思い歩きながら頭をあげて、彼に注目したのですが、私の頭脳はあっという間に乱れました。その驚きは大きかった。偶然の巧みなのでしょう。私がバートを恐れていたそのときに、バート自身がゆっくりとやってきたのです。そのとき、私は心にやましいところがあってびくびくしていましたから、急いで林の生い茂っているところを選び、頭を低くして疾走しました。約数十ヤードのところで、再びバートを振り返りました。彼はそのまま通りすぎました。私を見なかったようです。部屋のドアまで行くと、突然木の後ろから人が、すばやくバートの後をつけていくのが見えました。バートがドアから入ると、その人もきびすを接してひそかにあとを追って入っていきました。

以上が、私がその日兌換券を盗んだあと、途中で出会ったことです。今から思えば、その日に遭遇したバートは、きっとバートのお兄さんのボルボレイだったに違いありません。あの兄弟は双子なのです。容貌がもとから似ています。木の後ろでうかがって、あとをつけたやつが、ボルボレイを殺した真犯人です。明らかです」

話がここまで来ると、ホームズが急に質問した。

「そうすると、やつの様子をきみは確かに見たんだね。身体つきはどうだった。早く言ってくれたまえ」

「身体はとても大きかったです。衣服は黒色のラシャ。顔はやや長く、鼻が高くて、青黒い濃いヒゲで頬はおおわれていました」

「目は何色だったか」

「そのときバートに見られるのが恐ろしくて、急いで走って逃げたので見ていません」

「ボルボレイがあの林を通っていったとき、そいつから何ヤード離れていた」

「約二十ヤードでしょうか。やつの考えを推測すれば、あるいは林の中で出迎えて殺すつもりだったけれど、思いがけず私に見られてしまった。それで私が遠くへ去るのを待って、それからボルボレイの後をつけ、後ろにひっついて部屋に入った。そのとき、タイヤーはすでによそへ出かけていてその妻は、めまいが起こって二階にいる。部屋には誰もいない。ついに凶悪犯人に、殺害する隙を与えたのです」

「きみの話は、ぼくが及ばなかったところを補ってくれたよ。ぼくが考えるに、犯人はきっとぼくから逃れることはできないね。この事件の結末がわかった。きみのことも解決するよ」

アクスは、立ち上がって言った。

「ホームズさん、あの兌換券を盗んだことは、今は悔やんでも悔やみきれません。あなたが私のために配慮し、窃盗の罪を免じてくださったことに感謝します。本当に感謝にたえません」

言い終わると、再び眼鏡をかけマスクをつけて、ためらいながら出ていった。

アクスが行ってしまうと、ホームズは黙ったまま、姿勢正しく椅子に座り、なんだか憂いがあるようだった。

私は質問した。

「アクスによれば、兌換券を盗んだ犯人と殺人犯は、別人ということになるな」

「そのようだね」

「最も不可解なのは、あの村の人だよ。ボルボレイを知っている者はまったくいないのに、彼はなんで殺されたんだろう。ボルボレイを殺したやつは、バート君の敵の中にいるんじゃないかな」

ホームズがとても称讃して言った。

「いいぞ。ワトスンらしいな。きみはこの事件の事情について理解しているらしい。きっとバート君の敵だろう。バート君はボルボレイと容貌が似ている。あわてて誤って殺してしまった」

「バート君の敵といえば、ヴィル一人だ。アクスの話と合わせると、身体的特徴は、ヴィル以外いないじゃないか。そうすると、そのままヴィルがこの事件の真犯人ということで決まりだな」

「この事件は、あらかじめ決めつけてはだめだ。だが、この殺人を犯した凶悪犯人は、最初からもうぼくの頭脳の中に深く刻まれている。ほじくり出そうとしても、それはできないな」

「君は、確かに知っているのなら、どうしてすぐに行って捕らえないのかね」

「言うだけなら簡単だね。すぐに捕らえて法廷へ送っても、罪を証明する何があるというのかな」

「ボルボレイが殺されたのが、証拠ではないのか」

「誰かが実際に目撃したなら、証拠となるかもしれない。だが、殺された証拠はわずかにふたつしかない。ひとつは、衣服のうえに残った、刃物をこすりつけた血の痕だ。しかし、短い刃物なら捨てて証拠を隠滅するのはむつかしくはない。もうひとつは、窓の外に残された足跡だ。しかし、店で作られる靴で同じようなものはたくさんあるだろう。そんな些細な靴跡で、殺人罪を証明できるだろうか」

「じゃあ、どうするんだ」

「ぼくがすでに調査している人間は、神経が鋭く緻密だ。ぼくたちのようにね。もしも、あいつがことを急いでいないとすれば、ゆっくりとバート君をはめる計画だろう。そうなると本当に、防ぎきれなくなる。

だがぼくが考えるに、犯人のバート君を殺したい気持ちはさし迫っていて、遅らせるということはない。危険を冒してやらざるを得ない。アクスが話した、先日危険を冒して住宅に入り込み、ボルボレイを殺した、というところだよ。それでざっとわかる。

ぼくは、今、犯人が手を下すのを待っている。それに乗じて一気に解決する。そうすれば犯人がバート君を殺す理由と先日バート君の兄を誤って殺した理由が、すべて明らかになる。そうして、証拠は確実なものとなる。犯人が罪から逃れることはできないよ。

ワトスン、きみはぼくがロンドンに戻った理由を知っているかね。凶悪犯人は、抜け目なくいたって狡猾だ。前の夜、ぼくたちがバート君のところにいたとき、あいつは窓の外から密かにうかがっていたんだ。ぼくのやることを見て、行動を決めようとしていた。だからぼくは、すぐにロンドンに戻った。隙を与えれば、反対にぼくの方からその後のことをうかがうことができるだろうからね。バート君が手紙を寄こして、昨日彼のあとをつける濃いヒゲの者がいると言っていた。きみは誰だと思う?」

「きっと犯人だよ」

「いいや、あれは犯人ではない。犯人を追うホームズだ。ぼくは、昨日の朝帰って、午後密かに出かけた。訪れてわかったのは、バート君がコリンペン村へ往診に出かけたことだった。ついでにノーランを訪問している。すべてを調べて、ただちに濃いヒゲで変装して、主要な道で待ち伏せした。バート君の後を密かに見ている人間がいないか調査するためだ。凶悪犯人は、とても用心深いことは言うまでもない。最初から最後まで見つけることはできなかった。しかも、バート君は歩きながら振り返るから、すぐ気づかれてしまった。そこで回り道をして、夜の列車に乗って帰ってきたんだ。

今日は、クラスンとの約束があるので行かないけれどね。しかし、ぼくはクラスンに行くように命じた。クラスンは、ライフォート一帯にいつも出入りして、あの土地についてはは熟知している。だから、ぼくは彼を雇って行かせたんだ。ただ、彼は少しにぶくてね、あの凶悪犯人の敵ではない。ぼくはバート君のためにとても危機感を持っている」

そのとき、私は夕食を準備していた。二人で食べ終わり、雑談をしようとすると、時計が十一時を知らせた。ホームズは前から寝るのが嫌いで、事件があると常に夜中もきちんと座って、疲れた様子を見せない。時に、ゆったりと落ち着いてバイオリンを弾いて、自分を元気づけ気晴らしをする。私は、もう疲れたから横になろうと思い、カウチに寄りかかった。

ふと呼び鈴が響いた。門番が青い字の封筒を持ってきた。見れば電報である。急いでホームズと共にながめると、ライフォートから発せられたものだとわかった。バートに違いない。その文面は次の通りだ。

ホームズさんへ　今ノーランのところから帰る　途中で突然人に襲われ刺される　幸い助けられた
敵はまだ捕まらず　早急に来られんこと望む　バート

読み終わると、ただちにもう一通至急電報が届いた。開いて見るとクラスンが出したものだ。文面はきわめて簡潔だった。バートが刺されたが助かった、幸い重傷ではない、現在犯人の形跡を調査中、云々。

私はホームズに言った。

「犯人は、ここ数日のあいだに、残忍きわまる手段を続けざまに打つもんだな。バート兄弟を殺さなければ、止まないのだ。本当に人を驚かせ疑わせるね」

ホームズは言った。

「ぼくは前からすでにこのことを予測していた。ぼくが行けないのがくやしいよ。絶好の機会を失うとは、実に惜しい。今後はおそらく面倒なことになるな」

「犯人は、逃亡するだろうか」

「いいや。凶悪で狡猾な計略がひとつうまくいかなかった。次はさらに計略を変えてくるに違いない。簡単には捕まらないよ」

翌日の昼食後、ホームズが私に言った。

「今日は、ライフォートへ行かなくちゃ。きみも一緒に行くかい」

「おおせのままに」

ホームズがきびすを返して更衣室に入ると、すぐに一人の老人が中から出てきた。頭髪は白く、皮膚にはシワが寄っている。背中をかがめて首を低くし、身体を丸めて佝僂《せむし》のようになって進んできた。私は、ホームズが事件を手がけるとき、いろんな容貌に変装するのをいつも見ている。慣れているので見ても不思議ではなかった。そこで言った。

「すばやく変装したもんだね」

「ぼくたちが今日行くことは、人に知られてはいけないからね。きみもちょっと変装するのがいいだろう」

私は、部屋へ入ると、破れて垢じみた服に着替え、色眼鏡をかけて、帽子で額をおおってからホームズと一緒に出かけた。

バートの所へ着くと、ドアを入った。タイヤーがちょうど中から出てきて質問した。

「お二人様、ご用はなんでしょうか」

ホームズが言った。

「往診です」

部屋へ入ると、バートが椅子にきちんと座っているのが見えた。顔色は青白く深い憂いの様子を見せている。左耳のところにかすかな血痕があり上から薬が塗ってあった。

私たちが入ってくるのを見て、立ち上がって言った。

「お客さん、どうしたんです。何かあったのですか」

ホームズが、前に出て言った。

「バート君、怪しまないでくれたまえ。ぼくはホームズだ。友人のワトスンだよ」

バートは、それを聞くといぶかりながら、長いことじっと見ていた。

「なんてうまく変装したものですね。ほとんどわかりませんでした」

ホームズが言った。

「きみの敵を日夜調査する必要があります。ぼくたちがここに来たことをもし犯人が知れば、必ず計略を変更するでしょう。あるいは、逃亡するかもしれない。かえってやっかいなことになります。そこで変装して、察知されないようにしたのです」

　言い終わると、すぐさま野原に面した窓を閉め、窓のブラインドを下ろして、ようやく座って質問した。

「昨夜、電報を受け取って、きみが途中で刺されたことを知った。ことの次第を詳しく話してください」

「あなたが帰った後で、この両日に怪しいことに重ねて数回遭遇しました。前の手紙で詳しくご報告しましたが、昨日、私は五軒の往診に出かけたのです。帰り道にはノーランの家を訪れてしばらく話しました。日がようやく暗くなり、家までの道半ばまで帰ってきたとき、空の色はすでに黒くなっていました。道の左にある崩れた塀から、思いもかけず人が突然飛び出てきて、後ろから私の首を刺したのです。すんでのところでかわしました。左頰の下がすでに一インチばかり切り裂かれていましたが、幸いなことに深くはありませんでした。そのとき、私は左手に手提げ革カバンを持っていて、右手にはガラスの薬水瓶を二本携えていました。革カバンは一杯だったので右手にわけて持っていたのです。あなたからあらかじめ聞かされていましたから、ピストルを準備して持っていたのですが、慌ててしまって取り出すことができません。一瞬でひらめいて、手の中の瓶を力まかせに投げつけました。顔に命中し、そいつは負傷したらしく、動作がやや鈍くなりました。私は叫びながら逃げました。ちょうど人が後ろから来ていて、声を聞きつけて救ってくれたのです。あの凶暴な犯人は、山の方に向かい原野の林の中を飛ぶように走って逃げていきました。私は脱することができ村に入ると、警察を呼んで追跡してもらいましたが、今にいたるまで行方がわかりません」

「その人物の顔を見ましたか」

「そのとき、暗いとはいっても、少しばかり判別はできました。体格はとても大きく、顔は痩せて両頰にはヒゲがありました。あとで思い出すと、考えれば考えるほどヴィルのようなのです。私は、彼には初め恨みなどなかったのです。いたずらに名声を争ったために、一度ならずこんなことになってしまった。これ以上堪えることができません。訴えるつもりです。あなたのお考えはどうですか」

「何を証拠にその罪を訴えるのですか。見たものが証拠だと言いますか。暗い中で見たものが、十分な証拠になりますか。法廷において、曖昧で疑わしい言葉で、彼の罪を急いで証明することができるでしょうか。軽率にことを進めれば、法廷で反駁され却下されるばかりか、それによって損害をこうむります」

「あなたのおっしゃる通りです。ノーランは私が脅されたと聞いて、今さっき私に会いにきました。あなたと同じことを言いました。しかし、私の怒りは、自分で抑えることができないのです」

「ホーガンは、このことについて何と言っていますか」

「ホーガンは、毎日必ず私に会いにきてくれます。今日はまだですが」

「そうだな、きみの方から、ここに来るように彼を誘ったらどうですか。このことをちょっと相談したいと言って」

「私もそう思って、タイヤーに行かせました」

話がここまで来ると、ホームズは立ち上がって言った。

「ぼくにはまだほかに用事があってね。しばらくお別れします」

バートが言った。

「どうして急にロンドンに帰ってしまうのですか」

「ぼくは調査して知っているのですが、あの凶悪犯人は、朝晩きみのことをうかがっています。ぼくがあいつを見ているのと違いはありませんが。ぼくたちが、君のところに長居したことを知られてしまうと、ことが面倒になるのですよ」

「遠くへ行かないですよね。今晩八時に、ワトスンさんと一緒に、私の小宴におこしください。よろしいですか」

「わかりました。一緒に出席します」

私たちは、バートのところを出て、東に向かいヴィルの家の近くに来た。ちょうどヴィルがドアの外をウロウロしている。誰かを待っているようだ。彼とは約数十ヤード離れていた。ホームズは手で急に私の肩を押さえると、よろよろと歩き、うめき続けた。ヴィルの側を通りすぎると、見て言った。

「ここはヴィル先生のお宅ではありませんか」

ヴィルはそれを聞いて言った。

「そうだが。それを聞いてどうするつもりか」

ホームズは言った。

「先生に診察してもらいたいんですが」

ヴィルは言った。

「それなら、お入りなさい。あなたがたずねたヴィルとは、私のことだよ」

ホームズは背中に手を回すと、身体をかがめて進み、部屋に入った。

ヴィルが質問した。

「診察してほしいということだが、さて、あなたの痛いところはどこか言ってくれ」

ホームズは、カウチの上に寄りかかり、うめいて言った。

「私は少年のときに、サッカーをするのが好きだったんです。たまたまつまずき倒れて腰と股間を傷つけ、ついに持病になってしまったわけです。近ごろは、年をとってますます激しくなっています。私の背中は丸まって半分はこんな具合だし、道を歩くとにわかに痛みが出て堪えることができません。どうか治してください」

ヴィルは言った。

「簡単だ。私の薬は痛みにすぐ効く。試してみなされ」

ホームズに命じて、腰と背中を出させ、薬で洗い、さらに別の薬をつけた。それで治療は終わった。ホームズは、カウチに腹ばいになったまま休んでいる。しばらくすると、急に起きて座り叫んだ。

「治ったぞ。すばらしい。先生の薬はこんなに早く効くんですか」

ヴィルは喜んで言った。

「痛みが止まったのですな」

「そうです」

「数分以内に、効果がたちどころに現れる。そこが私の薬のいいところだ。それと私の処置がいいのでね」

ホームズは、喜んで支払いをすませた。立ち上がって出ようというとき、小声で私に向かって言った。

「うまいねえ。ヴィル先生の技は神技だね。言っただろう、バートよりもずっと優れていると。ヴィル〔原文は維爾。あなただけ、あなたが一番、に通じる〕という名前を見ても、バートに負けるわけがない。どうだい」

ヴィルはそれを聞くと、突然椅子から飛びあがって言った。

「チエッ、お前は何と言った。お前もバートを知っているのか」

「そうですよ。私は彼に診てもらったことがあるので知っているのです」

「あいつは、自分でわしを上回っていると言ったのか」

「彼は、初めはあなたに負けていたが、今は、だんだんとあなたを凌駕している。以前はあなたのところへ向かっていた者が、今は彼のところへ向かってくる。毎日往診にでかけ、休むひまもなく、たいてい夜にようやく帰る。ところがあなたは一日中部屋に座ったまま。診てもらいにくる者もほとんどいない、と言っていました」

言葉がまだ終わらないうちに、ヴィルは突然狂ったような様子になった。顔は凶悪になり、黒くなった。怒りのために指をつきつけ、罵って言った。

「盗人め、わしを中傷する気か。この手でナイフを突き立ててやる。あいつの兄ボルボレイは殺されたじゃないか。あいつは恐れというものを知らんのか。それなのにヌケヌケと。もうすぐあいつの番かもな」

罵りながらテーブルの前に近づくと、帳簿を取ってホームズへ向かって放り投げて言った。

「これは患者の受付簿だ。見てみろ。わしがあいつに負けているというのか。今日は友人との約束があって、この時間でもまだ家にいただけだ。そうでなければ、早くに出かけていたよ」

さらにポケットの中から一冊をさぐり出すと、ホームズに示して言った。

「これは、わしの日記帳だ。毎日何時にどこに行ったか、何時に何をしたのか、詳しく記録している。偽造などできないぞ」

ホームズは、背中を曲げたまま進み、身体を揺らし手を震わせて、まるで驚き恐れに堪えないかのようにその日記帳を捧げ持つと、ざっと見て、すぐさま返却して言った。

「私の言葉が礼を失していましたら、どうぞお許しください」

言い終わるとすぐに退出した。ホームズは、私と出るとすぐさま狂ったように笑って言った。

「あの人は粗暴だね。少しの言葉で興奮するんだから。彼のあの日の足跡は、全部私に話したのと同じだよ」

「あの凶暴な様子と、次々と狂ったような言葉が出てくるところを見ると、心臓がドキドキするよ。彼を疑わないわけにはいかないな」

「彼の日記に記載されていた。先週日曜日の三時には、キャンベドランへ行って、某の部屋で診察していたよ」

「その記載は、はたして信じられるだろうか」

「判断するのは簡単だよ。彼が某の部屋に行ったというのであれば、そこをたずねてみれば、すぐにわかる」

そう言ったとき、ふと一人男が道の左側に立って口笛を吹いたのが聞こえた。ホームズは歩みを止めると小声で呼んだ。

「クラスンか」

その人は声に応じてやってきた。ホームズは言った。

「住所を探し当てたんだな」

クラスンは言った。

「前方の村の端です。小さなホテルでとても静かです。ホテルの主人は、おれと知り合いだ。もう一室を借りてあります」

一緒に行くと、そこはとても静かで辺鄙なところだった。部屋は粗末で狭苦しい。主人に鍵をもらってドアを開けた。部屋に入るとホームズがクラスンに言った。

「今、仕事がひとつできた。きみはキャンベドランへ行って、ぼくのために調べてほしい。今晩で間に合わなければ、明日の朝、必ず返事が必要だ」

ついでに手帳を出すと、一ページを破り取り、ヴィルがその日行った場所、その往復の時刻をすべて書き込んだ。クラスンが出ていくと、私たちはしばらく座って休憩した。

空の色がようやく暗くなり、七時になる前に、ホームズとバートとの約束のために出かけた。バートの家に近づくと、ホームズは暗闇の中で数回周りを観察した。まったく人影がないのを見て、ようやく部屋に入った。

バートは、椅子にきちんと座っていた。足音を聞いて慌てて外を見て、まるで驚きと恐怖に堪えないようだったが、私たちを見ると喜んで言った。

「あなたたちでしたか。いらっしゃい。私は何度も意外なことに遭遇し、考えれば考えるほど恐ろしくなるのです。頭がとても混乱しています。私を害するものは、ほとんどなんでもありという具合ですね。私は今日は一歩も外出していません。往診を求める人は、みな断りました」

ホームズが言った。

「犯人の目的は、きみを殺すことです。しばらくのあいだ外出しないでいられますか。でも家にいてもむだかもしれません。きみの兄上が殺されたのは、部屋の中でしたからね」

「それなら、どうしたらいいのですか」

「この事件の内情と、奸智にたけた人間の狡猾な謀略について、ぼくはすでに見破っている。待っているその時機が、まだ来ていないだけです。さらに数日がたてば、この事件はすべてが明かになります」

バートはさらに問いつめたが、ホームズは答えなかった。

しばらくして、みなで食堂へ入った。たくさんの料理が次々と並べられた。

バートが言った。

「私は、今日は部屋の中で気がふさいでいました。ホーガンは、また来ませんでした。本当に苦しく、寂しく静まりかえっていたのです。あなたたちが来てくれて、どんなにうれしく喜んでいるか」

ホームズが言った。

「ホーガンは、なぜ来ないんだろう」

「ロンドンへ行ったそうです」

「何の用事でロンドンに行ったのかな。先日、きみのところで、そんなことを言っていなかったじゃありませんか」

「さっき、タイヤーを行かせて、彼にこの小宴に来てもらう約束をしようとしました。そこで彼がロンドンに行くと初めて知ったのです。どんな用事なのかは、まったく知りません」

食事が終わって、しばらく談話をしていると時計が十時を知らせた。バートは、強く彼のところで泊まるように言ったがホームズは承知せず、ついに辞去した。まず回り道をして、コリンペンの電報局へ行った。すばやく電文を書くと、すぐに発信するように言いつけ、ゆっくりとホテルまで歩いて帰った。

ホーガンの家の前を通ると、ドアはすでに鍵がかけられ閉じており、窓のカーテンもすべて下ろされていた。室内は灯火が、弱々しい光を投げかけていて、たぶん寝ようとしてまだ寝ていないのだろう。

ふとホームズが話すのが聞こえた。

「ホーガンではないな。バート君は、彼はもうロンドンへ行ったと言っていた。なぜまだここに留まっているんだろう。ぼくが見てやろう」

窓のカーテンに一人の影が見えた。ホーガンに似ているようだ。すっと見えなくなり、灯火も消えた。

私は言った。

「灯火の影ではぼんやりしている。ほとんどわからないじゃないか」

ホームズは、頭を振って何も言わない。周りは暗くなり、寂しくて見るところがないため帰った。

次の日の朝、私が目覚めたときはすでに七時半だった。見れば、ホームズはいつのまにか外出していた。午後近くになって、ホームズはようやくそそくさと帰ってきた。

「君は起きるのが早いな。私が七時半に起きたとき、君はもう出かけていたね」

「今朝、クラスンが来たんだ。ぼくはそれで起きた。出かけたのは七時二十分だったよ」

私は急いでたずねた。

「クラスンが帰ってきたのか。ヴィルのことはどうだった」

「彼の日記帳と一致したよ。彼は、あの日キャンベドランへ行って六時に帰ってきた」

「間違いじゃないだろうね」

「ぼくが考えるに、間違いはなさそうだ」

私はその言葉を聞くととても失望した。今まで一再ならず怪しいとにらんでいた者が、今、突然変わったと感じたからだ。なんと予想外のことであろう。この事件は、明らかにしようとすればするほど、ますます隠れてしまう。今日の情況からは、空っぽで着手するところがまったくない、とかえって思った。人をとてもいらいらさせるのだ。それでまた質問した。

「ところで、君はまたどこへ行ったんだ」

「ぼくはまず駅へ行った。あることを調査して、さらにコリンペンの電報局から電報を一通打った。そうして帰ってきたんだ」

調査したことを問いつめてもホームズは答えず、私に告げた。

「この事件の凶悪犯人は、今日はこの村を出ていかない。ぼくはこの犯人を人に捕まえさせはしない。犯人は計画を変更したのかもしれない。あるいは、逃げだすつもりか。予測がつかないな。たぶん今度の行動も無駄だ」

「それなら、どうしたらいい」

「ぼくたちは、ここにいてもむだだ。バート君に別れを告げてそれからロンドンへ戻ろう」

ホームズは言い終わると、その通りにした。

一時にバートの家につくと、バートは、ちょうど昼食をとっているところだった。私たちが来たのを見て、食事を共にしようと誘い、そうして不安な様子で言った。

「私が置かれた境遇の苦しさは、あなたたちもよくご存じでしょう。ここのところ誠実に交際しているのは、ホーガン一人だけです。心の内の真実を相談することができたのに、思いがけず彼は用事で遠く離れることになりました。私はますます孤独になります。どうしたらいいのでしょう」

そうして電報を一通取り出し、ホームズに渡した。見れば、今朝八時にホーガンが寄こしたものだった。ロンドンのルソンペンリング・ホテルから出されている。その文面は以下の通りだった。

バート君へ　昨日用事でロンドンに来た　一、二日で帰るつもりゆえ告げず　突然アメリカからの電報を受け取った　鉱山業務の是正で急に処理しに行く　今晩九時アメリカ行きローケン号に乗る　会ってお別れできない　四週間後に会おう

ハミルトン・ホーガン

ホームズは読み終わって言った。

「彼は、アメリカの鉱山業務と何の関係があるのだろうか」

バートは言った。

「ホーガンの父が、かつてアメリカに住んでいました。晩年になって帰国したのですが、その資産の半分は金鉱から出たものです。鉱業株はほとんど売ったのですが、すべてではありません。それでホーガンは、行かざるを得ないのです」

言葉がここまで来ると、ホームズはすばやく立ち上がり帰ろうとした。バートは、ますます憂鬱な様子を見せて、寂しく言った。

「ホーガンは行ってしまった。あなたたちも帰ろうとしている。私はどうしたらいいんだ」

ホームズは言った。

「心配しすぎないように。ぼくは、きみを助けると約束します。きみを危険な情況には決して置かない。心配しないように。ことがもしも急を要するならば、ぼくが自分で来ます」

私とホームズは出立した。バートはまだぼんやりとドアのそばに立っていた。こちらを見つめ悲しそうだ。まるで子供が、持っていた手提げカバンを急になくしたかのようだった。

私は、それを見て特別に考えないわけにはいかないと思った。バートがここにいるのは、とても危険ではなかろうか。もしも予測できないことが起きたら、急に何ができるだろう。ホームズを見れば、毅然とまっすぐ歩いている。まるでまったく顧慮するところがないようだ。だからとても疑い驚きもした。

列車に乗ってウォータールー駅に着いた。ホームズはただちに馬車を借りて乗ると、スコットランド署《ヤード》へ行くつもりのようだ。私はほかの友人を訪問したかったので、別れていった。

夜、六時に私が部屋へ帰るとホームズもちょうど着いたところだったので、下僕を呼んで食事の用意をさせ、一緒に食事をとった。

食事が終わると、ホームズは私に言った。

「今、ホーガンはロンドンにいる。ぼくは行って会う時間がなかったんだ。今晩、用事がなかったなら、一緒に会いに行かないか」

私は承知し、帽子を取って、一緒に出かけた。ルソンペンリング・ホテルへ行くと、ホームズは門番に、ホテルの客の中にホーガンという人がいないか聞いた。

門番が言った。

「おいでです。第七号室にお泊まりです。しかし、来られるのが遅かったです。あのお客はもう出発されました」

ホームズは、急いでたずねた。

「もう出発したのか」

「アメリカへ行くそうです。ちょうどローケン号が今晩出港します。先に船の切符を購入していました。三十分前です。ホテルに下僕を呼んで送らせて乗船したようです。船は九時に出航とか。急いでいけば、まだ出発していないかもしれません」

ホームズは、がっかりした様子で私を連れて出て私に言った。

「ぼくは、まだ用事がひとつある。ちょっと行ってすましてこよう。きみ、先に帰ってくれたまえ」

言い終わると、慌ただしく行ってしまった。私はすぐに帰った。

ここまで書いてきて、我々二人のことはしばらく置いておくことにする。別のことを述べておきたい。その晩の九時、ホーガンがローケン号という船に乗り、アメリカへおもむいた後のことだ。

夜の十二時、ロンドンはチャリング・クロスに、二人の人物がいた。あるコーヒー店から出てくると、歩きながら話している。一人の紳士は、着飾り体格がやや大きく、両頬にはヒゲがまだらに生え、年齢は五十ばかりだった。もう一人は、年がやや若く、太って背が低いが健康そうだ。服装はやや劣り、比較すれば粗末と言えた。二人は、ある中級ホテルの前に来ると、中に入り、ホテルのボーイを呼んだ。二十五号室の鍵を取り出しドアを開け、ガス灯に火をつけると、ボーイは退出した。すぐにドアに鍵をかけ、後ろの窓にはカーテンをおろし、窓に寄りかかって座った。しばらく静かなままだった。ふと一人が言うのが聞こえた。

「この場所は誰にも知られていない。あのことについて相談しておこう」

「早くやるにこしたことはない。おれはあんたを手伝うよ」

「助けてくれて感謝している。ことが成功したら、昔の負債は計算に入れずに、ほかに五百ポンドを報酬として払おう。それだけの価値はある」

「危険を冒してやるんだ。二度目はない。どういう計画で殺すんだ」

「もう詳しく調べて準備してある。ほかの計画では、必ず足がつく。明日、お前と私が行く。計画通りやるんだ。お前の考えはどうだ」

その男は、強く称讃して言った。

「いいな。しかし、何時に行くんだ」

「五時頃だ」

そこまで言うと、ドアを開ける音が聞こえた。二人のうち一人が中から出ていき、ドアの外に行った。

周りをながめたが、夜はすでに深く、往来する人はだいぶ少なくなっている。ただ一人老人が、背中を折りまげて、道の左を行ったり来たりしている。男はまったく気に留めず、すぐに戻っていった。

この老人は、男が行ってしまったのを見ると、突然背中をあげて腰を伸ばし、身体をまっすぐに立てた。口笛を吹くとたちまち一人の男が、暗闇の隅から出てきて老人の前にまっすぐやってきた。

老人は呼びかけて言った。

「オルニー、きみたちは何人ここにいる」

「二人です」

「あの殺人犯を慎重に見張れ。網から逃すんじゃないぞ。変化があったら、すぐにぼくに言うんだ」

言い終わると行ってしまった。

さて、二十五号室で相談していたあの二人だが、ドアに鍵をかけて窓を閉め、密室にして、他人に知られないようにしていた。あにはからんや、窓の外の暗闇の中には、すでに老人が一人いて、聞き耳を立てていた。その老人は誰か。すなわちロンドンの探偵の中で最高、神も幽霊も予測することのできないホームズなのであった。

その夕方、二人がコーヒー店にいたとき、ホームズは、すでに情報を得ており、老人に変装して偵察に行った。二人が、人の多いざわついた場所は密談には適さないと嫌い、すぐにコーヒー店を出たのを見て、ホームズは密かにあとをつけてあのホテルについた。先にホテルの主人に告げ中に入れてもらい、裏庭に行って窓の下にひそんで伏せた。ここは、もとから上等なホテルではなく、家屋は安普請だ。左側の窓のガラスの一角に半インチばかりのかすかな欠けがあり、ちょうど空気が通る。そこで聞き耳を立てていた。あの二人が、窓の内側で密談していたときは、ホームズが窓の外にいて聞いていたときでもあった。情報を得たことを知られるのを恐れて、ホームズは先に飛び出た。しばらくすると年若い方も出てきたので背中が曲がっているように装い、老人の様子でごまかした。あの一人を見張るように命じて、手配はすでに定まりようやくベイカー街の住居に戻ることにした。時計は、すでに二時二十分を知らせた。

翌朝、私がようやく起きると、ホームズが不意に外から入ってきて私に言うのだった。

「忙しくいろいろ動きまわる日だよ。今日で事件は終わる。ぼくはすべて手配したからね。たとえて言えば、大グモが窓に網を張っているようなものだ。折れ曲がっていようが、遠かろうが近かろうが、張り巡らしていないところがない。その端に触れた瞬間に、身体を必ず縛る。あの騒がしい音をたてる者どもが、自分で引っかかるのを待つだけだよ」

「君はもう凶悪犯人の形跡をつかんだのか」

ホームズは昨夜の出来事を説明した。ひとつひとつ告げられ、私はそれを聞いていぶかしく思い聞いた。

「それじゃあ、凶悪犯人は誰なんだ。君は知っているんだろう」

「次々と質問しないでくれよ。時が来れば自然にわかる。しかし、今日はライフォート村に行かなくてはならない。情勢はとても危険だ。一緒に行って助けてくれるかね」

「この事件の始まりから今まで、私は全部を一緒に体験している。今さら危険を恐れて行かないなんてことはないよ」

「行くときには必ずピストルを持ってくれたまえ。不測の事態に慎重に準備するんだ」

午後近く、私たちは馬車に乗って出かけた。

列車が駅についたあとで、近道をしてコリンペン電報局へ行き、電報を一通打った。そのあとでバートの家についた。

バートは、私たちが来たのを見ると、意外だったようでとても喜んだ。立ってドアのところで出迎えた。ホームズが言った。

「ここは本当に不便ですね」

一緒に二階へあがり座るとホームズが言った。

「先に言っておきますが、今日ぼくたちがここに来たことは、内密に願います。家の中の人にも、もらすなと必ず言いつけてください」

バートは了承して言った。

「昨日、あなたたちが帰ったあと、今までこの部屋を出てはいません」

ホームズが言った。

「そうではないのです。今日からきみは平然としていればいい。心配はいりません。今からきみを招く者がいます。ひとつひとつ往診に行かねばなりません。断ってはいけない」

バートは、ためらって言った。

「なぜですか。私は今、危険なんでしょう」

「質問はなしですよ。ぼくの言うことを聞くだけでいい。決してきみを危険にさらすことはありません」

座ってしばらく話をして、バートは出ていった。午後、バートが突然二階にあがってきて、電報を一通手渡した。開いて見ると、その文面は以下の通りだった。

ホームズさんへ　五時ちょうど約束の場所で待つ　ホプキンズ

ホームズは、見終わるとすぐにポケットの中におさめ、バートに向かって言った。

「自転車を二台準備してください。もう少しで必要になるんだ。すぐにお願いする」

バートは承知して階下へ降りていった。買い備えたのである。

空の色が暗くなりそうだった。ふと呼び鈴が速く鳴るのが聞こえ、ホームズが急いでかがんで窓から見ると、野卑な人が見えた。御者のようだ。バートの部屋にずかずかと入ってくると、バートを呼んだ。

「ミスタ・バートさん。失礼しますよ。おれの主人はミスタ・トーエンで。モートビー村に住んでおりやす。前に痰が出る病気になって、あなたに診てもらって治りました。とても感謝している次第でして。今、病がぶりかえして、それもとてもひどくてね。おれに命じて、あなたに早く往診してもらえというわけでさ」

バートはためらって言った。

「今、私は家で用事があってね。夜遅くは外出しないんだ」

言い終わらないうちに、御者は大声で言った。

「おれの主人は、ほかの誰でもないトーエンだよ。彼と比べられる者はいない。もしあんたが治療して効き目があったら、報酬をたっぷり必ず出すとおれに言ったよ。おれに命じて馬車で迎えにこさせたんだ。あんた、早く来てくれよ。車も馬も、あんたをずっと待っているんだ」

御者は不平不服を述べたてて止まなかった。トーエンがこのあたりでは金持ちであることを考えれば、確かに彼と比べられる者はいない。また、以前に手厚い報酬を得てもいる。さらに、ホームズが昼間言ったことを思い出した。すでに危険はない、というではないか。バートはついに受け入れた。御者は催促して強くせかしてきたので、慌ただしく帽子をかぶると出ていった。

門の外へ出ると、馬車が路肩で待っていて灯火はすでについていた。ほかにもう一人御者がいる。御者台に座っているが、急がされているから、顔を判別することができなかった。バートはやっと馬車に乗り込むと、その御者も馬車に飛び乗り、鞭を加えて疾走して行ってしまった。

バートが出発すると、ホームズは、私の腕をかたく握って言った。

「ワトスン、あいつが犯人だ。早く追うんだ。見失わないでくれ」

言い終わると、狂ったように階下へ飛び降りた。私は急いで彼について門を出た。自転車に飛び乗ると、飛ぶように走って追跡した。しばらくすると山野に入った。馬車は風にあおられ電光がひらめくように狂おしく走ってますます速くなる。だんだんと遠くなり追いかけることができなくなった。

空はすでに暗黒である。山道は平らではなく、私とホームズはたびたび転倒し、そのたびに起きあがった。力をつくしてこいだ。すでに三百ヤード以上も引き離されている。しばらくすると切り立った石が高くそびえ突き出ていた。樹木が突っ立って入り交じっている。人影はまったくない。その前の乱れた草を迂回すると、広々として端が見えないのが、コリンペンの巨大沼であった。

　ホームズは、喘ぎながら私を見て言った。

「危なかった。あの馬車があれほど速いとは予想しなかった。とても市中の馬車の比じゃない。ぼくの誤算だな」

　言い終わらないうちに、ふと驚いたように言った。

「ほう、ワトスン。あいつの馬車が停まっているぞ。まず、ぼくが手を出して痛めつけてやる」

　そこでホームズは私とすばやくピストルを取り出すと、自転車を捨てて、飛ぶように歩いていった。遠くから見ると、先に出てきたのは御者だった。馬車のそばに躍り出て叫んだ。

「出てこい。ミスタ・バート。早くここへ入るんだ」

　バートは言った。

「コリンペン巨大沼じゃないか。足を踏み外したら、出てこられなくなる。私をだますんじゃあるまいな」

　そいつは凶暴な笑い方をして言った。

「バート、お前はまだ夢を見ているのか。本当のことを言ってやろう。ここの泥沼のいやしい幽霊はな、あんまり寂しいのでとても苦しんでいる。お前に連れになってもらわなくてはならないんだとさ」言いながら、すばやくポケットの中からピストルを取り出した。

　バートが怒って言った。

「私とお前は敵同士ではない。私をだましてここに来るなんて何がしたいんだ」

そのとき、バートはようやく馬車から降りた。御者台にいた御者もまた飛び降りて、さっとバートの後ろに回って言った。

「クライヴ、おしゃべりはたくさんだ。はやくやってしまえ」

言い終わると、その御者もピストルを出してバートを狙った。そのとき、息をする一瞬にも生命に危機がせまっていて、危険の極みに達した。しかも、私たちからなお百ヤードは離れている。ピストルで撃とうにも、暗闇の中で三人が一ヵ所に交差して立っているため、ぼんやりして判別することができない。まっすぐ狂ったように走るしかなかった。ようやく五十ヤード行ったところで、不意にパンという音がした。空気を伝わって鼓膜を直撃し、私の脳は震えて止まらなかった。霧が消えていないところに、一人が仰向けに倒れている。ああ、一歩遅かったことを私ははっきりと知った。バートは、すでに凶悪犯人の手にかかってしまった。私はあの音を聞いてこの情況を見ると、胸の血はすでにいくらか冷えてしまっていた。

突然、霧の中から人が出てきて、御者を撃った。御者の手からピストルが地面に落ちた。御者は身をひるがえして敵対した。その後ろからまた二人が出てきて一緒に飛びかかり、縛りあげた。馬車の後ろには人が一人いて、ぼんやりと立ったまま、まるで気が触れたようでもあった。彼は周りを見てとても喜んだ。バートだった。身体には傷はない。そうすると、地面に倒れているのは、聞くまでもなくわかる。御者のクライヴだ。ピストルでクライヴを撃ったのは、スコットランド署《ヤード》の警察長ホプキンズと二人の警官だった。ホームズが、ここで会う約束をした者だ。

ホームズはホプキンズと顔をあわせると、ともに助けてもらったことを感謝した。振り返ってクライヴを見た。弾丸がちょうどその胸に穴をあけており、すでにその場で絶命していた。警官に命じて運ばせ、検死を待つことにした。

ホームズは、ホプキンズを誘ってバートの家に行き少し休憩し、そのあとで再び出かけることにしたので、ホプキンズと御者と一緒に馬車に座った。私はバートと御者台にまたがり、疾走して帰った。

家に入って座ると、私は灯火の下だった。あの御者を見ると、体つきはとても大きく顔は長く目はくぼんでいる。濃いヒゲが頬をおおっていた。彼について質問しようとしたとき、ふと見るとホームズが御者の前に来ている。

ホームズはニヤッとして言った。

「今度の事件は、ここまでだ。まだ真相には直面していないがね」

手でそのマスクと頬についていた濃いヒゲを取り去ると、目の前がぱっと開けるように、よく知る顔が現れた。私はその顔を見て、かえって頭が混乱し疑問と驚きで判別ができなかった。

その人とは誰か。バートが特別に親愛の情を持つ、同級生で親友のハミルトン・ホーガンであった。容貌はもとのままだが、ただ鼻の上に少し青紫色で曲がっている傷跡があった。

そのとき、みなは驚き顔を見合わせ注目した。

ホーガンは、怒って立ち上がるとホプキンズに言った。

「おれは、すでに罪を犯した。座る席がないと騒いだ蘇東坡《スウトウングポオ》［蘇軾の号。宋の政治家・文学家］じゃあるまいし、おれには座る場所がある。速く警察署に連れていけ。ここにいたってどうしようもない」

バートがそれを止めて言った。

「ホーガン。私はきみと前から恨みなどなかった。どうしてまたこんなひどい手段を使って、何度も追いつめようとしたんだ」

ホーガンが言った。

「もう捕まった。隠すことなんてない。本当のことを言ってやろう。おれはお前の兄を殺した。間違えたのだ。本当はお前を殺したかった」

バートが言った。

「なぜ」

「ノーランだよ」

ここまで言うと、ホームズが口をはさんだ。

「待った。ぼくがかわって話そう。違うところがあれば言ってくれたまえ。

お前とバート君と、初めは二人ともノーラン嬢と親しかった。ノーラン嬢がバート君に嫁ぐ決心をしたのを見て、お前は嫉妬心をいだいた。表面ではバート君と親密にし、嫉妬などしていないとわざと示した。陰では、計画を練って彼の死ぬべき運命を操ろうとした。お前は、きっとそのときにはすでにバート君を殺す気になっていた。違うかね」

「そうだ」

「お前は、殺したかったが、焦らなかったし急ぎもしなかった。二人はまだ婚約もしていなかったからね。日曜日にバート君の部屋へ行くと、お前は偶然あの手紙を見つけて盗んだ。あるいは、先にアランが手紙を持っていったのをうかがっていて、部屋に人がいないのがわかり、入ってそれを盗んだ」

「ちがう。おれは偶然に部屋に入って、そこであの手紙を見つけたんだ」

「手紙を見て、二人が婚約し、なおかつ二週間後に結婚することを初めて知った。そこで、嫉妬心がにわかに起こった。バート君を殺そうという気持ちが急いて、もはや万全を期してゆっくり計画できる状態ではなかった。ついには危険を冒して誘い出し殺すという計略に出たわけだ。濃いヒゲで変装し、木の後ろに伏せて、彼の帰りを待った。ちょうどそのとき、兄のボルボレイがやってきた。バート君だと誤認したな。殺そうとしたところをたまたま兌換券を盗んだアクスに見られてしまった。出ていって殺すことができなかったが、彼の部屋が無人であることを知った。そのまま尾行して入っていって殺し、窓を破って逃げた。しかし、ぼくが推理したのはこれだけではない。タイヤーはあの日休みをとっていた。お前はもしかしたらすでに知っていて、バート君の部屋には年老いた下女が一人いるだけだと考えた。たとえ見られたとしても、殺すだけだ。そうじゃないかね」

ホーガンは何も言わない。

バートがとても称讃して言った。

「そうです。タイヤーが休みをとったとき、彼はちょうどここにいました」

ホームズが言った。

「帰ってから、とても満足して夜になった。でも安心してゆっくりと寝ることができない。翌日、何事もなかったように装い、みんなについて見にいった。するとバート君がちょうど帰ってきたではないか。しかたがないから、親密なふりをするしかなかった。それから一緒にロンドンへ行き、ぼくに捜査を依頼した。だから誰もお前を疑わなかった。

しかし、顔の表情は慌てふためいているから、ぼくはおおよそがわかった。またお前は左足が不自由でわずかに足を引きずっている。足が腫れてうまく着地できていない。窓の外の二ヵ所にあった足跡の証拠になる。左足の跡は、必ず前が深く後ろが浅い。足跡を地面につけて歩いていて、それにその靴が精緻だ。みなお前のと同じだ。しかし、わずかにこのふたつだけでは、お前をまだ疑うにはいたらなかっただろう。

この事件の最も重要な鍵は、ドアの外でちょうどノーラン嬢に会ったときだった。話では彼女の手紙はなくなったと言っていた。そのうえ、手紙の中身は婚約のことだ。ぼくは、すぐさまこの事件はノーラン嬢と必ず関係があるとわかった。ノーラン嬢が帰ったあとで、バート君はお前たち三人の親密さを説明した。最近は、彼女は自分に好意を寄せはじめており、ついに婚約をしたと。ぼくはそこでお前に疑いを持った。

バート君は部屋に入ってあの手紙を探した。みんなは気にしなかった。ぼくは、お前の表情が異常なのを見て取っていた。お前が外に出たときに乗じて、お前を呼び止めて立ち話をしただろう。泥地の上で。足跡が欲しかったんだよ、比較し証明するためにね。その晩、ぼくの部屋を探る者がいた。すぐに、お前がぼくたちの会話を盗聴したがっているとわかった。そうだろう。さらに、お前が北に向かうのを見た。きっとまだ潜伏していて帰っていないと考え、まず出かけてお前の部屋をうかがった。思いもかけず、帰途にヴィルの家に来ると遠くから人が一人ゆっくりと南に向かっている。顔の見分けがつかなかったので、ぼくはさっそく尾行をした。するとお前の家の外についた。身体を横にしてドアを入る者が見えた。確かにお前だったな。

翌日、ノーラン嬢の手紙が突然発見された。これは、きっとお前が人の無防備につけ込んで、絨毯の下に置いたのだろう。この手紙が出てきたから、形跡は消滅してお前を疑う者はいなくなる、とでも考えたのではないか。まさか、ぼくが反対にこの手紙が出てきたからこそ、疑う気持ちになったとは思うまい。ますます強固になったのだがね。

ただ、この事件から派生した枝葉、つまりアクスが兌換券を盗んだとか、バート君とヴィルが敵同士だとか、夜にバート君の部屋に入った者がいたことなどは、いずれも探偵の耳目を誤らせて、凶悪犯人の本当の形跡を隠そうとするものだった。その実、ヴィルは粗暴な人で、初めから犯罪を行う能力はないのだ。その夜、部屋に入ったのはたぶんヴィルだ。トーエンを治療した薬を盗んで調べたかっただけだろう。

ぼくは、お前がこの事件の真犯人だとわかった。しかし、お前の罪を証明する確実な証拠がない。逆に考えて、二週間以内に必ず急いでバート君を殺す計画を立てるはずなので隙を与えるのがいい。お前の計画に乗じて、お前を捕獲する。そうすれば、罪を逃れることはない。お前は、はたして翌日の夜に道でバート君を刺した。彼は瓶を投げつけて、お前の顔に傷をつけた。お前はそれによって疑われるのを恐れ、口実をもうけてロンドンへ行ったことにした。隠れて会わないようにしたんだ。

ぼくは、その夜、お前を窓のカーテン越しに見た。だからお前はまだ出発していないとわかった。しかし、次の朝、ぼくが駅に行くと、お前がすでに始発の列車に乗ったのを知った。ロンドンへ向かったのだ。きっと計画を変更するつもりだとわかったので、至急電報をスコットランド署《ヤード》へ打った。人をやってお前のあとを密かに探れ、とね。

お前は、わざと電報を書いてバート君に別れを告げ、ローケン号の切符を購入し、ホテルのボーイにお前が船に乗るのを送らせた。お前がアメリカに行ったことを触れ回らせたのだ。乗船はしたが、出港する前に変装し、密かに一人で上陸した。お前の古い下僕クライヴと、バート君を殺す計画を密議したのだ。ことが成功すれば、アメリカに行くつもりだった。おもむろにゆっくりと帰国すれば、誰もお前という者を疑わないだろうからね。

ぼくが関わった探偵事件は多い。だがね、ぼくに事件を捜査してくれるように依頼した人が、殺人事件の犯人であることは、いままでなかった。面と向かってぼくをからかうお前のようなやつがいようとは。

お前の変装の技術は巧みだ。もくろみが狡猾奇怪であることは、最高であると言わざるを得ない。さらに巧みでかつ奇怪であるのはホームズくらいだよ」

言い終わると、手をこすりあわせ狂ったように笑った。ホームズは私を見て言うのだ。

「ワトスン、ぼくの事件は解決したよ。ぼくの用事は終わったが、しかし、きみの用事はまだ終わっていないね」

私は言った。

「どういうことかね」

「ぼくの探偵事件簿に、ひとつつけ加えるのだろう。ライフォート跛《びっこ》殺人事件、だよ。きみの筆をわずらわせることになるな。詳しく描写するのだろうから」

その後、我々はロンドンに帰った。私は忙しく働いていて、長く筆を置いたままだった。今、少し時間ができたので、やっと以上の通り事件の顚末を書くことができたのである。

華生筆記、鴛水不因人訳述『深浅印』
上海・小説林総発行所、丙午（一九〇六年）五月発行

モルヒネ事件——上海のシャーロック・ホームズ　第三の事件

冷血　著

シャーロック・ホームズは、度重なる失策で精神がいささか疲労した。モルヒネ錠を少し摂取して元気になろうと考えたが、瓶を開けるとすでに使い果たしていた。そのままホテルを出て、通りで見かけて売っていれば購入することにした。ある薬屋で主人が、何が必要ですか、と聞いてくる。

「モルヒネだが」

「あなたのお名前は」

「ぼくは、英国ロンドンのホームズだ」

店主は、突然断って言った。

「だめです、だめです。この店にモルヒネはありません。モルヒネが欲しいなら通りを左に行った薬屋にあるかもしれません」

ホームズは、そこで左の通りを行って薬屋をたずねた。その薬屋の主人にも同じことを聞かれたのでホームズも同じように答えた。そこでまた「だめです、だめです。モルヒネは売りません。前の通りの薬屋にはあるいはあるかもしれません」と言う。

ホームズは、さらに前の通りに行くとはたして薬屋がある。同じように店の主人に言うと、「あれ、私の店にモルヒネがあると誰が言ったんですか。私の店には本当にモルヒネはないんです。モルヒネをあつかっているのは右の通りの薬屋ですよ」と答えた。

ホームズは奇妙に思った。

「おかしいな。ここはモルヒネ販売が禁じられているのか。なぜあっちの薬屋にはある、むこうの薬屋で売っているというのだ。ここではモルヒネを売ることができるのだろう。なぜ薬屋に行くと必ずありません、と言うのか」

しばらく右の通りを行って薬屋でたずねることにした。その店の主人はちょうど奥の部屋にいて、店員が案内してくれた。ホームズはわけがわからないままについていき部屋に入ると、そこには四、五人がしきりに黒色の小さな玉を丸めているところだった。かたわらにはモルヒネの瓶が数え切れないほど置いてある。ホームズは大いに喜んだ。この店ではモルヒネが買えるに違いないと思ったからだ。店の主人は、ホームズが来たのを見てひどく驚いた。急いで出迎えおじぎをしてたずねた。

「いらっしゃいませ、何かご用ですか」

ホームズは、にやりとして言う。

「モルヒネを買うためにわざわざ来たんだ」

店の主人はもっと驚き、急いで丸薬を一包み取り出してホームズに渡そうとする。

「ありません、ありません。てまえどもの店には本当にモルヒネなんてものはないんです」

ホームズは怒った。

「きみの店にはモルヒネはないというのに、このモルヒネの瓶はどういうことなんだ」

店の主人はさっと顔色を変え弁解もよくできず、机のそばに移動しその引き出しから何かを取り出した。ホームズは、自分にモルヒネを売ってくれるのか、それにしては大きいな、といぶかった。手で触ってみるとずっしりと重くザクザクと音がする。見れば銀貨で数百元はある。主人は片手で銀貨を、もう片手で丸薬一包みを手渡して、ホームズに言うのだった。

「モルヒネはありません、モルヒネはありません」

ホームズは、ますますわけがわからなくなり考えた。ぼくはモルヒネを買いにきたのに、彼はどうして薬をよこそうとするのか。しかも、もうもらってしまったので彼に代金を支払わなくてはならない。しかし、彼は銀貨をぼくに渡す。これはなんだろう。

ホームズは、受け取りたくはないが、やはりモルヒネは購入したかった。店の主人は、ひざまずき泣きながら拝んで言った。

「お客様、これ以上てまえを追いつめないでくださいまし」

ついにはホームズの服を引っぱると、銀貨と丸薬を持って入り口まで送ってきた。ホームズはもう十分だった。どう考えてもはなはだ奇妙である。とにかく薬の包みを持ち帰ることにしてホテルに戻った。部屋に入ると銀貨は置いておいて、まず丸薬を切開してそれを見た。色は深い黒色で小さな玉である。しかもモルヒネの臭いがする。ただちに化学機器を取り出してすべての丸薬を分析してみた。もとの物質は、やはりモルヒネである。

ホームズはため息をついて言った。

「おかしなことだ。彼ら中国人は店をかまえて商売をしている。明らかにこれはモルヒネだ。しかも丸めて黒い玉にしてある。モルヒネをぼくに売ったのに、ありません、と必ず言う。物を売ったのにぼくに代金を要求しないし、そればかりか銀貨をよこしてきた。なぜなんだ」

そのときちょうど、部屋のドアがギーッと鳴った。ホームズの中国人下僕が入ってきて、ホームズが丸薬を分析しているのを見て言うのだった。

「ご主人様、あなたもアヘンがお好きなのですか」

ホームズは驚いて言った。

「ぼくは病気じゃない。どうしてアヘンが必要なんだ」

中国人下僕はニヤッとして言った。

「ご主人さま、アヘンがお好みでないならば、なぜその禁煙薬が必要なのでしょう」

ホームズはたずねた。

「禁煙とはなんだね。煙とは何かね」

「煙とはアヘンのことでございます」

ホームズは言った。

「アヘンは薬だ。どうして禁じる必要があるのだね」

「アヘンは西洋では薬でしょうが、中国人はそれを吸って中毒になりましたから毒物なのでございます」

ホームズは言った。

「ならば禁アヘンの薬になぜモルヒネを多く使うのかね。モルヒネは毒物だよ」

「モルヒネにはアヘン中毒をおさえる力があります。禁止とはいっても、実はそれの替わりにしているのです。そのため地方政府もまたそれを厳しく禁止しています。ご主人さま、その丸薬の包みに、決してモルヒネではない、などとあるのをご覧になりませんでしたか」

ホームズは、ため息をついて嘆いた。

「ああ、中国人のやることとは、本当にぼくの想像力を超えるな。アヘンは薬だ。しかし中国人はそれを吸って中毒になった。だから毒物である。モルヒネも彼ら中国人は、丸めて薬にしてしまった。薬か毒か、どちらがどっちかわからないじゃないか。さらにその他は言うまでもない。今後、ぼくはもう中国人に質問する度胸はないよ」

冷（血）作「（短篇）嗎啡案（歇洛克来華第三案）」
『時報』光緒三十二年十一月十五日（一九〇六年一二月三〇日）掲載

隠されたガン事件——上海のシャーロック・ホームズ　第四の事件

天笑　著

シャーロックは、盗賊が銃撃戦をくりひろげ警官がたくさん殺された事件のことを聞いた夜、ワトスンに向かって言った。

「ぼくは、上海に来てからたびたび失敗したね。今この大事件が発生した。ぼくは必ず上海の警官を助けて残党を捕まえるよ。そうすれば万にひとつの挽回にもなる」

「いいね」とワトスンは言った。

翌日、シャーロックが借りていたホテルの隣室に、二人の中国人客がやってきた。まるで周りに人がいないかのように大いに議論をしていた。シャーロックが密かにうかがうと、一人の客が低く話すのが聞こえた。

「今、上海ではガンを隠しているものが少なくないな。ある家では数十のガンを隠しているし、また別の家でも数十のガンをしまい込んでいる。どれも極めてすばらしい」

シャーロックは、それを聞いて大喜びした。これは悪人仲間に違いないと思ったからだ。今日の各新聞を見れば、昨夜銃撃戦をやったのは小者にすぎないという。こちらの仲間が多いのとはくらべものにならない。また、中国はまさに内乱が起こっており、党人〔維新党、守旧党、頑固党などのほかに租界に住む無業の遊民も含む。当時、中国共産党は未成立〕が所持するのはすべて連発銃と高性能の銃弾だ。だから上海では兵器を補給する必要がある。租界で密かに武器をこれほど多く隠しているのは、治安を妨げる恐れが特に大きい。

さらにもう一人の客が話すのが聞こえてきた。

「私に住所を詳しく教えてくれ。明日、たずねてみよう」

客はその住所をひとつひとつ告げ、シャーロックもそれをひとつひとつ記録した。

翌朝、シャーロックはまず拳銃を隠匿している家をたずねた。主人はまだ起きていなかった。午後、また行った。主人はまだ起きていない。日暮れ近くに行ってみると、主人はようやくあくびと伸びをし、疲れた眼をなでている。呼び鈴をおして召使いに来るように言った。

召使いはすぐに入ってきた。主人は言った。

「馬車の用意はしてあるか」

「してあります」

「わしのガンを包め。芸者のところに行って宴会だ。慎重に持てよ。粗雑にあつかってわしのガンを傷つけるんじゃないぞ」

召使いは、はいはいと黒い布包みを持ち、馬車の扉を開けた。テンの毛皮でつくった帽子をかぶり狐の皮ごろもを着た一人の老人が、馬車に乗って出かけていった。

シャーロックは、ただちに警察署に行き、警察署長に警官たちを派遣し逮捕状を出すように要請した。芸者のところに急行すると、主人は横たわりアヘンを吸っているところだ。シャーロックを見ても無視して挨拶もしない。

シャーロックは言った。

「きみは拳銃《ガン》を隠している家の主人だろう」

「その通りだ」

「拳銃《ガン》を数十隠しているというのは本当か」

「その通りだ」

「きみの隠匿する拳銃《ガン》は、全部が極めてすばらしいそうだな」

「その通りだ」

「ならば、どこの工場で製造したものか、どこの国から来たものなのか。クロップか、モーゼルか」

主人は目をぱちくりさせ言った。

「わしのガンは、全部が名人の作ったものだ。象牙のもあるし、サイの角もある。べっこう製でヒスイをあしらったの、金張りで中身は玉であるもの。あんたが何を言っているのかわからんが」

シャーロックはうめいて言った。

「きみの言うガンは、どういう拳銃《ガン》なんだ」

主人は答えた。

「わしも、あんたが言うガンがどういうガンなのかわからんぞ」

シャーロックは包みを探し出すとピストルだと言った。「ぼくが言うのはこれだよ」

主人は両手でアヘン吸引用のキセルを掲げて言った。「わしが言うのは、これだ」

シャーロックは、おおいに窮ししばらく口をもぐもぐさせていたが、ようやく言った。

「やめよう。中国のガンがこんなものとは思わなかった。だが、きみはなぜそんなにたくさんのガンを隠しているんだ」

主人は大笑いして言った。

「先生は、何も知らんのだな。わしの家には妻、数人の妾がいる。全員にそれぞれガンを一本持たせれば、何本も持つことになる。わしに何人かの息子がいれば、何本かのガンがある。何人かの娘がいれば、それだけのガンがある。息子の嫁が何人かいれば、さらに何本かのガンがあるというわけだ。数十本のガンは、それでも少ないほうだな。まして今日の中国でいわゆる紳士官吏名門貴族は、だいたいがそんなもんさ。わしだけではない」

シャーロックはがっかりして、ワトスンに言った。

「ワトスン、記録してくれたまえ。ぼくが中国にやってきて失敗した捜査の中のひとつだよ」


笑（包天笑）作「（短篇）藏鎗案（歇洛克来華第四案）」

『時報』光緒三十二年十二月十二日（一九〇七年一月二五日）掲載

福爾摩斯《フウアルモス》最後の事件

桐上白侶鴻　訳

第一節　美女の誕生

欧洲《ヨーロッパ》西南に亜勒比斯《アルプス》がある。その山々は、意大利《イタリア》、法蘭西《フランス》、瑞士《スイス》三国の境界にまたがり、どこまでもうねうねと、南北に数十余里ものびている。峰が重なりあい、天地を分ける。春夏の季節になると、はるか遠くからの眺望は、まるで鮮やかな緑色の障壁のようだ。山の北側は、大きな河が東西にくねくねとめぐっていて、その様子を俗に帯谷というのは、その形が折り畳んだ帯に似ているからである。その源は衣包《イーバオ》湖である。支流が曲がりくねり分流してここにいたる。ゆるやかに速くもなく遅くもなく、しかし模様はきれいで砂は明るい。波は砕け散ってとても秀麗だ。

河から数里もいかないところに大きな村落があった。名前を鏡岩《チングイエン》村という。村には百数十軒の住民がいた。その中で最も豊かで余裕のあるのは紳士石雅魯《シイヤアルウ》の一家だけだった。

彼の父親薩夫《サアフウ》は、初め巴黎《パリ》で銀行を開設した。彼が数十年間で貯めた富は、数百万の財産となった。その年夫人が死去したが、息子の雅魯《ヤアルウ》を見ているとただ重厚でつつましく飾り気のない性質で、もしも彼に商売をやらせても、断じてうまくいくはずがない。やはり既成の職業の徒弟にでもすれば、あるいは将来財産を保全することができるかもしれない。ということで薩夫は鏡岩村の存在を探して訪れたのだった。山と河は清らかでひっそりと静かであり、大きな港や繁華街とはとても遠く離れている。薩夫はこれを機会にひっそりと暮らし、余生を楽しむことに決めた。大金を費やし、人に頼んでこの村で数棟の家屋を購入した。自分でも創意工夫し、人を使ってとても細密精巧に改造したのだった。彼の家には、前に防護壁、棟を結ぶ空中の通路を配し、後ろには四方が眺望できる高殿と雲がたなびくような長い廊下がある。建物は幾重にもかさなり、高くそびえ、奥深く広々として大変明るく、ほかの人々のものと比較すると数倍も優れていた。

薩夫は、転居して以来、数年は静かで心地よくのびのびとくつろぐという幸福を享受した。桑と楡に夕陽がさすような晩年に、情況が苦しいことはまったくなかった。入り日がするすると沈むように、六十五歳になると病気をわずらって物故した。

雅魯は父親のこんなに大きな財産を抱えたまま、商売をすることは好まず、また人と交際することもしなかった。大部分の金品財物はそれぞれの銀行に分散させた。期日になると利息を受け取り、家庭の経費に充当した。使うのは少なく余るほうが多いことは、言わずとも想像ができる。夫人の馬利《マアリイ》と生活を楽しみ悠々と時を過ごした。何も心配事はなかったのだ。

その年は西暦一八五二年だった。七月十八日、馬利夫人がにわかに女児を出産した。まさに暁色が差しはじめ、日の光がのぼりながら、東の空の雲がそれを浮きあがらせている時刻だった。軽やかでのびやか、淡くゆったりしており、まるで絹織物が輝いているようで鮮やかで美しい時だった。そこで女児に錦霞《チンシア》という名前をつけた。

この雅魯夫妻は、すでに三十五、六歳を過ぎていて、子供を持ったことがなかった。ここに来て女児とはいえ、千万の歓喜に満たされたのだ。まるで珍しい宝物を手に入れたように、乳母を雇い女中を使い、食事にだっこと、その保育には慎重であったことは言うまでもない。

錦霞は、幼いときから生まれつき端正で美しく、とても利発だった。七、八歳になると徐々に、霊魂の宿った明月が高くそびえているような、蕚《がく》をいだいた珍しい花に似てきた。彼女を見て、彼女のことを気に入らない人、あるいは羨望しない人は一人もいなかった。彼女は村の子供たちともみな仲がよかった。集まって戯れてはいても、礼儀も節度もあった。たぶん彼女は生まれついて賢く優れているのだろう。馬利夫人もまた純粋な徳性教育をほどこしたから、このまったくやんちゃではない性情が、かえって村のやんちゃな子供をうちとけさせることができたのだ。

雅魯は娘がだんだんと成長していくのを見て、彼女を小学校に入れた。朝晩家にいるときは、決まって彼女を連れてしばらく遊ばせた。あるときは庭園内のあずまやで花や草を観賞し、あるときは郊外に向かって渓や山を遠望した。昔、陶淵明［魏晋南北朝の文学者］がうまく表現している。「か弱い女子で男ではないのだが、ともかく自分の慰めにはなる」［「和劉柴桑」］、と。この言葉はまったく適切である。雅魯は、娘と歩き回らない日があると、心の中で何かを失ったような気がしたものだった。彼ら父と娘の歓愛も説明の必要はないだろう。錦霞は学校において学問が日に日に進んでいった。自然と競争の中で頭角を現し、一人同級生の上に出ることになった。

光陰は矢のごとく、またたくまに数年が過ぎた。錦霞は十二歳になった。彼女にはもともと母方のおじがいて名前を馬利達《マアリイタア》という。現在は巴黎の聖徳温街《ションクトウエン》で人と合弁で玻璃《ガラス》工場を経営していてそこの支配人だった。そのとき、ある交渉事で田舎に来ていた。鏡岩村からそれほど遠くは離れていなかったので、ついでに馬車に乗って雅魯家へ妹の子供に会いにきた。雅魯夫婦とひとしきり挨拶をした。ちょうど錦霞も家におり、出てきておじにお辞儀をするとそのまま馬利夫人の隣に腰を下ろした。馬利達は、話をしながら錦霞に注目していた。そしてひそかに考えた。この女児はまだ幼いが、すでにとてもかわいらしく、神仙のようだ。成長した日には、浮き世をひっくりかえすのではなかろうか。そこで馬利夫人に向かって言った。

「姪っ子は、私の娘の立娥《リイオ》よりも一歳年下でしたか。本当に若者たちは育つのが竹の子のようにはやいですな。姪っ子は立娥よりも少しばかり年上のように見えます」

夫人は言った。

「立娥ちゃんには、五年前に会ったきりですわ。大きくなられたでしょう。人品容貌学問ともにきっと錦霞よりも勝っているはず」

馬利達は言った。

「とんでもない。人品容貌でしたら、断じて姪っ子にはおよびません。学問でしたら、ようやく少しばかり進歩しただけで、愚かではないくらいのものです。姪っ子は学校に通っているそうですが、どんな科目を勉強しているのかご存じですか」

夫人は言った。

「はあ、それほど頭は悪くなさそうです。しかたのないことですが、こちらの学校はひどいんです。結局は娘をだめにしてしまうのじゃないかしら」

馬利達はそれを聞き終わると、振りむいて雅魯に言った。

「雅魯兄さん。姪っ子は美しい器量を備えていて、美女である資格が十分ですよ。なんとか中身も磨くのがよろしいですぞ。今後、大きな評判を得ることでしょう。雅魯兄さん、安心して私と一緒に帰らせて、私の娘と一緒に学校に行かせたらどうでしょう」

雅魯は答えて言った。

「あなたの所に行って姪と一緒に学校に行くのは、とてもいいことです。しかし、娘はやはりまだ若すぎます。ちょっとでも娘を見ないというのは、まだいささか慣れません。この話は時間をもらって考えてもいいでしょうか」

馬利達はそれを聞いて、彼が娘を手放すことができないと知り、こう言うよりしかたがなかった。

「それでもいいです、それでもいいです。もっと時間をおいて考えましょう」さらにしばらく雑談をして言った。

「まだ用事があります。あまり延ばすこともできません。おいとましましょう」

雅魯夫婦は帰らないようにと引き留めたが、しばらくして立ち上がると別れを告げ、馬車に乗って帰っていった。

先に原因あとに結果、因果応報の始まり、生死悲歓が、そら始まった。

あとのことを知りたくば、次をご覧《ろう》じろ。

第二節　母が亡くなりはやくも衰微

さて、雅魯夫婦は馬利達が帰っていくのを見送った。馬利夫人は夫に向かって言った。

「娘が兄についていくのもいいことですわ。あの娘はこんなに大きくなったのに、まだ家の外に出たことが一度もないのですもの。昔、私が里帰りしたとき、あなたはあの娘を大切にして家から離れるのを嫌いました。嫂《あによめ》がどんなにか会いたがっていたか知らないでしょうね。姪の立娥ちゃんも成長しました。従姉妹二人しかいません。少しは会うべきよ。それに法蘭西の首都ですから、この田舎とは比べものにならないわ。学校の規模は大きいし、あの街のにぎやかなこと、文化が豊かで美しいこと、もしあの娘にちょっと見聞させてやったら、とても成長するのじゃないかしら」

雅魯は夫人の話をひとしきり聞いて、答えて言った。

「なあ、お前の話は本来は間違ってはいないよ。ただ、お前は、二人とも歳は五十近くになっていて、膝元にはこのただひとつの血統だけがあるということを考えていないね。もし娘を手放して遠くへやったら、誰が私たちの朝夕を慰めてくれるというんだい」

夫人はそれを聞いてうなずいて言った。

「私は、あの娘の立場だけ考えていました。そういうことを思ってもみなかったわ。前からあなたに言っているでしょ。私は錦霞を生んでから十余年になりました。もう子供は産めません。早いうちにお妾さんをもらうのがいいのよ。そうすれば男の子を育てることができるかもしれない。家督を受け継がせるわ」

雅魯は、聞きながら首を振り振り言った。

「お前、その話は二度としてくれるな。私は断じてお前への愛情を減らすつもりはないから。おまけに息子という問題は、人の力でむりやり求めることなどできはしない」

夫人は、夫が聞くつもりがないのを見て口を閉じた。

一瞬のうちに時間は過ぎる。知らぬうちにさらに二年が慌ただしく経過した。

その年の夏が終わると馬利夫人は、突然大病におそわれた。悪寒とひどい熱が連日続き、少しの湯《スープ》、一滴の水ものどを通らない。何人かの医者にかさねて診てもらったが、どんな薬石も効き目はないし効果がない。そのとき、錦霞は母親の病状がますます重くなるのを見て、極めて大きい悲しみを急に感じた。眉をきつくひそめ、目の奥には憂いを閉じこめ、ついには学校に行かなくなった。家にいて朝夕母親に付き添い、機嫌をとったり気分をたずねたり、あるいは腕と股を按摩したり、背中脇腹を軽く叩いたり。枕元にぼんやりと座ったときには、さめざめと泣いて子供がすがるような態度を取った。かわいらしい声、歌うことなど言ってみれば他人事で、夫人の苦しみを解きほぐすことにはならない。伝説にいう二人の子供病魔が心臓の下の薄い膜（膏）の下、横隔膜（肓）の上に逃げ込み駆除しにくい［「病膏肓に入る」］、つまりなおる見込みがないのと同じだった。

病は二ヵ月あまり続き少しもよくなる様子が見えなかった。夫人もまた自分で悟った。ある夜、雅魯に向かい涙をためてそれとなく言いきかせた。

「私は死んでも思い残すことはありません。死んだらあなたは妻をお娶りになって。すぐのことなのよ」と言い錦霞を見れば、うつむいて床《ベッド》のそばに座っている。黙ったまま人魚のような涙が乱れ落ち、服の前面がびっしょり濡れ、ゼイゼイとあえぐ息が止まらない。馬利夫人はじっと錦霞を見てから目を閉じてウウッとわずかに嗚咽をもらした。やや息をしずめて気落ちして錦霞に向かい、また雅魯に対して言った。

「ただこの娘だけ、私はこの娘を失うことなど決してできない。私が死んだら、あなたはあの娘のことを今まで通りに見守ってやってね。母親を亡くした女子は、とてもかわいそうなもの。この娘が成長したら、自由にさせて円満な結婚をさせてやって。今後あなたに後継ぎができたとしたとしても、あの娘に財産をいくらか分けてやって」

なお話をしたがったが、ふと彼女は目を見開き気を失った。のどのところでわずかに声を出し、数秒も数えないうちに、あの世に逝ってしまった。

ああ、錦霞がそのときに示した悲哀痛惜の様子は、文章で描写できるものではない。身体ひとつに影がひとつの文字通りの一人ぼっちになった。夫婦は別れ別れに離散し、雅魯もひどく悲痛な思いをした。父と娘の二人は、そのあとすべてについて相談しなければならなかった。

馬利夫人を納棺し、出棺と埋葬にはすべて礼をつくし少しのほころびもなかった。これより錦霞の母を思う心は日に日に強くなり、父を愛する感情はますます深くなった。彼女はもともと普通の女子とは異なり大きな道理を深く理解している賢い女性である。望んでも兄弟はおらず、父親の遺産をしっかりと受け継ぐのがよい。あと一年余もすれば、彼女はもう十五歳になる。人情と世故については詳しく理解しつくしている。ひっそりと考えを巡らせて言うのだった。

「わたしはあいにく女子だ。いつかは別の姓の人に嫁ぐことになる。父親は年をとっているとはいっても、まだそれほどではない。早く継母を娶るように勧めないと。弟を出産することができたら、後を継いでくれる。それがいいのではないか。思い出せば母親も前から父にお妾さんを娶るように勧めていた。そのときは母親のことを考えて、そうする勇気がなかった。今は母親はこの世を去っているのだ。この話を父にすることにしよう。きっと聞いてくれるだろう」

自分の計画が定まった。夜になってこの話を父親に婉曲に勧めた。雅魯は最初聞こうとはしなかったが、そののち錦霞から今日も勧められ、明日も勧められることになった。そしてとうとうその考えに動かされたのだった。雅魯はあせらずによそで人に頼んで探しはじめた。

たちまちに変化して風雲は荒れ、しばらくして波瀾は湧き起こる。

あとのことを知りたくば、次をご覧じろ。

第三節　災い起きてさらに続く

さて、雅魯はよそで人に頼んで結婚相手を探していた。それほど時間もかからず、ちょうど偶然があった。哈尼耶《ハアニイイエ》地方に弁護士が一人いて、名前を柯利牟《コリイモウ》といった。彼の娘は名前を柯施娟《コシイメイ》という。年は二十五歳だった。珍しい商品だからとしまい込んで値上がりを待つように、いまだに未婚である。柯利牟は、石雅魯が数百万の財産を持っていると紹介人が言うのを聞いた。彼はすぐ娘に説明し、ただちに二つ返事で承知したのだった。少しのためらいもなかった。そのとき、雅魯の情勢は順当であるし彼も気に入って喜んでいたから、双方が了解しすぐ嫁にして家に来させた。

さて、柯施媚は少しは容姿が美しく、そのうえしとやかで愛嬌があるように振る舞うのが得意だった。男性を籠絡するのもこれまた上手だ。雅魯はやもめ暮らしがしばらく続いたところで、突然このような大変になまめかしい美貌の女性を得たので当然夢中になってしまい、激しく愛する感情が、自然に湧き上がってきた。錦霞は、父の考えに賛成したし、日常に顔をあわせても感情を表さず従順にするという規律を保つしかなかった。柯施媚は、錦霞に対してすべての事柄についてとても注意深く思いやるし、穏やかに対応し、わずかな猜疑の跡も残さなかった。雅魯はますます親愛の度を深め、柯施媚は立派でやさしく人に勝ると考えた。それからは、言うことやること彼女を信じないことはない。反対に娘についてはだんだんとおろそかになり、何か話があっても、父はとうとう娘に相談することがなくなってしまった。

諸君、考えてもみてほしい。錦霞には父親以外に親切にしてくれる人はほかにいない。継母について言えば、やはり一条のへだたりがある。些細なことは、反対して押さえつけることはないし、また酷薄で虐待するという情況もない。それだけでとても幸いなことだった。錦霞にはもともと恨みとがめるという考えはない。ただ、該当するといえば父親だ。以前はあんなに仲がよかったのに今はこのように冷淡だ。一人ぼっちで少し寒々しく寂しい。母のいない辛酸を感じるのだった。人に背をむけ暗い片隅で、幾多の涙を流したことか。この村には学校でつきあう男女の中に彼女と心で結びつき知己と言える人は一人もいなかった。そのせいで一人寂しく、頼りにするものも特にはいなかった。

ある日、ふと巴黎の母方のおじが家にやってきたことを思い出した。遊びに連れていきたいという考えを父に説明していたようだった。

雅魯は言った。

「お前がお母さんの実家で遊びたいというのなら、かまわないのだよ。しかし、お前は家から出たことがない。道に不案内だ。ここから巴黎まで七百余里ある。瑞拉尼《ルイラァニイ》で汽船に乗らなくてはならない。もし早船だったら半日、遅船だったら一昼夜かかってようやく市恩利《シイオンリイ》駅につく。汽車に乗ってそれから六時間もかかって巴黎につくのだよ。お前が行きたいというのなら、もう数日遅らせなさい。私が送っていってやろう。一人で行かせるのは不安だからね」

錦霞は、確かに家から出たことがなかった。またそれほど遠いとは思いもしなかった。もし自分が一人で行くとなれば、やはりおじけづき、雅魯のことばを聞いて言った。

「お父さま、なるべく早くわたしと行ってね。次に行くときは、お父さまが同行してくれなくていいから」

雅魯はうなずいて承知した。彼には、娘と巴黎に行くなどという心づもりはまったくなかったのだ。柯施媚をながめているだけで今日という日が終わり明日になる、というぐあいに時間ばかりが過ぎていくだけ。家を出る話は娘に決して持ち出さなかった。

錦霞は気がふさぎ悩んだが、どうしようもない。ところが、天が人の願いを聞いてくれるように、思い通りになることもあるものだ。母方のおじ馬利達が、やはり以前の交渉事で田舎に来た。そのついでに姪に会いにきたのだった。今度は、錦霞はおじを見ると赤ん坊が乳母に会ったように思慕の情をあふれさせとても親しく接した。父親と彼が挨拶し終わるのを待っておじに話した。おじさまのところで奥さまに会いたい、従姉とじっくり話がしたい、と。

馬利達は言った。

「先ほどお前の父親に詳しく説明しておいたよ。少し休んだら、すぐ私と馬車に乗って瑞拉尼へ行き汽船に乗ろう。早く荷物をまとめなさい」

錦霞は喜んで承諾した。ただちに衣服を準備し終えた。馬利達は雅魯に別れを告げた。雅魯は錦霞に数百法郎《フラン》の紙幣を渡し、いくつかの注意を与えた。おじと姪の二人は、ついに馬車に乗っていった。

山中の虎狼はまだ避けやすいが、枕元の幽霊怪物は防ぐのが最もむつかしい。

あとのことを知りたくば、次をご覧じろ。

第四節　二人の美女がひかれあう

さて、錦霞はおじの馬利達についていった。道中それほど遅れることもなく二日で巴黎に到着した。馬利達は、聖徳温街にある玻璃会社の支配人だが、彼の家は輻雷《フウレイ》街のはずれにあった。会社から二里ばかり離れている。朝晩通勤するには貸切馬車を使っていた。

本日は姪を連れて、まずは家に送り届け、自分はそのまま会社へと行った。

そこで錦霞は、おじの妻露伊《ルウイー》氏から出迎えを受け、あれこれと話しかけられた。馬利達夫妻には立娥という娘が一人いるだけだ。立娥は学校へ行っており、家の中には露伊夫人、二人の使用人と一人の老婆がいた。すぐに錦霞はおばと世間話をした。露伊夫人は、錦霞の容貌がまるで蓮の花が水中から出ているのに似ていると思い、ひそかに称讃して言った。「なるほど、彼女の父親が以前ほめちぎっていたのも無理もないわ。今日会ってみると、もしかしたら立娥よりもなまめかしく美しいのではないかしら」

さらに彼女の言うことはてきぱきとして、話は気持ちをくみとり道理にかなっているため人を引きつけ十分に愛らしい。心ゆくまで話しているちょうどそのとき、錦霞はふと外から一人の美女がゆっくりと入ってくるのを見た。細くくびれた柳腰、唇はもとよりほころびた桜のようだ。問いかける前に露伊夫人がちらっと見て声をかけて言った。

「立娥や、お帰りなさい」

言い終わらないうちに彼女はすでに部屋の前まで来ていた。夫人は続いて錦霞を指さして言った。

「こちらが石家の従妹ですよ。今日、お前のお父さまと一緒にいらしたの」

錦霞も従姉の立娥だろうと見当をつけていて、あらかじめ立ち上がっていた。ここにおいて従姉妹二人は顔をあわせた。急いで握手し接吻し、さああなたは私に寄り添いなさい、私はあなたを思っていました、と目の虹彩は大きく開き、視線は交じり合った。このしばらく続いた親密な様子は、べたべたしたものではなかったが、そばにいて彼女たちが示した突然のこの親密さを見た露伊夫人でさえ、しばらくはぼんやりとしていた。二人は並んで座り直した。おたがいに生まれ故郷の風土人情について少し言葉をかわした。

立娥は立ち上がり片手で錦霞の手を引き寄せると、一緒に寝室へ行った。自分の部屋につくと中に腰をおろし、一台の鉄製床《ベッド》を指さして言った。

「この床はとても大きいのよ。窮屈なのが嫌でなければ、一緒に寝てもいいわよ。もし人と寝るのがいやなら、別に一台を置くこともできるし」

錦霞は答えて言った。

「わたしはお姉さまと一緒に寝るのがいちばんうれしいですわ。お話ができますし、うち解けることもできます。ただお姉さまは一人で寝るのに慣れていて、窮屈になってくつろぐことができないのではないかしら」

立娥が言った。

「いやだ、あなた、遠慮は無用よ。一緒に寝ましょうよ」

話をしていると灯ともし頃となった。しばらくして一緒に食堂に行き、露伊夫人ともども夕食をとった。みんなでしばらく談笑したあと、それぞれが就寝したことはここでは触れない。

翌日の朝、立娥と錦霞は起きると口をすすぎ顔を洗い身じたくを急いですませた。朝食を食べ終わると、立娥は母親に、従妹はここに来たことがない、私は彼女とちょっと遊びにいきたい、今日は学校には行かないことにした、と言った。夫人はうなずいてそれを許した。急いで使用人を呼び、馬車を一台呼んでこさせた。二人は夫人に別れを言って、手に手をとって馬車に乗った。御者は行き先を聞くとただちに馬をむち打ち車輪をとばして走った。

さて巴黎には、一ヵ所とてもにぎやかで景色のいい場所がある。観光客があらそって行く汕伯厄利市《サンポオオリイ》というところである。歌舞を演じ楽器を演奏する場所がある。彫刻彩色をはどこした豪華な建物が異彩をはなって華麗に並ぶ。まことに絵にもかけない妙なる場所だ。立娥は錦霞と一緒に歩きながらずっとながめて楽しんだ。いたるところが奇怪な様相をして色彩が複雑で、汕伯厄利市の華麗さはまるで蝶が花園に入ったのに似ているように思えた。ふたつのまなざしは確かにからみあう状態だ。二人は数時間の長いあいだをそこでゆっくり過ごしたのだった。さすがに神経が疲れ、立娥は馬車を呼ぶと手をたずさえて戻っていった。

家につくと錦霞は、露伊夫人としばらく心を込めて応対し、みんなで昼食をとった。立娥は、錦霞に向かって言った。

「あなた、帰らないで。ここで私と学校に行きましょうよ」

露伊夫人も力を入れて勧めて言った。

「あなたのお父さんには、もうお気にいりの人ができて一緒にいます。冷たく寂しく過ごす必要はないわ。ここで立娥ちゃんと過ごすのよ。よく考えてちょうだい」

錦霞はもとより早くからそう考えるようになっていたのですぐさま答えた。

「おばさまとお姉さまのご好意をお受けします。それがいちばんいいことですわ。ただ、おじさまの家に長くごやっかいになるのは、とても申し訳なくて」

夫人は言った。

「まあ、あなたの親しいおじさまの家ですよ。そういうことは言いっこなし。あれこれ迷うのはやめて、やっぱり立娥ちゃんの言う通りになさいませ」

ただただ身体中には本当の熱い血が満ちており、これっぽっちの嘘もない。

あとのことを知りたくば、次をご覧じろ。

第五節　気になるあの人

さて、錦霞は、露伊夫人と立娥が二人とも心から愛してくれており、嘘や遠慮では決してないのを知って、露伊夫人に言った。

「おばさまとお姉さまが、こんなに熱意を持ってわたしのことを心にかけてくださっている。本当に感謝してもしたりませんわ。もしもここで学校に行くことになりましたら、まず父に知らせなくてはなりません」

立娥がその言葉を引きとって言った。

「とても簡単なことよ。夜、父が帰ってきたら説明しましょう。手紙を書いておじさまに送るだけですむことよ」

錦霞はそれを聞いて言った。

「喜んでお言葉通りにしますわ」

こうして錦霞は巴黎の馬利達家に滞在することになった。

さて、雅魯はといえば、ある日馬利達からの郵便を受け取った。開いてみて錦霞が留学することを知り、すぐに柯施媚にも知らせた。柯施媚は雅魯の前では大いに賛成して言った。

「女の子が成長する過程で、やはり賑やかな場所にあちこち行かなければいけないわ。そうしてようやく文化の知識が開けようというもの。でも、ずっと彼女が親戚の家にお世話になるというのでしたら、あなたはいくらかの銀貨を費用として送らないとね」

雅魯はそれを聞くとうなずいてその通りだと言った。

「そうだね、時期を決めて錦霞へ銀貨を送るとしよう」

錦霞は、巴黎で立娥について学校に通うようになり二年になった。知識の水準は大いに上がった。そのあいだ、三、四ヵ月に一回は必ず里帰りをした。父親が安らかであるかをうかがうのだが、これは彼女生来の徳性であるにしても、人の子としてこの道理は必ず理解しなければならないものなのだ。そうしてこそ根本を失うことにはならない。

話は変わる。

さて、その年の秋だった。巴黎の各学校では、それぞれの男女学生をひとつの公園に集めて跳舞《ダンス》大会を開催した。

その日の二時になると、立娥は錦霞と一緒に大会に参加した。錦霞が公園についたときには、もう黒山のような人だかりである。広間、廊下、軒先すべてに上流の着飾った人々が座っている。その多くは爵位をもった殿方、学校の理事、学長といった人だ。ここの運動場は広大で、その周囲は何百畝《ムー》あるかわからないほどだ。男女が一組一組と手をつなぎ、裾を引き、はねて跳んで、歌い舞い、連なって飛翔する燕のように旋回し、尾をくわえた魚がはねて音をたてるように潑剌としている。活潑に伸び縮みし足を上げ踏み出す。まるで多くは翼をおろした鵬のようであり、首をあげて堂々として群を抜いている。後ろには足で地面を蹴り踏みならす少なからぬ馬がいた。

錦霞はそれらを見ていてぼう然となり放心してしまった。ふと振り返ると立娥が見えなくなっている。周りは押し合う人で、彼らの多くが錦霞の方を見ている。そのとき、大勢の中から突然、黒いラシャの上着と褌《ズボン》を着た男が歩み出てきた。年齢は二十七、八歳くらいだろう。錦霞の目の前に来ると、目をキラキラと光らせて言った。

「お嬢さん、会に来たのに、なぜみなと同じように遊ばないのですか。ボーっと見ているだけじゃないですか」

錦霞はその男を見ると、彼と親しくする気が大いにあるのだと言わんばかりにほほえんで、とてもおだやかで優しい態度をとった。もちろん錦霞の理想気位がとても高く、この公園にいる人を見ても彼女が心を許せる人がいない、というのではない。彼女は、声を立てず嫌われないように壁を作って高みの見物をし、おもしろいと感じた。そこで知力を全部集中してこの多くの人々が競争している現象を注目していたのだ。だから立娥が行ってしまったことにも気がつかなかった。ちょうどそのとき、その男に質問され、興味も湧かなかったが、冷たくするのも悪いようなので、ただ答えて言わざるを得なかった。

「はい、わたしは従姉と一緒に遊びに来たのです。いつのまにかはぐれてしまいました。彼女がどこに行ったのかわからないので、あちこち見て回っていますの」

その男は慇懃に言った。

「おお、そうでしたか。お聞きしますが、お嬢さんはどちらにお住まいですか。あなたの従姉はどちらの家のご令嬢ですか。どうか教えてくださいませんか」

錦霞は、彼につきまとわれて眉をひそめ心の中で嫌な気持ちをぐっとこらえた。この大広場で多くの人々がいる中で大声をあげるわけにもいかない。しかたなく、自分の村の名、姓を告げた。それに加えておじ馬利達と見失ったのが彼の娘であることも言ったのだった。

その男は、聞き終わるとちょっとあおむいて言った。

「やや、馬利達さんのお嬢さんですか。ええ、私はとてもよく知っていますとも」

続いて遠く、公園の西隅にある築山の石のところを指さした。

「ほら、私は先ほど彼女が青年と一緒にいるところを見ましたよ。むこうの花棚の前に行きました。たぶんまだそこにいるんじゃないかな。ご自分で探しにいったらどうですか」

錦霞が振り返ろうとすると、その男は、四十歳すぎで怪しい目つきをし、縮れた頬ヒゲの人に近づいていった。耳に口をよせたまま同時に向きを変えたが、錦霞のことを横目でちらと見た。それに小声でひそひそ話をするのが聞こえる。

「これは………」

後ろの言葉は、そのとき錦霞がすでに歩きはじめていたのではっきりとは聞き取ることができなかった。廊下をぬけてあの男が指し示した西隅の花棚のほうに歩いていった。百歩も行かないうちに、遠くに立娥が一人の青年と肩を並べているのが見えた。二人ともうつむいたまま角を曲がってひそひそと話している。錦霞は歩みをとめた。見るとその青年は背が高く颯爽としている。ただ彼は眼鏡をかけていて灰色ラシャの博士帽をかぶっていたため、その容貌を見ることはできなかった。歩いていって近づいていくと立娥は偶然に頭をあげ錦霞を見ることになった。すぐに彼女は声をかけて言った。

「錦霞ちゃん、探してたのよ。本当にわたし、あせっちゃったじゃないの」

青年は、錦霞ちゃんと呼んだのを聞いて、ゆっくりと後ずさりした。近寄るのが恥ずかしいようだった。立娥は振り返って言った。

「嘉萍《チアピング》さん、こちらが私の従妹です。とっても仲がいいの。私は彼女のことを隠したりしないわ。あなた、こちらに来てちょうだいよ」

花を植えればすでに香ばしい恨みを埋め込んでかもしだし、隴を得て初めは蜀を望む気持ちはなかった［望蜀。欲望に限りがない意味］。

あとのことを知りたくば、次をご覧じろ。

第六節　寂しい雁が魂を驚かす

さて、その青年は立娥が手招きするのを見て、近寄らざるを得なかった。錦霞にご機嫌うかがいをし、握手をして挨拶をした。錦霞がじっと見つめると、眉目秀麗で物腰は優雅で堂々とした男性は恥じるところがない。立娥と彼とは愛情で結ばれていると心の中で理解し、彼には本質を見抜く鋭い眼力がある、とひそかに推測した。その青年も目のはしでチラチラと錦霞を盗み見ている。立娥のことを邪魔にしているようでもあるが、しかし、直接見るのは具合が悪いらしい。三人は一緒になってしばらく雑談をした。

時刻はすでに遅く、広場にいる人も徐々に少なくなっていた。ただ、まだ何人かの閑人が、東にひとかたまりになり、西にぶらぶらとして、彼らが親しく談話している様子をながめている。陰でこそこそとする動きがあることに気づいた青年は不安を感じた。ついに頭の帽子をとり、手で持ち上げて立娥と錦霞に向かって言った。

「お二人のお嬢さん、またお会いしましょう。まだやらなくてはならない用事がありますから」

立娥は答えて言った。

「ええ、いいわ」続けて言う。「あなた、二人で話したことを忘れちゃだめよ」

言ったときには、青年はすでに遠くへ行ってしまっていた。彼が道でお辞儀をしながら行ったのを見ると、立娥も錦霞の手を取って公園を出た。門の外に停車していた馬車が、もう前に引かれてきている。目の前の一台に決めて、二人は乗って帰った。その途中、立娥は錦霞に言った。

「あの青年は、一等男爵麓《ルウ》さまの息子さんなの。今は博物館で教師をしていて名誉ある地位なの。あなたもお話ししているあいだ、彼の豊かな知性がわかったでしょう。本当にすばらしい品格だってお思いにならないこと」

錦霞は言った。

「お姉さまは、本当に人を見るお目が高いのね。あのような品行学問ともに優れて眉目秀麗で洗練された男性は、わたしは巴黎に来てまだお目にかかったことがなくてよ」

立娥は笑って言った。

「錦霞ちゃん、いやね、恥ずかしいわ」

二人が談笑しているあいだに、家の門に到着し、双方が馬車を降り車賃を与えた。手をつないで家のほうに歩いていくと露伊夫人が中でそれを見ており、そのまま錦霞を出迎えて言った。

「錦霞ちゃん、あなたに家から電報が来ていてよ」

錦霞はびっくりして何ごとかと急いで聞いた。夫人は引き出しから電報を取り出すと彼女に渡した。錦霞が受け取って読んだとき、まるで頭に棒で一撃くらったように、恐怖のために三魂［精神を支える気］が地に落ち、六魄［肉体を支える気。普通は七］が淵に沈んだほどの気分で気を失って地面に倒れそうになった。電報には、「父危篤　錦霞すぐ帰れ」という文字があったのだ。幸いに立娥が彼女の肩の前に立っていた。彼女が電文を読んだ瞬間に蒼白になったので彼女のすさまじい驚きを知り、すかさず手を差しのべると彼女を支え、身近にあった低い籐椅子に座らせた。彼女が話すことができない状態であるのを見て、使用人の阿抹《アーマア》ばあさんを呼び、急いで熱湯を入れさせた。片手で胸の前を按摩《マッサージ》し、片手で湯を持って彼女に飲ませ声をかけた。

「錦霞ちゃん、落ちついて。おじさまはもしかすると病気じゃないかも。神さまのご加護に頼りさえすれば、早く治してくださるわ。おじさまの病気が有熱性疾患でひどいからこの至急電報を打ったとしても、きっと電報がついた頃には症状はとうにおさまっているわよ。熱が下がるのもとても早いから。信じないで。あなたが家についたときには、おじさまはきっとよくなっているはずよ」

錦霞は、立娥に勧められて湯を一口飲み、精神を集中し涙をたたえて言った。

「わたしのお父さまは、もっと悪くて危険なのよ。お姉さま、少し慌ててしまったわ。とてもあせったから考えられなかったの。わたしにかわっておじさまに考えてもらったほうがいいわ」

露伊夫人は、ことが重大であることを理解していた。かたわらで彼女のために気をもんでいたが、彼女がおじさまと言うのを聞いて、言葉を引き取って立娥に言った。

「その通りよ。おまえのお父さまに相談しましょう」

すぐに阿抹を呼び、会社に行って主人に来てもらった。数分もせずに馬利達が家に到着した。夫人は電報を彼に見せると言った。

「どうしたらいいでしょうか」

馬利達は言った。

「この電報が来ているからには相談する必要はないだろう。明日の朝早く私が錦霞を送っていくよ。病状も見てこよう。明日早く汽車に乗って市恩利についてから汽船に乗れば一日で駆けつけることができるだろう」

立娥はそばで言った。

「錦霞ちゃん、帰るのよ。私も一緒に行っておじさまを見てくる。ついでに錦霞ちゃんの家の場所を確かめておくのにも都合がいいし。それに、おじさまの新しい奥さまにもお近づきにならなきゃ」

錦霞がそれを引き取って言った。
「お姉さま、一緒に行ってくださるのなら安心だわ」
馬利達夫妻もそれを許した。すぐさま話を切り上げて、各自が眠りについたのは言うまでもない。この立娥が一緒に行くことについては続きがある。

魚の網に鴻が捕まりぬぐえぬ冤罪、人が入れ替わり事実は明らかにしにくい。

あとのことを知りたくば、次をご覧じろ。

第七節　椿が倒れて花が散る

さて、馬利達は次の日の明け方になると、錦霞と立娥をせきたてて用意をさせた。一緒に駅へ行き早い汽車に乗って市恩利へついたのは、すでに一時だった。瑞拉尼に行くと汽船がちょうど出港するところだ。汽笛が連続して響いている。馬利達はすぐさま彼女たち二人と船に乗った。自分は売場で切符を買った。並んで座ると、うれしいことにその船は速度がとても速く矢のように突き進む。瑞拉尼に到着したときは、太陽が山に隠れようとはしていたものの、まだ明るかった。ただここは鏡岩村からまだ十四、五里も離れていて遠いため、馬利達は彼女たちと上陸するとただちに馬車を呼びにいった。法蘭西の規則では、よその国とは違うなどと誰も知らないと思うが、馬車は十時になる前に、多くは帰っていってしまい、それ以上客を取って商売をしてはいけないことになっている。市街で動いていれば、警察は見つけるとただちに警察署に連れていき重罰に処するのだ。馬利達が呼びにいったときは、すでに夕方でむつかしいとはわかっていた。しかも鏡岩村への道は遠く郊外であり、途中はそれほど賑やかではない。しばらく探したが、御者の多くに断られた。馬利達はあせり、ついに大声で叫んだ。

「誰か行ってくれる者には、車賃のほかに墨西哥《メキシコ》銀貨二枚の心づけをはずむぞ」

叫びおわると一人の御者が鞭を手にして歩いてきて質問した。

「だんな、いまの話は本当ですかい」

馬利達は言った。

「お前たちに嘘はつかないよ」

その御者は、それを聞くと馬車を一台手で引いてもごもご言った。

「やっぱり銭がいいや。ちっとばかりのホネ折りも当たり前っていうもんで」

客を客室に入るように急がせると、客室の外にある青緑色をした玻璃の電灯ふたつに点灯した。自分は馬車の御者台に腰掛けて外套《マント》をはおると馬の手綱をぎゅっとしぼり、鞭を数回加えた。馬車はガラガラと走っていった。

読者のみなさん、理解していただきたい。道路ではもともと馬二頭、あるいは三頭を使う。二、三十里ならばとても速い。今は鏡岩村まで馬一頭だけしか使えずまた交替の馬もない。だから別に心づけをはずまなければ、誰も行きたがらないのだ。

閑話休題。彼ら父、娘、姪の三人は馬車に乗って、おおよそ一時間あまりで鏡岩村に到着した。みんなは馬車を降り、約束通りの金額を御者に払った。錦霞らは一緒に自分の家の門前へ行った。だが、門はすでにぴったりと閉まっていた。呼び鈴を手でいくどか振ると、中から突然泣き声が聞こえてきた。錦霞はじだんだをふんで言った。

「よくないわ」

言い終わらないうちに門がバタンという音とともに開いた。出てきたのは五十余歳の老婆だ。誰だと問うてきたので、錦霞は前に進み出て言った。

「毛《マオ》ばあや、お父さまはどうなさったの」

「ああ、お嬢さま、お帰りなさいまし。ああ、ご主人さまですか。先ほど夫人が召し上がるというので晩ご飯を二階にお持ちしましたが。ご主人さまはすでに息を引きとられています」

錦霞はそれを聞くと、馬利達と立娥に合図することすら忘れ、急いで二階にあがった。雅魯の床《ベッド》の前に来ると、彼は口を開け、目はただの裂け目となりすでに氷のように冷たく鉄のように硬くなっていた。錦霞は、悲痛の極点に達し床の下に倒れ込んだ。立娥はそのとき父親と一緒に続いていたが、その様子を見て死ぬほど驚いた。柯施娟からの挨拶を受けながし、立娥は急いで錦霞を助けて座らせた。彼女背心《チョッキ》の上からしばらく軽く叩くと、ようやくハーッとうめき声をあげ気がついて泣きながら言った。

「わたしというこの不運な命は、まだこの世に生きながらえています。どうすればいいのでしょう」

柯施娟もかたわらにいて泣きやまず、両眼はひどく腫れているのがわかった。立娥は錦霞を助け起こし、泣きやむようにと二人に勧めた。柯施娟は毛ばあやに晩ご飯を用意させ、馬利達親子に食べさせようとした。

全員が一室に集まって話し合った。どのように病気になったのかを質問し、どのように治療したかを聞いた。柯施媚はたずねながら泣き、説明しながらまた泣く。彼女は、錦霞よりも数倍は悲しんでいるかのようだった。泣きながら言った。

「三日前の午後でした。友達とどこに行って遊んだのかは知りません。夜にようやく帰ってきました。晩ご飯を食べるかと聞きましたところ、彼はただ首を振ってそのまま二階へ行って寝てしまいました。きっと酒を飲んで酔っ払ったのだ、と私たちは思ったのです。しばらくして二階に上がって湯《スープ》はいらないかと聞きました。彼はもう話すことができませんでした。そのとき、私は慌ててしまい、いい考えも浮かびませんでした。すぐ二人の医者にお願いし、続けて診察してもらいました。意識不明だから、吐き出せばすぐによくなる、などとのらくら言うのです。薬を飲ませましたが、まったく効き目がありません。ですから昨日の朝に電報を錦霞さんに打ったのです。病状が今日になってどんどん変わっていくとは思いもしませんでした。七時にあなた方がようやく到着した時刻に、彼は息が絶えたのです」

言い終わるとまた大声で泣きはじめた。馬利達親子は、またしてもしばらくのあいだ慰めなければならなかった。

翌日になると葬儀を行う手伝いをして、数日に渡り忙しかったがそれもようやく終わった。馬利達は会社の複雑な用事が心配だったので先に帰ることにした。錦霞は極力引きとめた。彼と善後策を相談したかったのだ。

その日の早朝、馬利達は眠っていてまだ起きてこない。立娥は錦霞よりも先に身じたくを終えて階下に降りた。毛ばあやに裏門を開けさせて庭園のすんだ空気の中に入った。四方には、あずまや、楼台があり、樹木があまねく植えられ、重なった廊下に曲がった欄干、左右には虹橋があり、それにまたがる川面にはさざ波が起きていた。この庭園は確かにとても広大だ。ただそのときはすでに秋もなかばで花景色は多くはなく、樹木の上の霜に耐えた枯れ葉が風に吹かれてハラハラと舞い落ちていた。立娥は東南の壁の隅に向かって歩き、吟梅閣《インメイコ》と名前のついた建物の前まで来た。少し時間をつぶそうと中に入ろうとしたそのときだった。ふと庭園の壁に開けられた、枠に飾り模様のある窓から人影がチラリと見えた。立娥は、はっと驚き向きを変えようとしたところで、背後で手槍《ピストル》の音がした。かわいそうに、花のような玉に似た一人の美女が、地面に倒れた。

霜の降りたあとにさらに三尺の雪が加わり、わけもなく壁のむこうの花がくじき折られる。

あとのことを知りたくば、次をご覧じろ。

第八節　逮捕状請求、犯人逮捕

さて、立娥は、庭園の壁に開けられた枠に飾り模様のある窓から人がのぞいているのを見た。立娥は、向きを変えようとしたところで、背後に手槍が近づいていることがわからなかった。かわいそうに、彼女の背心《チョッキ》から前の胸にかけて小さな孔が開いた。彼女は薄暗く茫漠とした黄泉への道を行ってしまったのだ。

そのとき錦霞はまだ二階で身じたくを終えていなかった。かすかに弾丸の音が響くのを聞いた。なんだか脳の深部に触れる気がする。こんな朝早くにそんな音がどこから聞こえてくるのだろうと思い、毛ばあやを呼んで聞いてみた。

「お姉さまは、どちらへ行かれたのかしら。早く呼んできて湯《スープ》をいただいてもらってね」

毛ばあやは階下にいてそれを聞いた。すぐに階段の前に行くと大声で答えた。

「お嬢さまですか。花園へ行かれました。わたくしめが呼びにまいりますです」

毛ばあやは、庭園に行くと熱心に立娥を呼んだが返事がない。あせって走り回って探していて気づかずに、倒れている立娥につまずいてしまった。かがんで見ると、立娥が地面にうつぶせになっていて、背心には鮮血が飛びちっていた。毛ばあやは、アイヤーとひとこと叫ぶと、そのまま恐ろしさで足の力は抜け口は開いたまま、長いこと固まっていた。ようやく歩けるようになると身をひるがえしまるで後ろから何かが追いかけているかのように二歩を一歩に縮めて足を速めた。一気に階段の前まで走ってくると、大声で「大変です」と叫び、もうそれ以上口を開けることができなかった。錦霞はちょうど湯を飲んでいて、その叫び声を聞くと、心臓が跳ねあがった。手の力が抜けて、蒔絵の茶碗が落ちるとピンポンと音がして粉々になった。飛ぶようにして階下へ行くと、そこには毛ばあやが階段の足元にすわってぼんやりしている。錦霞はそくざにたずねた。

「どうしたの。早く立って話しなさい」

毛ばあやは、白目をむいてしどろもどろに言った。

「お、お嬢さまは、な、なぜだか知りませんが撃たれて死になさった」

錦霞はそれを聞いて、身体が倒れて地面にぶつかりそうになった。恐ろしさのあまり、やたらに「なんなの、なんなの」とわめくばかり。急いで階段を降りると広間のむこうにある棟に行った。馬利達はそこで寝ていたが、中の方でわめく声が聞こえる気がしたので起きて衣服を着終わり、ちょうど扉を開けて出たところで錦霞と鉢合わせした。話そうとすると、錦霞が伸ばしてきた手にきつく腕を握られた。後ろに引きよせても錦霞はつまずくようにやたらに走る。馬利達はしきりに質問したがったが、二人は庭園に入り立娥の近くに来ると、アイヤーと叫びながら地面に昏倒し、裏返った占いの木片のようになってしまった。柯施媚は毛ばあやと下女たちと一緒に来てすでに全員が集まっていた。みな怖がって何も考えられない様子だった。毛ばあやたちは、前に進んで二人を助け起こすしかなかった。それぞれが泣きやむことができない。馬利達は、気力を振りしぼりうなって言った。

「私はこの老いた命をかけて、必ず犯人を追いつめて娘のために復讐してやるぞ」

さらにうなって言った。

「あれの母親にどうやって話せばいいのだ」

錦霞は泣いて言った。

「全部わたしのせいです。明らかにわたしがお姉さまを殺したんです。わたしもおばさまにあわす顔がありません。もう死んでお姉さまの霊魂におともするしかありません。お姉さまの恨みを晴らす必要がありまます。とても悲しいわ」

みなはさらに悲しんだ。柯施媚だけが前に進みでると彼らに勧めて、お互いに広間に座って相談するように言うのだった。

この鏡岩村は、警察はなかったが管理官［地区のお巡り］が一人いた。馬利達がすぐさま知らせると、しばらくして管理官が医者を連れてやってきて死体を確認した。手槍による死亡であった。管理官は、事件のいきさつを質問し、その場で死亡記録に記入した。役所に戻ると電報を打って瑞拉尼警察署に報告した。署長の希克羅《シイコルオ》は電報を受け取るとただちに二人の有能な警官を鏡岩村に派遣してきた。一人は律拿《ルユイナア》といい、もう一人は畢獲《ピイフオ》という。二人は到着すると、まず村の後方に行ってざっと見回った。

もともとこの鏡岩村の後方は一面の荒れ野だった。荒れ野の尽きる場所に斜めに谷川が流れており、この谷川と前の山の下一帯が別の脈絡を形成している。その谷川が湾曲した場所にときどき二、三隻の漁船が網を投げて魚をとっている。石家の建物は、改造してとても奥行きがあり、花園もまた四方を荒れ野にぐるっと囲まれている。そのため荒野にひとつだけあって落ちついていた。朝日が昇り夕陽が照り返すとき、この庭園にいて眼前に広がる景色を、重なった楼の上で座って一望すれば、雑草が一面に生い茂り、全体が青緑色で切れ目がなく、煙霧がもうろうとしている中にひっそりと船が揺れて人が動いているのが見え、気持ちがやわらぎ世俗を超越し、奥ゆかしさがあふれ出ているのだった。

妙なる境地は山水が作り出したものではなく、災いはすべて豊かに根づいている。

あとのことを知りたくば、次をご覧じろ。

第九節　酒館《ホテル》に友をたずねる

さて、欧洲の警察が行っている捜査については、誰も知らないだろう。必ず先に事件が発生した場所に行って内偵する。事件の内容、情況を最初から研究しなければならない。事件の決着がついてからようやく任務を解く。これこそが彼らの「事実に基づいて問題を処理する」ということにほかならない。警察が義務をつくすところだ。

さて、律拿と畢獲の二人は、村の後方をざっと見回った。そのまま村に方向転換してまず管理官のところへ行き事件のいきさつを詳しく問いただした。その後二人して石家に行って、馬利達らと会い、再び詳しく問いつめた。さらに庭園に行くと立娥が死亡した情況を実地調査した。立娥のいた所は庭園の囲いから数十歩離れている。高くなったところに登り、壁の外を見ると、一面の荒れ野にすぎず遠くはるかまで荒涼としており、何も見つからなかった。畢獲は律拿に言った。

「奇妙な事件だな。聞くところによるとあの娘は巴黎から来た客だというぞ。来てから数日もたっていない。地元の人間から恨まれていないのは明らかだ。もし、あの娘が巴黎で恨みをかっていたとしても、まさかこんなところまで追いかけてはこないだろう。少し待って凶行に及べばすむこと。何かほかの事情があるのかもしれん。今のところそれについてはかまう必要はないな。君は両隣の家に行ってちょっと尋問してくれ。僕は向こうの漁船で職務質問してくる。そこから何か重要な情報を得ることができるかもしれない。そうなれば我々の発想に役立つかもな」

言い終わるとすぐさま手分けした。

左隣の家は、やもめの姑と嫁の二人が三歳の子供と暮らしていた。右隣は五十歳あまりの体の不自由な男性でおばあさんが共にいて、子供もいなかった。両家はとても窮乏しているようだ。この事件について質問すると、次のように言った。

「あの人たちは大富豪の家で、私らが困っているのとは違います。だいいち、あの家の門に入ることも、往来もまったくできません。それに屋敷は広大な造りで、庭園の中で何かの動きがあったとしても、コトリとも音を聞くことはできません」

律拿はその話を聞くと、聞かなかったと同じだと思い、いとまを告げるしかなかった。まもなく畢獲もやってきた。二人はそれぞれに聞いたことを述べあった。多くが空虚な話で使いものにならない。律拿、畢獲ともに空振りだった。おたがいに頭をかき、耳をほじって思案投首した。一緒に馬利達の面前に出向いて言った。

「馬利達さん、この事件はすぐには解決しません。ただしご安心ください。われらは戻って署長と協議します。どんなことがあっても犯人を捕縛し、あなたのお嬢さんの潔白を明らかにするつもりです」

馬利達は言った。

「お二人とも、ご苦労様でございます。この事件が解決しましたら、私は当然ながら十分な謝礼を差し上げるつもりです」

二人は別れの挨拶をし、すぐさま瑞拉尼署に戻ると、再び協議をしたことは言うまでもない。

馬利達も、数日内に事件が解決するものではないことは理解していた。しかし、娘の亡骸を納棺しなくてはならないため、ひとまず後方の荒れ野に置いた。二日が経過し、錦霞に向かって心をこめて言った。

「私はすぐさま巴黎に出発しようと考えています。あなたは家の中にいて、苦しみすぎて身体をこわしてはだめですよ。自分で守らなくてはなりません。恐らくこれからも意外なことが起きるでしょう。私にはこの娘がいるだけでした。かわいそうに、娘は予期せぬ災いに遭ってしまいました。私の甥の貝脱《ベイトウォ》は、意大利に長く住んでいます。一昨年、意大利人の妻を娶ったと手紙をよこしてきました。帰国する気はないようです。ですから今となってはあなた一人が私の親戚です。私たちが将来年をとれば、あなただけが心の慰めです。身体を大切にしなければいけませんよ」

錦霞は、それまで連日ぼんやりとしていたが、この言葉を聞くと、悲しんで答えて言った。

「おじさま、お帰りになるのね。おばさまがあまり悲しまないように、どうか励ましてさしあげてください。わたくしめの罪のほうがもっと重いのですから」

馬利達は涙ながらに承知すると別れ、二日もしないうちに家についた。

事件のことを話しはじめると、当然のことながら露伊夫人が悲痛のあまり何回か気絶したことは、詳しく述べる必要はないだろう。

馬利達は、夫人に付き添ってなぐさめ、悶々として数日がたった。会社に行く気にもならない。ふと、一人の友人のことを思い出した。馬車を雇って包耳巴突《パオアルバトウ》街をめざした。ちょうど角を曲がって横丁に入ろうとしたときだ。その横丁から先に馬車が一台飛び出してきた。馬利達が目をあげて正面から見ると、出てきたのはほかでもないこれから訪問しようとしていた友人だったのだ。すぐさま大声で叫んだ。

「おい、福爾摩斯《フウアルモス》［ホームズ］さん。どこへ行くのかね。私はわざわざ訪ねてきたのだ。馬車を降りて話そうじゃないか」

そちらの馬車の中の人も答えた。

「馬利達さん。先にぼくの部屋に行ってしばらく待っていてくれたまえ。三十分もしないうちに戻るから。申しわけないね」

馬利達は承知し、それぞれに分かれていった。すぐさま馬利達は福爾摩斯の客室に行くと、すでにいた彼の使用人が応接してくれ、通りに面した建物の一室に案内した。


むごいことに大冤罪事件を抱え込んだため、腕のたつ問題解決人を探すことになった。

あとのことを知りたくば、次をご覧じろ。

第十節　神探偵の登場

さて、馬利達が福爾摩斯の部屋で待っていると、本当に半時間もしないうちに福爾摩斯は戻ってきた。ニコニコ笑いながら入ってくると馬利達を見て握手して言った。

「先生、長いことといらっしゃいませんでしたね。今日はまたどういう風の吹き回しですか」福爾摩斯は注意深くじっと見つめて言った。

「顔色を見ると、気分がとても悪いようです。何か大変な事情を心に抱えていますか。ぼくが勝手に言っているだけです。気にしないでください」

馬利達は、彼にひとことで心配事を言い当てられ手を叩いて言った。

「ああ、福爾摩斯さん。あなたは本当に目がきいて察しのいい人だ。あなたに恐いものなどないでしょう。そうわかります。はあ、まったくその名声の通りですな。私は本当に不幸です。突然、空中から飛んできた災いに遭ってしまったんです」

ここまで話すと、福爾摩斯は相手をつとめながら入り口に近い椅子に座り、衣袋《ポケット》から紙巻きタバコを一本取り出すと、火をつけて数口吸い込み、ゆったりと質問した。

「先生、飛んできた災いとはなんですか。かなり不安なご様子ですが、ぼくがわかるように詳しくお話しください」

馬利達は話した。妹の夫、石雅魯が危篤になり、どのようにして姪の錦霞と一緒に、自分の娘立娥と鏡岩村へ行ったか。妹の夫はどのように亡くなったか。娘がどのように銃で撃たれ死んだか。村長、管理官がどのように調査したか。初めから終わりまでひと通り説明した。福爾摩斯は聞き終わると言った。

「フム、そういうことでしたか。ああ、あなたがたの姪御さんは、一度だけ見かけたことがあります。美しく身段《スタイル》がいい。しかしまた、この事件は地方をまたいで遠いところで起きてしまいましたね。ただ、先生のお嬢さんですから、必ずこの事件の捜査をお引き受けします」

読者のみなさん、福爾摩斯はなぜ錦霞を見かけたことがあるというのか。もともとは先日公園で舞踏会が開催されたとき、黒のラシャの上着と褲《ズボン》を着た男が錦霞にしばらく話しかけたことがあった。四十歳すぎで怪しい目つきをし、縮れた頬ヒゲの人に寄り添って去っていったが、この怪しい目つきの縮れた頬ヒゲの男が、変装していた福爾摩斯だったのだ。そのとき、彼女をじろりとにらんだ。だから見たことがあるというのだった。

福爾摩斯は、もとから英国の最も名誉ある探偵である。彼の手によって数多くの奇々怪々な事件が解決されてきた。人々は彼のことを探偵の聖人だと言っている。今、馬利達がこの友人をここに訪ねている理由だ。

先日、公園に遊びに来ていたラシャの上着と褲を着た男は、国海《クオハイ》という。最初は医師だったが医術に関してまったく精通していない状態だったから、彼に診てもらう人などはいなかった。彼もまた英国人だった。生まれつき品行が軽はずみで滑稽な性格で、人の秘密を探り見るのが好きで本業のほうはほったらかしだった。福爾摩斯が探偵としてすばらしい手腕を持ち、名誉を得ていたから、彼は非常にうらやましく思い、徐々に福爾摩斯とつきあうようになり、友人となった。何か対応しにくい事件に遭遇すれば、彼と徹底的に討論を行った。国海の感覚は捜査に関しては福爾摩斯にとても似ていて、二、三年べったりと福爾摩斯にひっついていた。すると、国海もついには曖昧で突飛な考え方ができるようになったのだ。福爾摩斯も彼のことを大いに利用した。一見は風がふいて草が動くくらいのどんなささいな事件でも、まず彼を先に行かせて十分に内偵させるのだった。情況が変化して活潑な動きを始めると、今度は福爾摩斯とともにやってくるというわけだった。

馬利達は、ただちに福爾摩斯に言った。

「この事件を解決し犯人を法の網から逃れさせないようにできるのでしたら、私は報酬として五万鎊《ポンド》を差し上げます。事件のあとで、決して約束を破ることはありません」

福爾摩斯は、笑って言った。

「ぼくたちは長年の友人ですよ。金額などを決める必要がありますか。決めてから仕事にとりかかるというわけですか。ありえません。金品という二文字について言えば、ぼくは稼ぐときは精一杯稼ぐし、使うときは精一杯使う。その点ではまったく重要視していないのです。この事件について表面的な情況は、おおよそを了解しました。各方面の手がかりについては、まだ少しも注目点がありません。うかがいますが、どなたか身内の人がどこかにおいでですか」

馬利達はちょっと考えて言った。

「私には甥が一人いるだけです。名前は貝脱といいます。彼は、二十四歳のときに意大利の茶商人と商売に行きました。今年で三十二歳になったはずです。二年前、彼から手紙をもらいました。意大利で自分の茶業を始めたと詳しく言ってきました。稼いで大きな富を築いたとか。意大利で妻を娶り、本国に帰国する気はないようです。私たちは彼の手紙を読んで、心配がひとつなくなったのですよ」

福爾摩斯は、彼には甥が一人いて意大利に住んでいると聞いて、ほうとひと声上げ、さらに口を開いて質問した。

「二年前のその手紙は、まだありますか」

馬利達は言った。

「福爾摩斯さん、あなたは甥を疑っているのですか。貝脱と関係があるのでしょうか。まさか、そんなこと、あるはずがありません」

福爾摩斯は言った。

「そういうわけではありません。ぼくたちが手がける事件は、死者と少しでも関わりがあるものは、必ず前もってはっきりと質問し、全面的な推測ができるように準備するものです。それは、必要ですし関係があるのですよ。ぼくがこの事件を引き受けると承知したからには、いずれにしてもあなたのために、水が引いて石［真相のこと］が姿を現すように、必ず真相を究明してみせます。さあ、戻って、甥御さんの手紙を調べることができるならば、私にちょっと見せてください。それもぼくたちにとっての手がかりなのです」

馬利達は聞き終わるとうなずいて言った。

「そのお言葉は間違っていません。あなたがたにはあなたがたのやり方があるのですね。あの手紙があるかどうか、ちょっと調べてみましょう」

そのほかいくつか礼を言ったあと、ようやく別れを告げた。

不老不死の薬（金丹）を作って飲めば骨も変えられる、技術が優れているから鉄棒も針になる。

あとのことを知りたくば、次をご覧じろ。

第十一節　探偵が活動開始

さて、福爾摩斯は馬利達を見送ったあと、自分の部屋に入ると、しばらくゆっくりと歩き回った。頭の中でこの事件の情況を繰り返し検討し、密かに推測して言った。

「計画的殺人の原因は、たいがい金と女の二文字のためだ。馬利達の財産はとても大きい。彼によれば、甥が一人いるだけで、しかも意大利に住んでいて、商売もとても発展して満足している。ぼくは、人が金をほしいと思ったら、十分に満足するときが本来は来ないと考える。あるいは、甥はこうとも考えたか。つまり、おじには娘が一人いるだけだ。計略をめぐらして密かに彼女を殺してしまう。その後でならおじの財産を自分のものにすることができる。これは事件ではよくあることだ。だからこの方面についても調べなければならない。もし金でないならば、今度の災いの種は愛情が出発点だな」

読者のみなさん、福爾摩斯が言う愛情が出発点だという考えを理解できるだろうか。どこから来るものなのか。おおよそ次のように考えられる。

世の女性は思春期になると、徐々に愛情を発揮させはじめる。またひとつひとつの愛情の中で不満の心と遭遇してしまう。不満の心とは何か。たとえば、初め張という人と知りあう。ニカワと漆のように親密になる。ところがたちまち李という人に会う。張さんよりもっとよい。そこで李さんと知り合いになる。こういうのを女性が愛情を感じる、というのだろうか。まったくのところ少しの愛情もないのだ。もしも今日は張さん、明日は李さんというのも愛情だというのであれば、上海の街娼、各市の芸者も第一に愛情を持っていることになる。おかしな女性たちだ。まったくの尻軽だ。最初に選ぶとき慎重でなかったり、最後まで貞節を守ることができなかったりするから、男性はお互いにねたみ、愛欲の海に嫉妬の波が立つというもの。あるいは、殺そうとしたり最悪の場合本当に殺害して鬱憤をはらす。どこに災いが生じるか予測もつかない。これこそが不満の心だ。自分で自分の身体を害している。愛情の真偽を論じるには、基本のところから分析しなければならない。しかし、説明が煩わしくなって嫌気が生じるので、ここまでにしよう。

閑話休題。さて、福爾摩斯は愛情という字に思い至ってそこから発想した。考え直して首を振りながら言った。

「そうとも限らない。ぼくは国海が言ったのを聞いた。あの立娥という娘もとても美しく、ずばぬけている女性だそうだ。しかも聞くところによれば、一人の博士と自発的に婚約をしているというではないか。その博士も、才能容貌ともによく、ぬきんでた人物というではないか。彼はずば抜けた品格をそなえ、さらにはふさわしい恋人もいる。心変わりをしたり、ほかに恋人を作るとも思えない。そうするとこの事件については、愛情を除くとなると、ほかにどんな疑わしい箇所があるだろうか」

次々と思いめぐらしていると、ふと扉の外から声をかけながら人が入ってきた。聞けば「本日は、福爾摩斯先生はいらっしゃいますか」と言っている。その言葉を終わらないうちに、もう入ってきていた。福爾摩斯が目をあげて見ると、国海がうきうきと面前まで来て言った。

「先生、ここにいらしたんですか。静かにして何を考えていたんです」

福爾摩斯は冷たく言った。

「きみはこの数日、落ち着かないで外で何をしているのかね。見ればなんだかとても得意そうだな」

国海は言った。

「先生、皮肉るのはやめてくれませんか。この数日は、先生から何も命令がないものですから、ひまだったんです。友人三、四人から、今日はお茶に招かれ、明日は芝居を見に、花を愛で酒に酔って騒ぐといったぐあいで、もてあそばれて意識がもうろうとなりましてね、ご挨拶にうかがう機会をうっかりなくしたんです。お許しください」

福爾摩斯は言った。

「そんなに謝らなくてもいい。今は無駄口は叩かないように。馬利達家の娘が、人の撃った銃弾に当たって死んでしまった。きみは関係者に誰か知り合いはいないかね」

国海はびっくりして言った。

「ヤ、そんなことがあるなんて。私は毎日街にいましたが、そんなことは聞いていません。それに街の新聞も毎日読んでいますが、そんな記事は載っていませんよ」

福爾摩斯は言った。

「彼女は、巴黎で死んだんじゃないんだ。鏡岩村の彼女のおじの石雅魯家の花園で死んだ」

馬利達がやってきて依頼された話、およびその前後の事情を詳細にもう一度説明した。国海は聞いて、奇異に思い言った。

「へえ、そういう事情だったんですか」

福爾摩斯が続けて言った。

「きみが希望するなら、ぼくが怪しいとにらんでいる場所に先に行って、こっそりと調べてもいいよ。あるいは新しい発見があるかもしれない。事件の内容に関係するものを少しでも得ることができたら、ぼくに知らせるんだ」

そう言いながら、手を衣袋に伸ばし、必要な支出にあてるようにと数十枚の紙幣を彼に手渡した。国海は承知し、紙幣をさっと受け取ると言った。

「この事件は尋常ではありませんね。巴黎の善良なお嬢さんが、辺鄙な土地に送られて人の撃った銃弾に当たって死んでしまうなんて」

国海はしばらく座っていたが、立ち上がると福爾摩斯に向かって言った。

「先生、私が行って探ってみましょう。もし少しでも情報が得られたら、すぐさま報告にまいります。遠いところでしたら電報を打ちます。よろしいでしょうか」

福爾摩斯は承知すると、国海は別れを告げて出ていった。道中歩きながら考える。この派遣は、まるで暗号の問題のようだ。今度の文章は、どのような書き出しにするのがいいかな。まずは鏡岩村に行き、徹底的に調査してからにしよう。だが、ふと考えを変えて言った。

「今は彼女が愛していた嘉萍と連絡をとってみよう。彼がどういう行動に出るか見るのだ。それからまた考えるか」

方向を変えて希喀臘《シイカアラア》街に向かい数分もかからず博物館の入り口に到着した。この話は、入っていって説明するのはよくないと考え、入り口で名刺を渡してもらった。しばらくすると嘉萍が門の外へ出てきて、握手をして言った。

「国海さん、おひさしぶりです。今日は何か用事があっていらしたのですか」

国海はその言葉に続けて言った。

「何事もなければ、来て驚かしたりしません。先生の、人に言えない重要なある用事のために、むやみなことはしにくいのでして」ふたつの眼球を潤ませて嘉萍の顔を注視して言った。

「馬利達家の事情については、先生は詳しくご存じですよね」

嘉萍はその言葉を聞くといぶかって言った。

「エッ、馬利達さんに何かあったのですか。何も知りませんが」

国海は、冷笑をうかべて言った。

「本当にご存じないのですか。お教えしましょう。どうか怒らないでください。立娥お嬢さんが、鏡岩村で人の撃った銃弾に当たって亡くなりました」

嘉萍は、その一言を聞くやいなや顔色が瞬時に変わり急いで聞いた。

「国海さん、その話は本当ですか」

国海は答えて言った。

「ええ、人が死んだのにでたらめを言いますか」

嘉萍は、思わず雨のように涙を流した。しばらくぼんやりしていたが、ようやく言った。

「どういうことなんでしょうか。私は明日必ず鏡岩村へ行きます。従妹に詳しく聞いてみます。おそらく立娥のお父上が、犯人を捜して捕まえるようあなたにこの事件を依頼したのでしょう。国海さん、彼女の恨みを晴らすことができるならば、私はきっと別に報酬をはずみます」

国海は感謝して言った。

「先生のお許しを得ましたから、私も全力をつくすつもりです」

言い終わると別れを告げて去っていった。

超大物は考えることがすばらしく、蝴蝶の夢の中にいる人をたずねる。

あとのことを知りたくば、次をご覧じろ。

第十二章　挽歌と悲歌

さて、嘉萍は国海が帰ったあと学校に戻った。胸中はゴロゴロと音がして、もうろうと秋冷の蠅を抱くようにもの悲しく、窓の前でじりじりしながら、日が西に傾く頃そそくさと授業を終えた。一晩中気をもみ、とてもひどい情況だった。空が明けると窓は曙色になった。すぐさま起きて軽装で駅に行き、列車に飛び乗り市恩利についたときは、すでに午後一時すぎだった。早船はちょうど出たあとだ。市恩利で時間をつぶさなくてはならなかった。

夜の十二時すぎに夜行船に乗り、しばし停泊しているのを出発するまで待った。次の日の明け方、ようやく瑞拉尼に到着した。上陸して馬車を雇い、ガラガラと車輪を鳴らして鏡岩村へ向かった。村につくと嘉萍は馬車をおり、村人にたずねてようやく石家の屋敷について玄関の呼び鈴を叩いた。すぐに毛ばあやが閂を抜いて出てきた。嘉萍は進み出て、訪問の理由を説明し、名刺を取り出して取り次ぐように頼んだ。しばらくすると毛ばあやが出てきて、お入りください、と伝えてきた。嘉萍は毛ばあやに従って客間に来てみると、錦霞だけがすでに待っていて出迎えて言った。

「嘉萍先生、なぜここにいらっしゃったのですか。わたしどもは重なる不幸と事件に襲われてしまい、累は親しい人にまでおよんでおります。お恥ずかしい限りです。本日は、お客様が遠くからおいでになるということを知らず、お出迎えもいたしませんでした。お許しくださいませ」言い終わるとそれぞれが席を譲りあいようやく座った。

嘉萍の方から言った。

「錦霞さん、ご丁寧にありがとうございます。お父さまがお亡くなりになったことを知ったのが遅かったのです。昨日、ある友人が話してくれて、それでようやく知りました。すぐにうかがうこともできず、申し訳ありません」

錦霞は言った。

「アア、先生。父は亡くなりました。それはまだしかたがないことですわ」ここまで言うと、ただ彼女ののどは嗚咽でふさがり、涙はあふれるばかりになって悲痛な情況になった。かわいそうに、絶世の美女が一人、霜の降りたあとの菊ほどにも痩せている。嘉萍は彼女のそんな様子を見ると、鼻の奥がすでに耐えられないくらいにつらさと悲しみでいっぱいになった。さらに聞けば、彼女は次のように言った。

「立娥お姉さまは、わたしと一緒に戻ってきたのです。犯人がお姉さまにどのような恨みがあったのかは存じません」

彼女が銃弾で死んだことを説明すると、両眼から涙が連なった真珠のように鼻柱に巻き付き落ちている。さらに聞くと、彼女は言った。

「お姉さまは、明らかにわたしが殺したのです。わたしはおじさま、おばさまにどういう顔をすればいいのでしょうか。先生もきっとわたしのことを恨んでいるのでしょう」

嘉萍は言った。

「こんなことになって、恨む恨まないという場合ではありません。誰であろうとそうだというのではなく、彼女の運命だったというだけのことです。現在は別の情況にあります。詳しくはたずねません。ただ立娥さんのお墓がどこにあるか教えてください。私はまずお墓を掃除して弔いたいのです。私の来意をつくしたい。錦霞さんは許してくれますか、どうでしょう」

錦霞は言った。

「本当に先生のような熱情をお持ちの方はいません。お姉さまが生きていたとき、わたしにおっしゃったことがあります。先生は、お姉さまが最も親愛する大事な人だと。こんな不測の事態になって先生をお一人にすることになろうとは想像できませんでした。お墓は、わが家の庭園の後方にあります。それほど遠くはありません。先生がおいでになりたいのでしたら、わたしがご案内もうしあげます」

錦霞は毛ばあやを呼ぶと、庭園へ行って少しばかりお供えの花を採ってくるように言った。自分は嘉萍と一緒に建物の後方から出かけ、しばらくするとついた。嘉萍が目をあげると、雑草がまばらに生え、寒々とした霧霞が深々としている中に、ひとつの塚が積み上げてあるのが見える。痛切な悲しみで思わず号泣してしまった。

「立娥よ、立娥よ、なんということだ、すぐそこにいるのになぜ会えない、顔をあわせても声も聞こえない」

そこで花を供えて歌を作って弔った。その歌に言う。

ああ、なみはずれた美貌の人だったが、極悪人に出会ってしまった。
鮮やかで美しい玉のようだったが、突然風雨が荒れ狂った。
横死をとげたのは、創造の神が善良ではないからだ。
私は自分を真に理解する人を失い、私たちは引き裂かれた。
雲は真っ黒、薄暗い。
辺鄙の地は、黒々と荒涼としている。
深々と、ここに安んじる。
鬱鬱と、親密であったあなたを埋葬する。
もしも霊があるならば、発憤して威勢よくあれ。
あの凶悪な魂を取り押さえ、早く殺されてしまえ、法により正されるべきだ。
あなたを祈って、血の涙がいくすじも流れる。
あなたを思って、悲しくはらわたが一寸きざみにちぎれる。
ああ、あなたよ、だんだんと苦海をぬけ出で天国へ昇られんことを願う。

嘉萍は歌い終わると、涙が泉のように湧き出た。振り返って見れば、錦霞は早くも泣いていて声にならず、荒れ草の地面に倒れふしている。嘉萍は悲しみをこらえて、涙をおさめざるを得なかった。錦霞に勧めて言った。
「お嬢さん、あなたは苦しんでとても憔悴しています。これ以上悲しまないでください。お身体にさわります。立娥は凶悪人に殺害されてしまいました。彼女のために恨みを晴らす方法を考えねばなりません。彼女がこんなことになろうとは、本当に夢にも思わなかった」

そこまで言うと、彼の眼窩には粟粒のような涙が続けて溜まり、閉じようにも閉じることができないように、一粒一粒あふれ出てきた。錦霞は涙を流している。眼が涙を流す眼を見ている。断腸の思いの人が、はらわたがちぎれるように悲しむ人を目の前にしている。彼女はその様子を見ると、かえって彼を憐れむ気持ちが生まれた。ゆっくりと地面から這い起きると嘉萍に向かって言った。

「先生、あなたもあまり悲しまないでください」

どうしてここまで女子の気を変にさせるのか、英雄を長く叫ばせて［虞美人を失った項羽の気持ちを表す］どうするのか。

あとのことを知りたくば、次をご覧じろ。

第十三節　機会に乗じて災いを他人になすりつける

さて、錦霞と嘉萍は立娥を弔い終わると、それぞれが悲しまないように忠告した。錦霞はさらに嘉萍に言った。

「先生、家に戻って少しお休みください」

嘉萍は涙をぬぐいながら答えた。

「お嬢さんの言いつけなら、もちろんしたがいましょう」

ということで錦霞と毛ばあやのあとについて、もと来た道をよろよろと帰っていった。

錦霞は彼を導いて客間に入った。客と主人に分かれて座ったが、悲しく痛ましく、むごたらしい、気がふさいで憂鬱な、煩悶し腹の立つ話になってしまった。

話し込んでいるちょうどそのとき、部屋の前の時報時計が、ふとタンタンと連続して響いた。錦霞が首を傾けて見ると、短針が十時を指していたのですぐに毛ばあやを呼び、厨房へ早く行って食事の手伝いをするように、きちんとした食事を用意しなければならないと小声で言いつけた。毛ばあやは返事をすると、手伝いにいき、十二時にならないうちに下女をよこして席順の指示を請うてきた。彼女は指示を与えて左側の建物にしつらえさせた。しばらくすると、箸やレンゲが置かれ、酒肉とともにそなわって準備が整った。嘉萍をまねいて主人席にあげ、自分は隣の卓《テーブル》に相伴するとすかさず嘉萍が遠慮して譲る、などといつも通りのことをやったあとで、ようやく座って食事となった。言葉は多くはなかった。

食事が終わり、口を洗いぬぐったあと、再び部屋へ戻り話を始めて間もないところで、ふと門の外でわめき立てる声が聞こえた。嘉萍が瑞拉尼で雇った馬車の御者を門の外で待たせていたのだが、待ちきれなくなったらしい。大声をあげてどなっている。

「オーイ、旦那よー、もう遅いぞ。さっさと帰ろうぜ。あんた、墨西哥銀貨二枚で、本当におれを一日中買ったつもりかい。さあ帰ろうぜ、早く帰ろうよ。おいらはこれ以上待ちきれない」

嘉萍は聞くと慌てて錦霞に言った。

「お嬢さん、時間が迫っています。御者ももう待てないらしい。すぐに帰ったほうがいいようです。明日巴黎についてから、あの国海を急かし、彼にこの事件の犯人をすぐに捕まえるようにさせます。犯人を捕らえるようつとめることが、立娥さんの恨みをはらすことになりますから。お嬢さんには、家にいてご自愛くださいますように。静かに知らせをお待ちになってください。そのほかの話は、後日またお会いしてからお話ししましょうか」

言いながら立ち上がると別れを告げた。錦霞も承知してその教えを守ることにした。門前までついていって送ると、嘉萍は彼女と握手をし馬車にのって手綱をさばいていってしまった。

さてそれから話題はふたつに分かれる。

柯施媚は、もともと表面は善良で実は内面は悪辣な女性であった。ここまでの話の中で、彼女がしとやかで愛嬌があるように見せるのがうまく、男性を籠絡できること、また、錦霞を細やかに世話して、少しの疑いも隙もないため不和にはならないことなどを詳しく説明した。筆者が彼女の骨髄を密かに書いているのを、心ある人が読めば、物が腐敗して虫が発生するきざしを知ることだろう。

柯施媚は雅魯がこの世を去って以来、連日連夜に渡って錦霞と一緒に夫の名を呼び、父に涙し、二人して深い悲しみにひたり号泣し、悲痛な声が絶えなかった。表面的には、柯施媚の深い悲しみはさらに極点に達するように見え、まるで春秋時代の武人華周と杞梁の妻たちのように夫が死んで痛哭のあまり国の風俗をも改変してしまったかのようによく泣いた。その様子を聞いた村人や客人らはこの女性は本当の愛情、情義節操を持っている、と言ったほどだ。

このたび、立娥は人の撃った銃弾に当たって死んでしまい、事件は未解決であった。嘉萍が墓掃除にやってきて弔い、錦霞とともに語らいともに悲しみ、一緒に行って座っていた。柯施媚は用心深く彼らを観察し、密かに考えた。

「一人は美男子、一人は美女。こんなに仲むつまじく振る舞って、親密に話し込んでいる。絶対に怪しい。あの立娥に嫉妬心がなかったとは思えない。もともと彼らが企んで事件を起こしたのか。外面は憂えて心を痛めるふりをして、人をあざむく考えなのか。あの二人を幸せにしてたまるものか」

秘密の計画は決まった。彼らが庭園後方へ弔いにいき帰ってこないのに乗じ、ひそかに身近にいる下女を呼んだ。名前を蛙《ワア》ねえやという。彼女が生まれついての出っ尻で首がとても短いからだ。歩みはノタノタして醜い。初めは戯れにそう呼んでいたが、時がたつにつれてその名で慣れてしまい、ついには自分でも認めて嫌がらなくなった。彼女は、もとは柯施媚が嫁いだのについてきた。柯施媚に仕えるほかには何もせず、柯施媚はといえば、彼女を厚遇してほかの使用人と区別していた。密かに個人的な恩恵を少しばかり与えていたのは言うまでもない。すぐさま目の前に呼び出すと言いつけた。

彼女はこっそりと管理官のところへ行って、嘉萍と錦霞についての一切の事情と事件において疑わしいことを報告した。管理官は、この事件が発生した当日に警察署に電報で知らせ、刑事を使って調査していた。だが、十日あまりたってもまだ手がかりがなく、そんなところに突然蛙ねえやの訴えを聞いたので、ずる賢い家僕一人に命じて、遠くから嘉萍の行動を見張らせることにした。

読者のみなさん、嘉萍はもとから礼儀正しい博学の士だ。公明正大にして性格明朗で度量が大きい。立娥とは想い慕われという深い関係だったとはいえ、まったく潔白な間柄だった。

この愛情とは、いわゆる生まれつきの自然な愛情である。生まれつきの自然な愛情だけが、白髪頭になるまで変わることがない唯一無二のものである。生死離合によって盛衰することにはならない。先に出てきた、今日は張さん、明日は李さんといった愛情とは反対なのだ。もしもこの愛情が究極のところどういう形かと問いたいのであれば、私は描写することができない。だが、私のたとえを読者は理解してくれるだろう。

古人が言っている。世間にはたくさん人がいるが、自分を理解する真の友に出会うことはむつかしい。筆者はたとえて、この自然の愛情こそ真の友［知音］との関係だという。男女には憎しみがあるので、親友という二文字を愛情という二文字に置き換えただけだ。親友という形は、意識、精神力の中にある。親友だけが親友に対して気持ちを体得することができる。あなたは私に対して喜ばしく思っていないわけではない、私はあなたに対して楽しく思っていないわけではない。完全にうち解けて、跡形もなくなる。他人であってもその理由を体得することができる。春秋時代、琴の名手伯牙が最大の理解者鍾子期を失い、自分の音を知る人［知音］はいないと琴の糸を断ったという話［伯牙絶絃『列子』『呂氏春秋』］がある。その伯牙は鍾子期に必ずしも会う必要はない。また、管仲と鮑叔牙が親友であったことも有名だ［「管鮑の交わり」。『史記』より］。その管仲は鮑叔牙に必ずしも会う必要はない。それでも遠い昔のすばらしい名誉を保つことができるではないか。

嘉萍が立娥を弔ったのは、立娥を心から悼み悲しんだからだ。錦霞が悲しみ慰め世話をしたのは、人情の常でしかない。お互いに男女のまっとうではない心があるわけでは決してないのだ。ところが、柯施媚は歪んだ思いを持ち、怪しい話を捏造して管理官に報告した。口に血を含んで人に吹きかけるのと同じようにあくどいやりかたで中傷したのだ。人を害して自分に有利なことをやろうと故意に考えたのである。

驚いたことに、壁に穴をあけた賊が、急いで賊を呼んで部屋に入れる。盗賊を呼んだのが盗賊自身であり逃げようとしているとは誰が知ろうか。

あとのことを知りたくば、次をご覧じろ。

第十四節　品行方正な人に嫌疑がかかる

さて、嘉萍は錦霞と別れ馬車に乗って瑞拉尼に戻ってくると、すでに午後二時過ぎだった。早船はもはや出港しており、遅船にはまだ早かった。市街から静かなところへ行って、ぶらぶらと遊覧して時間をつぶすほかなかった。

ある曲がり角にさしかかったところで、来た道をはっきりと確かめようと考えしばし歩みを止めて振り返った。ふと見ると一人の男が、数尺の距離をおいて、ゆっくりとあとをつけてきている。嘉萍が歩みを止めたのを見た彼は異様に眼を見開き、ふたつの鋭い光線をギラギラとまっすぐに注いでいる。嘉萍は初めは気にしなかった。さらにもっと歩いて無意識に振り返ると、その男は前と同じくあとをついてきていたので恐ろしい気持ちになった。

読者のみなさん、嘉萍をつけているのは誰だと思われるか。あの警察官律拿であった。鏡岩村の管理所は家僕を使って、嘉萍が瑞拉尼に到着するのを密かにつけさせていた。警察署に事情を報告すると、署長はまた律拿に命じて尋問させようとしたのだった。

律拿は、嘉萍博士がゆっくりと歩みを止めたのを見たが、手荒に詰問するというわけではなく、ただその後ろについていくだけだ。嘉萍が動きを止めるのを見て、さらに考えている。彼か二度振り返ったのを見てようやく何か慌てたようで、さらに疑う考えらしい。嘉萍はといえば、慌てるような弱点は何もない。律拿がきっちりとつけてきており、さらに眼を疑うような奇妙な様子をしているのを見て、律拿も嘉萍もともに注意した。

嘉萍が数歩あるくと、小さな居酒屋が見えたので中に入っていった。客はほとんどいなかった。卓《テーブル》をひとつ選び、奥に向かって座った。堂倌《ボーイ》がやってきて挨拶をしてたずねた。

「だんな、葡萄酒、白蘭地《ブランデー》、百菓精《リキュール》、どれにしましょう」

嘉萍が答えた。

「飲み慣れているのは白蘭地だ。やはり白蘭地だな」

堂倌は承知して酒の肴をとりにいった。いくつかの肴を持ってくると絞った手ぬぐいで卓をちょっと拭いた。

律拿も店に入った。堂倌は顔見しりだったので格別にていねいに挨拶して言った。

「あれ、律拿先生。お久しぶりです。ようこそいらっしゃいました。今日はまたどうしてお一人でお見えですか」

律拿は、冷たくひとこと答えた。堂倌は多くは言わず、いつも通り係の者に酒と絞った手ぬぐいを言いつけた。律拿は向きを変えると嘉萍の前の卓に横向きに座った。嘉萍とは椅子をひとつ隔てただけだ。二人は黙って酒を飲んだ。律拿は話の糸口を考えながら口を開いた。

「今日は、店はどうしてこんなに空いているんでしょうね。我々二人だけじゃありませんか。あんまり静かで寂しいので話しませんか。お名前、お住まいはどちらですか。いやしく汚いのがお嫌いでなければ、卓をひとつにして飲みませんか。大いに話してお互いよく知り合いましょう」

嘉萍は道すがら彼の怪しい行状を見ていたし、ちょうど彼の経歴を質問したかったので、彼がそう言うのを引き取って答えた。

「いいですよ」

律拿は返事も待たず、もう自分の杯と皿を移していた。嘉萍は姓名、住所および現在は学校で教師をしていることを話し、今度は律拿に質問した。律拿も、半分本当で半分は嘘を交えてへりくだって答えたが、心の中では密かに考えていた。

「この人物は、鏡岩村の石家から来たのだ。丸め込んで署に連れていくのがよいだろう。署長の命令に従って細かく問いただすか。自分が突っ込んで質問する必要もないし、小さな仕事はほかの人間にまかせるかな」

律拿は先に酒を飲み干し、堂倌を呼んで勘定を嘉萍の分まで支払った。嘉萍は立ち上がると、何度も承知せずに言った。

「だめですよ。浮き草が水に漂ってぶつかるように、偶然出会っただけなのに」

律拿は、彼を強く押さえて座らせて言った。

「先生。あなたは教養あるお人だ。支那の古人［唐・王勃のこと］の詩をご覧になったことはないのですか。彼は言っています。四海には私を知ってくれている［知己］あなただけがいる、どれだけ遠く離れていてもまるで一緒にいるかのようだ、とね。この言葉は、なんと豪放で大らかでしょうか。同国の同胞がわずかな金で、浮き草だ、浮き草でないなどの区別がありますか。もし兄弟分にでもなって、ある日私が巴黎に遊びにいって、それでもそんなことを言うならば、先生とはつきあえなくなってしまいますよ」

嘉萍は言った。

「やれやれ、そんなことはありませんよ」

律拿は、ことばを引き取って言った。

「ああ、それはおわかりでしょう。ご謙遜にはおよびませんよ。兄弟分になるなんて無理だとわかっています。高望みするつもりはありません。私の説明もよくなかったですね。支那の歴史書に戦国時代斉の宰相孟嘗君のことが載っています。彼の家では三千の食客を養っていましたが、上中下の三家屋に分けていました。のち夜に秦の関を抜けるのに鶏の物まねをする者やこそ泥といった下級食客の力に全面的に頼って危機を脱出した。こんなことから、一人の人間が上中下と多くの交友がなければならないとわかります。そうしてこそ受益のときが来る、ですよ」

嘉萍は聞いて答えた。

「律拿さん、あなたの話はとても意味深いですね。私はあなたを軽く見ているわけでは決してありません。そのうえ、あなたは古い故事をよくご存じです。一部分を見ただけで全体がわかり、一音を聞いて全曲を理解する人のようです。社会の中で凡庸な人ではないことがよくわかりました。お会いできて幸いでした」

このとき嘉萍は酒をもう飲み終えていた。続いて話そうとしていたのだが、律拿に手を引っぱられた。

「無駄話はそれくらいにして。先生がここに来られるのは本当に珍しい。夜に出港する汽船には、まだ早いです。一緒に行こうではありませんか」

嘉萍には、彼がとても友好的でまったく悪意もなさそうに見えた。しかも人間も土地もなじみがなくよく知らないので、彼に引かれてブラブラするのも楽しいかもしれない。あにはからんや、律拿は腹いっぱいのずるがしこい考えをいだいていた。

会ってはみたがお互い知らない、ことばすべてが蜜のように甘い。
そんな輩《やから》に出会ったなら、ペテン師でなければ盗賊に違いない。
道中の情況を見たならば、本当の友人になれるだろうか。
私はここで諸君に申しあげたい。チッチッ［オノマトペで「だめ」という意味］、もひとつチッチッチ、である。

あとのことを知りたくば、次をご覧じろ。

第十五節　牢獄にしばし勾留される

さて、嘉萍は、律拿に手を引かれて居酒屋を出た。四方八方に通じる大通りに向かって進みながら関係のない雑談をし、数分もたたないうちに警察署の門前についた。律拿は歩みを止めると振り返って嘉萍に言った。

「ここに私の友人がいます。一緒に行って彼に会いませんか。もし彼がひまなようなら、ちょうどいいから一緒に遊びましょう。とってもつき合いがいいやつなんです」

嘉萍はそれを聞き、中を一望して言った。

「ああ、律拿さん。ここは警察署ですよね。あなたのご友人は、ここでどんな仕事をしているんですか。私が入っていくのはまずいですよ。あなたが呼びにいってください。私は外で待っていますから」

律拿は嘉萍が言い終わるのを待たず、彼の手を引っぱると、中に向かって走った。

嘉萍は、あなたはなんでこんなふうに拘束するんですか、などとまだしゃべっている。

彼を直接審判部屋の前に引っぱっていくと、律拿は手を離して一人で後ろへ駆け込んだ。広間の外の中庭には数人の警察官がいて一団となって旋回し、眼をギョロギョロさせて嘉萍を見ている。嘉萍はぼんやりと突っ立ったまま、この様子をながめた。ながめるだけで逃げようともしない。心の中でしばらく躊躇して、すっかり悟って言った。

「アッ、あの人はたぶん警察の探偵なんだろう。彼は私をつけていた。見え隠れする行動をとっていろいろなことを話した。私を疑っているに違いない。だから手管を使って、私をだましてここに連れてきたんだ」

さらにしばらく考えて言った。

「ウッウッウッ、見当をつけてみれば少しも間違ってはいない。彼にはかまうことはない。幸い、私には怖がることは何もないのだから」

疑問に思っているちょうどそのとき、一人の人が面前に歩いてきて言った。

「中に入れ、主人《ボス》が面会するそうだ」

嘉萍はそれには答えず、背筋を伸ばして彼について中に入っていった。第三棟に着いて左側の客間には、すでに署長の希克羅がオンドルのうえに座っていた。遠くから嘉萍が入ってくるのをながめると、嘉萍はあかぬけているし、風格は正々堂々としている。そこで考え直して言った。

「こういう人間は、断じて陰険なことができるものではない」

そこで希克羅は座席を指示した。嘉萍は少しばかりの謙譲語を口にして、右手の椅子に腰をおろした。用心深くじっと希克羅を見つめた。彼は濃くて豊かな渦巻くヒゲ、少しあかぎれした白い顔、穏やかな表情をしていた。推測するに彼が署長なのだろう。早く立娥の事件を解明してくれるよう頼もう、と密かに考えていた。そこに希克羅のほうが先に口を開き、嘉萍の家柄、姓名をはっきりと質問してきた。

「おお、なるほど、先生はあの徳望ある男爵さまのご子息なんですか。ご尊父には、私どもも親しくしてもらっております。すでに十年近くお目にかかっておりません。きっとご健康でお過ごしのことだと思いますが」

嘉萍は丁重に答えた。

「不幸なことに、父が亡くなって三年になります」

希克羅は、それを聞くとしばらくため息をつき、さらに質問した。

「現在、先生はどこにお勤めですか。ここにいらっしゃったのは、また何のためですか」

嘉萍は、博物館で教師をしていること、鏡岩村に来て立娥を弔ったことなどの事情を詳しく一通り話した。希克羅は聞き終わると、ほほえみを浮かべて言った。

「先生はお若いのに真剣な愛情を注いでいることがよくわかります。ある人によれば、先生はすでに立娥との糸が切れてしまったが、彼女の従妹錦霞と、新しいニカワでくっつけた皮帯となったということなのですが。これもまた風流で麗しい出会いではありませんか。この情報は正しいのでしょうか」

嘉萍はそれを聞くと、署長が唇の隅を曲げて何か根拠があってそう言っているのを察知し、顔色を変えて怒り、言葉を正して厳しい態度で答えた。

「署長、なぜ人の名誉を損なうことをおっしゃるのですか。私は曲がりなりにも教師の席につらなる者です。法律を厳守し、名誉を重んずるのはすべて義務です。それを破ることはありません。そういえば、最初から最後まで、あなたは悲しみながらもうれしがっているようで、いやがらずとても残忍な様子でしたね。そう考えると、私をここに連れてきたあの律拿さんは、部下の警官に違いないですね。道理で彼は、陰でこそこそと私をもてあそんでいたわけです。そのような態度なら、何か証拠でもあるのですか。署長には、法律に照らして処罰してもらいたいものです」

希克羅はニコニコとして言った。

「先生、そんなに悩むことはありません。現在、本署では立娥事件を厳重に捜査しております。先生に関しては、本署では悪いことができる人ではないという見解です。ただ、現在ある人があなたを告発しているのです。ですから本署も尋問せざるを得ませんでした」

嘉萍はたずねた。

「誰が私を告発したのですか。私にはどういう罪があるのですか」

希克羅は言った。

「先生、いらいらしないで。明日になれば証人が来ます。もし彼が証拠を持っていなければ、反対に本署は当然、偽証罪を問います。先生はもとから氷のように清らかで玉のように潔白ですから、決して問題にはなりません」

嘉萍はその言葉を聞くと、さらに腹を立てもっと怒った。

「いい、わかった、それまでだ。私はここでお手並み拝見としましょう。もし証拠がなく、立娥の事件が解決しないならば、そのときは私は許さず本庁へ上告します」

希克羅はうなずいて無言だった。そういうことで嘉萍は署に留まることになった。


雨かと疑ったが雨にはならず、晴れると見たがいまだに晴れない。靄か雲か、暗くさえぎるものがあり、どうしても明らかにならない。

あとのことを知りたくば、次をご覧じろ。

第十六節　警官と探偵が協議する

さて、瑞拉尼署長の希克羅は、即座に嘉萍を署内に留めた。ただし、彼は品格容貌ともに端正で厳格で怒っている。しかも男爵の息子で学校の教師でもある。事件については確実な証拠がないためそのまま監禁するわけにもいかず、別に一室を準備し、そこに落ち着かせるほかなかった。ただ警官にはよく用心するように命じた。

翌日になった。鏡岩村へ人をやって、あの情報をもたらした下女を尋問するために来させようと考えている最中、突然、玄関から一枚の名刺が取り次がれてきた。客が会いに来ているという。希克羅はその名刺を受け取って見ると、国海である。彼が福爾摩斯のもとで手伝いをしていることを知っていたから、すぐさま面会することにした。

探偵と各市の警察署は、もともと気脈を通じあっている。保護証明書を持っていれば、お互いどの市へも行って犯人を逮捕することができるのだ。彼らは時に警察を援助して役に立ち、警察も時に彼らの力になってやる。たとえば、国海が福爾摩斯を手助けしていくつかの事件を手がけたようなものだ。

各地の警察署も彼の姓名を知っていた。国海は広間に入ってくると希克羅と顔をあわせ挨拶をして座った。国海はまた衣袋《ポケット》から福爾摩斯の名刺を取り出し、挨拶の言葉を伝えた。希克羅もへりくだって数語答えて言った。

「ご高名はかねがねうかがっております。なかなかお会いできませんでしたが。福爾摩斯先生はお忙しいでしょうね」

国海は言った。

「現在はそれほどではありません。馬利達家のお嬢さんの立娥が、鏡岩村にあるおじの石雅魯の家で銃弾に当たって死亡した事件だけです。彼から捜査の依頼がありました。福爾摩斯さんは、鏡岩村はこちらの署の管轄だと考え、この事件についてすでに目鼻がついているのではないかと推測したのです。そこで私がまずお会いして、進捗状況をおたずねしようというわけです」

希克羅は言った。

「はあ、その事件ですか。本当にむつかしいですな。現在、手がかりがひとつあるのですが、この事件の核心かどうかはわかりません」

国海は質問した。

「その手がかりとはどのようなものですか。私が納得できるように、ご教示いただけませんか」

希克羅は言った。

「国海さん、この事件についてあなたとじっくり検討してみたいと思っていたところです。現在、本署には尋問をしている人間が一人います。巴黎の老齢で徳望のある男爵の息子で、名前は嘉萍です。あなたもご存じだと思います」

国海はそれを聞いて驚いた。

「あの徳望ある男爵さまの息子ですか。当然知っています。しかし、どうしてまた彼を尋問することになったのですか」

希克羅は言った。

「鏡岩村の管理所ですよ。人をやって密かに彼を連れてこさせました。署内で面倒を見ていますが。なんでも、雅魯家の下女が管理官の所へ来て通報したそうです。嘉萍は、最初は立娥と恋愛関係にあったそうです。立娥が銃弾に当って死んでからまだ数日もたっていないのに、どうして巴黎でそんなに早く知ったのか、すぐにやってきて墓掃除をして弔ったのです。そうして雅魯のお嬢さん錦霞と互いに寄り添い、とても親しくしていたとか。この錦霞は、立娥とは従姉妹でして、近年巴黎で一緒に学校へ通っていました。きっと嘉萍は、錦霞とも密かに恋愛関係にあったのでしょう。新しいものを好んで古いものを厭う。立娥が邪魔をするのを嫌ったか、それが原因で悪意を抱き、彼女をひそかに殺す計画を立てた。本署ではその話を聞いて、事件は愛情のもつれだと考えました。ですから、彼を警官に見張らせています。現在、監禁してはおりませんが、我々によって拘束されて署内にいます」

国海は聞き終わると密かに考えた。嘉萍にはもともと自分が知らせたのだ。だから彼は立娥が銃弾で死んだことを知って、墓掃除と弔いのために訪問した。今、自分のために嘉萍が苦しんでいるとはわかったが、しかしこの話はしばらく説明しないことにした。ただ、それを受けて質問した。

「署長はこれからどうなさるのですか」

希克羅は言った。

「すぐさま鏡岩村へ行き、その下女を引っぱり出し、供述させようと考えております。もしも確証があれば、嘉萍を法律によって必ず罪に問いますし、もしも確実な証拠がなければ、当然ト女を偽証罪に問います。嘉萍は冤罪をこうむらなかったとしても、必ずや恨みをいだくことでしょう」

国海は冷笑して言った。

「私が思いますに、あまりうまいやり方ではありませんね。無知蒙昧の下女の言葉ですよ。当時、彼女の来歴を問いただしてはいませんし、今、とにかく彼女を引っぱり出してきて、何も証拠を出すことができなければ、偽証罪を問うなんて。嘉萍がこの屈辱を味わえば、黙っていないでしょう。もしも、彼が本庁へ行って訴え出れば、署長の名誉に大きな傷がつくのではありませんか」

希克羅は国海の話を聞くと、確かにそれほどよいやり方ではないと考えた。そこで国海に向かって言った。

「前からあなたの仕事ぶりは、臨機応変だと聞いています。この事件について、本署にかわって完璧な方法を考えてもらえませんか」

国海は答えて言った。

「かたじけなくもご依頼をいただきました。愚見は尽きないですが、私に計画がひとつあります。あなたのお考えに合うかどうかはわかりませんが」


人の心は同じではなく、顔もそれぞれ。考えは風と雲に入り込み、突然に変化する。

あとのことを知りたくば、次をご覧じろ。

第十七節　機先を制する

さて、希克羅は国海に計画がひとつあると聞いて、続けてたずねた。

「考えがあるのでしたら、すぐ指示してもらえませんか」

国海はうなずいて言った。

「私が考えるに、石家のあの下女は、出頭してきても若主人の錦霞を恐れてはいません。これは故意に嘉萍の名誉をおとしめるために証言したもので、必ず指示した人間がいます。これだけ大胆にやらせた人間は、故意に錦霞を陥れようとしたんですよ。もしかしたらその人間は、この事件にかかわる者かも。下女を買収し、災いを転嫁しようと密かに下女に大きな利益を与え、証言させた。たとえ嘉萍を陥れることに失敗し、偽証罪に問われることになったとしても、二、三年監禁されるだけです。その人間が利益をむさぼっているのは、わかりきっています。今、私の計画に照らせば、ここを事件の側面にすえるべきです。人を使って鏡岩村へやり、この下女についてこまかな情況を捜査させるか、下女の身辺を徹底的に追及すれば何か出てくる可能性があります。当然、派遣する人は、注意深く目から鼻へ抜けるような人でなければなりません。そうする一方で、嘉萍をなだめます。彼にこう言うのです。本署が先生を留めているのは、ひとつの考えがあるからだ。もしかしてそれによって立娥お嬢さんの事件を解決できるかもしれない。そうなれば、先生にとっても願ったりかなったりのことだろう。そう言えば、彼もまた当然喜び恨みはいだかないでしょう。もし、嘉萍が事件と関係があるならば、彼はまだ署内にいるのですからカゴの中の鳥です。飛んで逃げだすこともできません。その両方で捜査を進めることができるではありませんか」

希克羅は聞き終わると言った。

「いい計画ですな。ただ、鏡岩村での捜査は、あなたにお願いするわけにはいきませんかね」

国海は言った。

「いいでしょう。私は、もとはといえばこの仕事のために来ているのですから。しかし、まず電報を福爾摩斯さんあてに打たせてください。情況を知らせるためです」

希克羅は言った。

「その必要もありますな。もし福爾摩斯先生が来ることができれば、そのときはさらに協議しましょう」

国海はひとことふたこと言い終わると、希克羅に別れを告げて署を出ていった。その後計画通りに進んだことは言うまでもない。

さて、馬利達はある日福爾摩斯の所に来た。お互いに顔をあわすと座り、いくらも話をしないうちに、電報局の人間が国海の電報を届けてきた。字数は少ないとはいえ、詳細に説明してあった。現在、瑞拉尼署長と会って相談している。事件の情況においてすでに手がかりがある。電報を打ったあとに、すぐさま鏡岩村へ向かう、云々。福爾摩斯は読み終わると馬利達に渡して言った。

「国海がこんな電報をよこすのだから、ぼくが自分で行かなくてはならないね。もしこの逮捕で事件が解決すれば、脇道が別に生じるのを省くことができる。馬利達先生、あなたはお屋敷に戻ってください。ぼくが情況を見にいって、それからあなたに情報をお伝えしますから」

馬利達は、彼がまさに自分と同じく真剣に仕事に取り組んでいることを理解し、その言葉を聞いてとても喜んだ。立ち上がると言った。

「ごくろうさまです。福爾摩斯先生、もしも費用が必要なら先にいくらかお送りしますが」

福爾摩斯は笑って言った。

「今のところお恵みを貪るつもりはありません。事件が解決してから、そのうえで先生からの報酬を受けることにしましょう」お互いに数語を交わすと別れた。

福爾摩斯は、馬利達が帰ったあとで、すぐに旅支度と使用すべき器具をととのえ、その日のうちに急いで出発した。ひっそりと瑞拉尼を通りすぎ、警察署には入らず、そのまま鏡岩村へ向かった。そこで国海を探しあてると、石家の下女がどのように通報したか、管理官はどのように嘉萍をつけて瑞拉尼に行ったか、署長はどのように嘉萍を勾留したかなどについて、細かく質問した。国海もまた説明して言った。

「すでに探ったのですが、この下女は、石雅魯の後妻柯施媚が嫁いだのについてきた者です。私が考えるに、この事件は明らかに柯施媚がたくらんだに違いありません。あの下女を買収し出頭させ、嘉萍と錦霞を犯人にしようと思ったのです。ことがうまくいけば、彼女は石家の莫大な資産を悠々と受け取ることができる。失敗したとしても、あの下女を数年監獄に入れて、出てくれれば報酬を与えていくらかの利益になるだけのこと。下女にしたところで甘んじて受けるでしょう。先生、そういう目的だとは思われませんか」

福爾摩斯は、うなずきながら、じっと考えて言った。

「その発想はね、かえって目立ってわかりやすい。ぼくが考えるに、柯施媚は結局のところ一人の婦人だ。一人でこんな大事件を起こすことができるとも思えない。裏に妻方の一族がいるんだろうね」

そう言いながらうつむいてしばらく深く考えていた。突然、手を打ち笑って言った。

「国海、ぼくはすでにこの事件の全貌を理解したと思う。しかし証拠を調査することはできない。どうしたらいいだろう」

何度かうつむいて、とりとめのないことをいろいろ考える。にっこり笑ってよこしまな考えを明らかにし、君の心にははたして真理がやどる。

あとのことを知りたくば、次をご覧じろ。

第十八節　山村は秋の気配

さて、国海は福爾摩斯の言葉をその場で聞いた。この事件について全貌をすでに理解した、ただし証拠を少し躊躇している、と。そこでたずねた。

「先生、この事件の全貌を理解したとおっしゃいますが、どうしてそうなったかを私にわかるようにお話し願えますか」

福爾摩斯は、笑みを浮かべながら答えた。

「きみ、質問はなしだ。事件が解決したときには、きみにも自然にわかる。ここに来たのだから、一、二日は逗留しなくてはね。詳しく調査してみようじゃないか。万一の間違いもないようにね。今日はもう遅いよ。食事と宿泊する場所を探しに行こう」

国海は言った。

「ここは村ですが、数軒の小酒館《プチホテル》と数軒のタバコ雑貨店があって手紙を回収する郵便箱を併設しています。私は昨日ここに着いて、食事と宿は村の東の方にとっています。あの「第十三番」という表札のある小酒館です。主人は都吉《トウチイ》といいます。性格はおだやかで、行き来する客の多くは彼の酒館に宿泊するのを好んでいます。先生も一緒に行って夕飯をとりましょう。同じ所に泊まりませんか」

福爾摩斯はそれを聞いて言った。

「すでに宿泊の目途をちゃんとつけているんだね。そいつは結構だ」

二人は一緒に都吉小酒館にやってきた。二瓶の酒を注文し、ついでに堂倌《ボーイ》に命じていくつかの肉料理を出させると麺包《パン》がついてきた。しばらくして食べ終わると、すでにあたりは暗くなって日没時だった。行くところもなく、座って休むしかない。都吉は本当にとりわけ親密で、そのまま堂倌を呼んで煤炉《ストーブ》の上で熱い茶を入れさせ喉を潤すようにと福爾摩斯と国海にふるまった。自分も相伴して座り、しばらく雑談をした。十時になる前に、みんなは部屋に入って寝た。

読者のみなさん、この鏡岩村に市場はなかった。数軒の家が商売をしていたが、その多くは半分個人宅で半分が店舗というものだった。こまごました物を備えて村の住民の日用に応じているにすぎない。数軒の小酒館は、往来する客に少しばかり応対しているだけだ。夜の七時になれば、もう家々は戸締まりをしてまっ暗になる。もし通りかかった旅人が少し遅くなれば、泊まる宿もないというありさまだった。いわゆる、荒れ果てた村の粗末な宿は、門を閉めるのが早い、月の光を戴き霜を身にまとった旅人は到着するのが遅い、というような情景であった。

翌日になった。福爾摩斯と国海は起きると酒館で洗面し口をすすいだ。朝食を食べて一緒に村の前方まで行き、あちこちしばらく動き回ったが、特筆するような景色でもない。

時は十月中旬で宵の口は寒く、光は透明度を増してきた。遠くに見える山の峰はあまねく淡く、河の水は清らかで冷たい。真っ赤になったもみじが何ヵ所かにあり、郊外全体が紅葉している。

二人はしばらく散歩をしながら石家の門前に着くと、国海はこっそりと指さし福爾摩斯に知らせた。建物は広大で豪勢でなかなかないものであり、都会の金持ちのような様式である。二人は帰りの道中でしっかり討論した。

酒館に戻ると、しばらく時間を過ごした。昼食をとり、福爾摩斯は国海を同行させて再び村の後方へ行ってじっくり観察することにした。谷の曲がった場所に直接行けば、数隻の漁船が網をうち、四つ手網［小型定置網］を引き揚げている。女子供も蝦、蟹をとり、とても忙しくしている。谷の外れに別の一隻が停泊していたので福爾摩斯は興味を持って前に進んだ。用心してその船の中を見ると誰もおらず、しかも魚網などの器具がない。胸中で密かに考えて言った。

「この船は漁船ではない。きっと用事があってここに来たのだ。船上にはどうして人がいないのだろう」

しばらく見ているうちに、大きな疑惑が湧いてきた。福爾摩斯は声をたてず、身をひるがえして国海と石家の花園の後方に行った。庭園の外は、何本かの古い樹木と枯れた藤だけの一面の荒れ野で、とてもうら寂しく辺鄙である。しばらくして家の前方へ行った。すると石家の門内から三十歳ほどの男性が出てきた。手には数通の郵便物が握られているのが見えた。黒のラシャの褲をはき、顔色はやや暗くとても慌てて急いでいるようだった。福爾摩斯が遠くからにらんでいるのもかまわず、彼は数歩あるきだし、福爾摩斯がやってきた道をたどるようにうなだれて急いで村の後方へ向かっていった。福爾摩斯は見れば見るほど疑わしく思い、徐々に後ろにさがりながら目線を注いだ。その男は焦っているようで、とうとう別に停泊している船まで走っていった。福爾摩斯はすぐさま国海に来るように言い、耳に近寄せて小声であれこれと言いつけた。国海はその言葉を聞くと、即座に別れていった。

ひっそりととても暗く、風にひらめき慌ただしい。臨機応変、神出鬼没。

その凶悪残忍さを憂い悲しみ、彼女に悲しみを自ら贈った。天網はあらく、幾重にもだだもれ。


あとのことを知りたくば、次をご覧じろ。

第十九節　月夜に風琴《オルガン》の音

さて、福爾摩斯は国海に言いつけて行かせると、自分は村の前方後方であちこちを見回った。しばらくすると石家の門先に馬車が一台停まった。門から歩き出てきたのは一人の婦人だった。豪華な外套を着て、鹿皮の腹巻きまでしている。後ろからついてきているのは背の低いふとった下女である。二人は一緒に馬車に乗ると、手綱をとって村の東北方面に走っていった。福爾摩斯は密かに考えて言った。

「あの婦人は、きっと雅魯が後に娶った柯施媚だろう。よく見ると、彼女の眼窩は丸く落ち込み、眼球は鋭く突き出ていた。顔の皮膚は張りつめ、しかもかすかに黒色をおびている。なまめかしいようにも見えるが、容姿にはどこか凶悪なところがあり、はなはだよろしくない雰囲気がある。あの下女はきっと一緒に従ってきた者に違いない」

福爾摩斯は、ひとつひとつはっきりと見極めた。しかし、彼女がどこへ行ったのかはわからなかった。

うろついているところに毛ばあやが出てきて門を閉めるのが見えた。先に門外に出て、あの馬車が遠くに行ったのをちらと見たように思われた。道に向かって、おそるおそる首をのばししばらくながめていたが、もう建物でさえぎられ見ることができないので、回れ右をして毛ばあやは独り言を言った。

「馬車は本当に流れ星のように速いね。この二十里あまりの道のりを、二時間もかからないで着くのだものね」

ぶつぶつ言いながらばあやが門の中に入ろうとしたとき、福爾摩斯は衣袋《ポケット》からタバコを一本抜き出して門のところまで行き、毛ばあやに言った。

「ねえ、おばあさん。ちょっと火をお借りできませんか」

毛ばあやは言った。

「火ならいつでもございますよ。ここでちょっくらお待ちになって。わしが取りにいってまいりましょう」

しばらくすると毛ばあやが火柴《マッチ》を取ってきて、福爾摩斯に手渡してたずねた。

「先生がここに来なさったのは、たまたまですか。それとも何かご用事ですか」

福爾摩斯は答えて言った。

「まったく通りがかりで。タバコが吸いたいのに、火の用意をしていなかった。別の家は門を閉めているし、あなたがたのところから、さっき女性の人が出ていきましたよね。だからここで待っていたんだ。しかし、あの出ていった女性は、おばあさんのところの誰なんですか。服装が華麗なのでどんな人なのかなと思って」

毛ばあやは返答して言った。

「わが家の女主人です。今日は父親から手紙が来て、病気だといわっしゃる。そんですぐに会いにいったというわけです。実家は哈尼耶にあって、ついていった下女は蛙ねえやというのです」などといちいち彼に告げるのだった。

福爾摩斯は、聞き終わると言った。

「教えてくれてありがとう、おばあさん。ぼくは行くよ」

福爾摩斯はそのまま酒館に戻り、毛ばあやも門を閉めて中に入った。

さて、錦霞は家にいて、鬱々として顔をほころばせることもない日々だった。父母の双方を亡くしたのを思い、くわえて立娥という従姉の謎の死に遭ったのだ。ただ身体がやせて弱々しく、心もひどく暗い状態におちいっていた。眼底に涙は枯れて、心中に悲しみがつらぬいて姿は枯れ木のようになってしまい、感情の動きさえもまったく消えていた。

その日は柯施娟が帰っていったため、家はさらに寂しくなったように感じた。昼間は一人離れで書籍をひもといてしばらく気を紛らわせた。夜になると、少しばかりの夕食をとり、そのまま毛ばあやたちに言いつけて家の中をかたづけさせた。自分は早くに二階へあがり、部屋の扉を閉めてしまった。床《ベッド》の上に衣服を着たまま横になると、知らないうちに眠り込んでしまった。日覚めたとき、時計の音が重ねて鳴っていた。音を数えるともう十一、二時である。すべてが重苦しく、灯火ひとつだけがぼんやりとしている。ここでまた落ち込んで哀愁にとらわれてしまった。眠ることができず、ついには起きあがり床の縁に座って目を揉むと、窓の外をながめた。月の光がちらりと見えて、きらきらと砕けて空の色は鏡のように澄み切っている。天の川は斜めに掛かって、冷たい形が窓をつきぬけている。長いため息を一声つくと言った。

「ああ、神さま、神さま。どうしてこのようにわたしをお苦しめになるのですか」

悲しみをこらえているうちに、とても耐えきれず、ふと父親が生きていた頃、風琴を置いてくれていたことを思い出した。長いこと鳴らすのを忘れていたが今も窓の前に置いてある。胸のつかえを解くのに好都合だ。床を降りると外衣《コート》をはおり、窓につけた綿入れ窓簾《カーテン》の半分をおろし、椅子を移動して座り、風琴のフタを開けて玉のような指を軽くのばした。口ずさんで一曲を作り演奏した。次のような歌だった。

氷の輪のような月が、白く光って美しく天空にかかり、天下は空を映した水で鏡のよう。

美しい宮殿、美しい階段、静かな畑、寒い泉、夜は更けて人の声もしない。

ひとつの燭台では対にはならず、どうしようもない心の中の悲しみで、眠ろうとしても落ち着かない。

窓の外はウーウーと鳴り、もの悲しくも一羽の雁が寂しく暮らしている。

遠く遥かな青空と大海原よ、前世の恨みを嘆いても、今に生きては問題にしにくい。

波は荒く、風は強い。船は傾き、舵は失われた。もうろうとして驚き怪しみ、もう死んでしまいそう。

とてもためらっている。

あわれむべし、身体がどれほど何度も壊れたことか。
はらわたが断ち切れるほど悲しいが声もなく、天の川が高く輝いているのを嘆き恨む。（曲調は斉天楽）

錦霞は、歌い終わった。興に乗ってもう一曲を演奏しようと考えたとき、突然、窓の外でパンと銃声がするのが聞こえた。驚いて膝ががたがたし手が震えた。急いで移動することができず、床の後ろに隠れた。

なんと星月の中に、突然雷鳴が轟く。かわいそうなおびえた人よ、魂もはるか上方へ消えていった。

あとのことを知りたくば、次をご覧じろ。

第二十節　凶悪犯人、捕まる

さて、錦霞は窓の外の銃声を聞き、驚いて床の後ろに隠れて震えていた。強盗なのかなんなのか、まったくわからない。心臓は動悸を打ってやまない。ふと、人が追いかけている声が小さく聞こえた。静かになってようやく驚きから来る動悸はややおさまった。すでに夜中の二時を過ぎていた。下女たちはちょうど眠っている最中で、騒ぎ立てることもなかった。おそるおそる歩いていって窓の窓簾をぐいと引き下ろした。外衣を脱ぎ灯火を吹き消し、ふとんにくるまり、息を殺して眠ろうとしたが、もう眠ることができなかった。寝返りをうってそれほど時間がたったとは思わなかったが、隣の鶏があちこちで鳴いているのが聞こえた。頭と顔をふとんから出してみると、だんだんと窓辺に夜明けの空の色が窓簾を包み込んで入ってきていた。

起きあがると服を着て部屋の扉を開き、「毛ばあや」と下女を呼んだ。毛ばあやがすぐ二階へあがってきて聞いた。

「お嬢さま、今日はなんでこんなにお早いので。空が明るくなるまでまだ一時間はありますよ。何かおいりですか」

錦霞は言った。

「何もいらないわ。昨夜二時ごろ、建物の壁の外で銃声がまたしたけど、お前は聞かなかった?」

毛ばあやは、それを聞くと白目をむいて言った。

「アレ、昨夜はまた銃声なんぞがあったのですか。わたしは階下で寝ておったもんで、ちっとも聞いてはおりません。どんなわけなんでしょう。おそろしい、おそろしい」

話をしているあいだに、二人の下女もついて上がってきた。一人は年長で十四歳、名前を阿艾《アーアイ》という。もう一人は年少でまだ十一歳、名前を喜蛛《シイチュウ》という。二人ともとても愚鈍で間が抜けており物知らずだった。部屋の扉の前に立って、夜中の銃声が響いた、という話を聞き、驚いて一緒になって震えて動くことができないでいた。錦霞は、振り向いて彼女たちがどうしていいかわからない様子を見て、かえって笑えてきて言った。

「わたしは昨夜、ほんとに驚いて魂が飛び出したわ。あなたたち、聞いたのなら言いなさい。その様子ではどうしようもないわね。わたしにかわって、毛ばあやと一緒に建物の後ろへ行ってよく見てきなさい。何か怪しい形跡がないか、ね」

毛ばあやはそれを聞くと、すぐさま二人の下女を引っぱって階下に降りた。門を開け、建物の後ろに回ると、四方をながめた。霜があたり一面に降りて、枯れ葉が壁にくっついているのが見えるだけだった。戻ってきて、何も変わったことはなかったと報告した。錦霞は、多くのことを心から疑い恐れた。その夜から、格別に注意深くし、窓の窓簾も巻き上げないで、灯火は早くに消すようにした。

読者のみなさん、銃を撃ったのは誰だと思われますか。なんと、ほかならぬ福爾摩斯である。彼は、昼間に石家の門内から人が一人出てくるのを見ていた。手には郵便袋を持ち、そそくさと屋敷の後ろにある谷川の湾曲したところにつないである船に乗り込んだ。当時、福爾摩斯はその男の足取りをつかむことができなかったため、国海に密かに言いつけて、身を隠して調査させていたのだった。夕方になって、その船がまだ出ていないことを探り当てた。

そこが怪しいとにらみ、日没後に国海といっしょに石家の建物後方の暗がりにひそんだ。真夜中に近づき石家の窓から灯火がもれでると、しばらくして風琴の音と歌声が聞こえてきた。音調は悲しく、聞く人の気持ちを暗くして涙が出てきそうになる。二人とも黙したまま切ない気持ちにひたっていると、ふと船の中から人が一人、岸に飛び移ったのが見えた。飛ぶようにして光のもれる窓の前に走り寄ると背伸びをして一生懸命ながめている。窓の斜め向かいの数歩離れたところに、ちょうど古い高くはなく枝がない楡の木が一本立っていた。その男はするすると木に登ると、窓を通して中のぼんやりした人影を見ようと頭を左右に動かしてうかがっていた。風琴の音が止もうとしたとき、見ればその男は腰から拳銃を抜き出そうとしている。福爾摩斯は思わずそばに駆け寄ると、先に拳銃を発射した。弾は右肩に当たり、男は大いに驚き、痛みを抱えながら飛び降りて逃げた。国海はすばやく斜め後ろに飛び出て退路を断った。男は驚き慌ててそのまま突破して逃げようとしたが、福爾摩斯がもう待っていて地面に蹴り倒した。国海は身につけていた索子《ロープ》を取り出して男をきつく縛り上げ、拳銃を探し出し、二人は男を船の中に引っぱり込むと、その男の船で警察署に運んだのだった。

瑞拉尼に到着したときには夜が明けようとしていた。福爾摩斯は、国海に上陸して警察署に知らせるようにいった。すぐに警官数名がやってきて警察署に護送した。

署長の希克羅は母屋で寝ていた。福爾摩斯が鏡岩村へおもむき凶悪犯を捕まえたという報告を聞き、夢うつつの中で驚いて起きると衣服を身につけ、すぐさま人を差し向けた。福爾摩斯が警察署に入ってくると出迎え、犯人確保の情況をざっと聞き取ると、思わずほめたたえた。ただちに審判場に座ると凶悪犯を引き出し、希克羅は大声でどなった。

「お前はどこの人間だ。石家に何の恨みがあるのだ。姪の立娥を殺したばかりか、今度は錦霞までも殺そうとした。誰がそうさせたのだ。はやく白状してしまえ。それとも拷問されたいのか」

その男は自分のことを俄国《ロシア》人で、名前は赫立木《ホリム》だと認めて言った。

「今日、あんたたちに捕まっちまったってことは、おれの運もつきたってことだ。殺したければ殺せ、八つ裂きにしたければやれ。うだうだ言うんじゃない」

福爾摩斯はそれを聞いて警官にもう一度彼の身体を衣服の中まで詳細に調べさせた。すると紙幣が二枚と証文一枚が見つかった。福爾摩斯と希克羅はその証文を見た。柯利牟が犯人と結んだもので、中には次のように書いてある。

「石家の大仕事がうまくいけば、わが娘柯施媚と再婚させて妻とする。莫大な財産は均等に両分する。以上間違いなし云々」

希克羅は読み終わると机を叩き大いに怒って言った。

「お前という極悪人が柯利牟に頼まれてやったと判明した。白状しないか。石家の娘を殺させようとしたのは柯利牟だ。では、お前はなぜ彼女の従姉を先に撃ち殺したんだ」

そこまで言うと、福爾摩斯は、希克羅にそっと言った。

「ぼくは昨日、彼が郵便配達人に変装しているのを見たのです。すぐ事情がわかりました」

深夜の月のよう、暗い部屋の灯火のよう、五番目の閻魔［北宋の清廉な政治家、名判官である包拯のこと］のよう、座禅に入る僧侶のよう。

あとのことを知りたくば、次をご覧じろ。

第二十一節　群賊を一網打尽

さて、希克羅は福爾摩斯の言うことを聞いて質問した。

「どうしてわかったのですか」

福爾摩斯は言った。

「赫立木はね、犯行時には、石雅魯には娘が一人いるだけだと聞かされていたのです。まさか、彼女と巴黎で一緒にいる従妹が来ているとは知りませんでした。そこで彼は立娥を見て、すぐに錦霞と思い銃を撃って殺した。後に人のうわさを聞いて、ようやく自分が間違ったのを知りました。そのときにはすでに捜査が始まっていて、続けて手を下すことができなかった。しかも柯施媚が邪魔です。というわけで昨日、柯利牟は仮病をよそおって彼女に手紙を送りました。柯施媚を戻らせて、そのすきに錦霞を殺そうというわけです。そうすれば柯施媚とも無関係になりますから。今は遅れてはなりません。ただちに二名の警官と国海を一緒に、哈尼耶へ行かせなさい。柯利牟親子と一緒に彼女の下女の蛙ねえやを捕まえるのです。尋問すればわかります」

さらに、署長の耳元で小声で言った。

「ぼくが考えるに、石雅魯が死亡した事情に怪しいところがありますね」

希克羅はうなずいて言った。

「オオ、考えれば確かに疑わしいところがある。福爾摩斯さん、あなたは本当に賢明だ。小さなことでも洞察して、照らし出して残すところがない、ですな」

希克羅は急いで律拿と畢獲に命じ、国海と一緒に船に乗って哈尼耶へ行き仕事をするように言った。

一方で、赫立木を牢獄に監禁した。

この赫立木は、もともと俄国虚無党［革命家、無政府主義者、テロリストたちの総称］の手下のひとりだった。当時、俄国皇帝が命令を下し、とても厳しく虚無党を捜索、逮捕させたので、首領はきれいさっぱり殲滅させられ、残党は解散した。赫立木はまさに網からもれた魚であって、法蘭西の哈尼耶地方に逃れると、東に西に流浪し落ち着かなかった。おりしも柯利牟と出会い、柯利牟は赫立木がとても豪胆なのを見て来歴を追及し、家に留めて身の回りの使い走りにしたのだ。仕事を少しやらせてみれば、苦労もいとわなかった。柯利牟は知らなかったが、後には次第に彼の娘とも顔見知りになっていた。

ちょうど都合よく、石雅魯が結婚話を持ち込んできた。聞けば彼には数百万の財産がある。柯利牟は興味を抱いた。三年間で彼が生まれつき持っている良心に従ってこのことを実行したのだ。これについては、多くを説明する必要はないだろう。

さて、国海ら三人は槳《オール》を飛ばし、押さえ、力を合わせて船をあやつり、二時間あまりで哈尼耶についた。船を奥まって寂しい場所に停め、岸にあがった。

見ればここは小さな地方都市である。時刻はまだ早かった。二軒の茶館だけがあって、店を開けたばかりの堂倌《ボーイ》が卓《テーブル》を拭いている。国海は、前に進み出て挨拶をすると、柯利牟の居場所を質問した。

堂倌が言った。

「あの柯弁護士のことでしょうかね」

堂倌はそのまま通りの真ん中まで行くと、町の西を指さし、「第八十一号」の表札がある建物だと言った。国海は一声礼を言うと、二人と一緒にその場所におもむいた。

見ればまだ門はかたく閉ざしたままだ。国海は彼らに警笛を持たせ、門の外で待つようにとあれこれ指図し、門を叩きに行った。それほど叩かないうちに門が開いた。出てきたのは下女で、あの蛙ねえやである。何の用事だと聞かれた国海は、喉からさらに大声を出して言った。

「柯先生、ご在宅ですか。大金をそそぎ込むという香ばしい事情がありまして、ちょっとお教えいただきたいのですがね」

話しながら門を入っていった。柯利牟の建物はとても小さく、前後ふたつにわかれているようだ。前の方は客間で、後ろにふたつ部屋がある。そのため先ほど国海が言った言葉は、すでにはっきりと聞こえていた。おお、金もうけの話が転がり込んで来た、という当てはずれである。柯利牟は床から飛び起きると衣服をちゃんと着て出てきた。柯施媚も起きてついてきた。柯利牟は部屋の外で国海を見たが、知らない男であり、彼の顔つきがひょうきんであるのを見て取ると、心中にわかに疑いが起こった。すかさずあくびをする風を装い、たずねた。

「先生、どこからいらしたんです。私はここ数日、病気で外出ができませんでした」

国海は彼がそれ以上話すのを待たずに、フンとあざ笑って言った。

「あなたがかかったのは、銭取り憑かれ病に違いない。私のところには、医術を理解する人間がいますよ」と言って警笛を吹き鳴らした。律拿と畢獲がただちに走って入ってきた。全員が手を出すと、一人ずつ、父娘と蛙ねえやを捕縛し、急いで管理官の所へ報告させた。彼の家を出て、さらに三人を船にのせて瑞拉尼へ護送した。


カマキリがセミを捕まえるが［目前の利欲をむさぼることのたとえ］、ヒワが来る［後ろに危機が迫っていることに気づかないことのたとえ］。

人をそそのかし、また潜伏する。密かにお互いが狙っているが、似たようなものだ。

解脱を求めるならば、二文で足る。天理に従い、人欲をおさえよ。

あとのことを知りたくば、次をご覧じろ。

第二十二節　水が引いて石が現れる

さて、国海らは、まもなく柯利牟たち三人を警察署に護送してきた。署長の希克羅は、福爾摩斯と一緒に出廷すると柯利牟を連れてくるように命じた。彼の娘柯施媚および下女の蛙ねぇやは別々に二ヵ所に監禁している。

柯利牟が法廷に到着した。希克羅は質問した。

「柯利牟、お前の身分は弁護士であり、公のために力を尽くし法を守らなければならない。それなのに人にかわって冤罪をすすがないばかりか、かえって自分で理性を失い良心に背く多くのことをしでかした。証拠もすべて確保してある。お前はなんとする」

そう言いながら、赫立木の証文を取り出し、警官に遠くから広げさせ彼に見せた。柯利牟はその証文を見て、赫立木が仕事に失敗し、言い逃れができないことを知った。そうなるとがっかりと気を落とし、木で作った鶏のようにぼんやりしてしまい、一言も申し開きができなかった。

希克羅はさらに言った。

「お前はもう人に顔を向けられない。世間には、見つからない隠し事はないのだ。人を害するつもりで自分を害してしまった、というやつだ。お前はたいそう聡明だが、聡明すぎて誤った。しかし、いまさらおのれを悔いてもすでに遅いのだぞ」

言い終わると、しばらく収監しておいた。あとで罪名を言い渡すのである。

蛙ねえやを出廷させると、大声で詰問した。

「お前というこの下女めは、まったく道理のないやつだ。お前は、あろうことか女主人がご主人を毒薬で殺害したことを知っていた。しかも立娥お嬢さんの事件で管理員の所へ嘘の報告をし、お嬢さまとあの嘉萍ぼっちゃんに転嫁しようと考えた。見れば、お前は若いくせにとても大胆なことができるのだな。今、お前の女主人は、すでに多くを白状しておる。お前は、絞首刑の罪にならねばならん。後悔してももう遅い」

この蛙ねえやは、結局のところ年が若く愚鈍な下女であるから、この情況を見て驚いて気が動転してしまっていた。そして重ねての大声の詰問に耐えることができず、しかも絞首刑になるという言葉を聞いて、ただただ焦って泣きはじめすぐに認めて話し出した。

「おらはご主人さまを毒殺してねえ。あの日の夜、ご主人さまは酒に酔っぱらって帰ってこられた。そのまま二階にあがって眠った。もとは奥さまが毛ばあやをだまして、おらに湯《スープ》を一杯持ってあがるようにさせただ。ご主人様にその湯を飲ませると、そのまんま話すことができなくなっちまった。お嬢さまが巴黎から戻ってくると死んだだ。奥さまはおらに言うんじゃないとおっしゃった。もしこの話を言い出せば、おらを殺してやるって。言わなければ、奥さまがこっそりとおらのことを義理の娘として待遇してやるって。いつか嫁に行くとき、数万の財産をおらに分けてもいいと言われたもんで、管理官へ通報したんだ。これも奥さまがおらに行けと言ったからだ。でも、銃弾で立娥お嬢さまを殺したのは、柯利牟だんなさんの考えですだ。あんとき、奥さまも知らなんだ。だからあの巴黎から来たおぼっちゃんを疑いなすった。昨日、家に戻ってようやくわかった。奥さまがどんだけ多くのことをおらに押しつけたかってことをね。アイヤー、だんなさま。本当に濡れ衣なんです」

ここでついに、石雅魯が柯施媚によって殺されたことが明らかになった。

そのとき、嘉萍も警察署にいた。前後の事情はすべてはっきりした。福爾摩斯は、電報を打って馬利達に報告した。馬利達はすぐさま瑞拉尼へやってくると、福爾摩斯、希克羅らと話しあい、事件はすべて解決したことを知った。馬利達は晴れ晴れとした気持ちで福爾摩斯に大変感謝して、後に約束通りの報酬を支払ったことは言うまでもない。

福爾摩斯は、よる年波で再び探偵の仕事をすることはなかった。この事件が終わると、すぐ倫敦《ロンドン》へ帰っていき、外出せず世間とは関わらない生活をした。これは後の話だ。

希克羅はこの事件を審理して、次のように定めた。柯利牟父娘および赫立木の全員は、死罪に処する。蛙ねえやは禁錮三年だった。

希克羅は、さらに嘉萍を馬利達と会わせ、宴席を設け労をねぎらった。さらに嘉萍に、あの日、軽率なことをしたと謝罪した。嘉萍も立娥の事件が解決したから、心では喜び安心したのだが、それは言わなかった。

馬利達は、嘉萍が模範的な人材であることを見て取った。娘が初めから彼と恋愛関係にあったことをようやく理解したのだ。新郎は才気にあふれ、新婦は美貌の持ち主で似合いの夫婦になったはずなのに不幸なことに娘は誤って銃弾によって死んでしまった。あまりにも残念でならなかった。

後に馬利達は鏡岩村へ行くと、下された判決について細かい情況をひとつひとつ錦霞に説明した。錦霞は、それを聞いて驚くやら喜ぶやら。父親が殺され、従姉が誤って殺されたことを初めて知り長いため息をつくほかなかった。鏡岩村にいても一人で寂しいばかりだ。すぐに巴黎へ転居しおじの家に同居した。

嘉萍は立娥の死後、茫然自失だったが、のちに錦霞に好意を寄せた。時に馬利達家へ行って相手をし、錦霞にもねんごろに気持ちを伝えた。しかし、錦霞は、言葉は厳しく道理は正しかったのでいままでどおりに対応したのだった。

何度も会ううちに馬利達は、嘉萍の品行と学問がほとんど完璧であることを深く尊敬していた。そこで露伊夫人に言って、錦霞に、嘉萍はどうかとひそかに勧めさせたのだ。錦霞は、立娥のことがあるから断固として承知しなかった。馬利達夫妻は、とうとう立娥はあなたのために死んだのだ、嘉萍は立娥のために罪を着せられた、あなたが嘉萍と婚約することは、それこそ立娥に報いることになる、あなたが立娥に報いてくれるのが、我々老人二人を慰めることになる、という話をした。そうして錦霞もようやくうなずいて承知した。

それから一年もたたないうちに、錦霞と嘉萍は結婚した。一対の才人美人がともにかわいがり、愛しあい、これより悲しみは終わり、喜びが長く続いた。長く無限に幸福だった。

幾度白雪を歌ったことか。だがうららかな春になって、梅が咲いた。見るなら必ず梅の主人に言葉をかけてほしい［看竹『世説新語』をふまえる］。

翻訳はもう終了した。末尾に余白がある。筆にまかせて歌をひとつ。世の教えを維持するために、文章は飾ってはいない。筆者の解釈であるが、間違ってはいないと考える。私のことを本当に理解する人がいるかもしれない。

人生、心の初めは、もとから善と悪はないのに、財と色に直面して目がくらみ、混濁してしまう。悪い考えが日に日に強くなり、本性が日に日に削られていく。誰が知るだろう、悪が貫かれ、首を並べて死刑にされる。もしも、悪を行う心が、力を入れて善を行えば、転移して無限の福が積み重なるだろう。君子は安定を尊ぶが貧しい、小人は貪欲につとめる。邪悪とは余裕があることに気づかないというよりも、正義が不足していると考えるのがよい。世間の病気は、貪るの一語につきる。とこしえに治療する薬はないのだ。ただあるとすれば歴代名人賢人の書物である。それによって天下は支えられていたが、転覆してしまった。そこでこの世の中の情況は、衰えさびれ、ますます低俗になっていった。人心は、しきりに西洋の風俗を愛する。私は老書生の議論をもって、かたくなで保守的な物語を編成してみた。願わくは、維新改革家が外国語として読む、あるいは文明の働きにおいて、ほんのわずかでも徳育に裨益《ひえき》するところがあればと思う。読書は、身体と心に益となることをただ求めるものだ。どうして根本を捨て、末端を意のままにして楽しむのであろうか。

序言

中国において、人命を殺傷する事件はふたつに分けられる。盗みと淫行である。盗む者はみな男性である。たいまつを灯し武器を手にして公然と悪事を働く。人に傷をおわせ財産を盗む。婦人で盗む者がままいるとすれば、遠く辺鄙な場所、山林や川沢の人々である。盗みの技術は男性と変わらない。

淫行は婦人がやる。外で恋をしてよこしまな心が熱くなる。しかしそれが露見し災いとなるのが恐ろしく、しかたなく自らが免れられるようもくろむ。そうでなければ、断じて淫行をする勇気がない。もしもその夫をはかりごとで殺せば、兄弟から追われる。あるいはついには夫の父が身を挺して復讐する。そうして自分の身を滅ぼすことになる。なんということだろう。

婦人は夫を家族として禍福を共有するものだ。再婚は禁じられていないとはいえ、やはり不幸なことだ。正式な夫婦が二人共に楽しむという名誉を得ることができない。かといって財産のためにその夫を殺す理由にはならない。天性がさせるのでなければ、勢いでやるということだ。

西洋の婦人は、夫と死別すると再婚する。しかも正式な婚礼を行う。夫が死ななくとも好きでなくなれば夫と別れて結婚することが可能だ。西洋の婦人の権利はとても大きい。そうして夫はといえば、恐れあえぎ命令を聞く。誰もいかんともしがたいことなのだ。柯施媚の事件が起きた理由である。

この事件が発生したのは、淫行と盗みからでありそれらがひとつの事件となった。柯施媚の悪辣な計画は、その父柯利牟が立娥を殺したところから始まっている。ただし、立娥を錦霞だと誤認したのだ。錦霞を殺そうとした理由は、家の財産を占有しようとしたからだ。まずその父雅魯を殺した。雅魯を殺すためにまず雅魯へ嫁いだ。しかし錦霞にばれることを特に恐れ、彼女が遊学するのに賛成した。そして雅魯を孤立させた。錦霞が家に帰ってきて父親の死因を詰問するのが恐ろしかったので巴黎にいるのに乗じて父親の病気を知らせたのだ。彼女が門を入ったとき、先でもなく後でもなく、まさにそのときにあの悪辣な手を下した。錦霞は病気のことを知っていた。その死を自分の目で見たいというだけでそのほかに何かあるなどとは疑ってはいなかった。巧妙な計画だ。立娥を誤って殺し、錦霞がまだ生きていて計画が急にいき詰まると、嘉萍を利用して錦霞を故意に陥れ警察に送ろうとした。しかし、嘉萍が捕まり、錦霞は捕まらなかった。というわけで計画はまたもやいき詰まった。そこで赫立木に手槍《ピストル》で錦霞を撃たせた。しかし柯施媚が家にいては銃弾で誤って傷つくかもしれず、また事件後に外部の賊と結託しているのではないかと疑われる恐れがある。そこで先に柯施媚を呼び出しておいたあとで赫立木に実行させた。柯施媚がその計画に共謀していると疑われないようにしたのだ。ますます巧妙なところである。

あの柯利牟については論じる必要はないにしても、柯施媚はなぜそのようなことを楽しんでやったのか。それは、再婚と初婚には区別がないからである。中国の一夫多妻は、もとより文化的な一般原理ではないと論者は言う。西洋人は、夫婦同権こそがまさに正論だと言う。中国古典の教えでは「妻《チイ》は斉《チイ》である［通音する］」と言う。「斉」とはすなわち「同権」の意味だ。しかし、西洋人の習わしとしては、実は高貴な女と下卑た男、強い妻と弱い夫という組み合わせがあり、これは同権ではない。悪弊の極みなのである。また、柯施媚という人が出現したが、青年[海国]が真相を明らかにして見抜いた。福爾摩斯にいたっては、探偵としてその準備は精細、運用は柔軟、解決は明快であり、ずば抜けて巧みで、絶妙の境地にあり、不可思議なほどだ。

警察も高等だ。警察は裁判するものの補助力であり、地方は治安を保つことができる。ゆえに司法が独立するには警察を基礎にしている。地方の自治には警察という組織が必要である。本書は、立憲の方針とすることもできるし、読者もみなそれを理解することができる。

本件は、福爾摩斯が復活した後の最後の事件だ。訳者は、英国に留学して秘録を探し求めてこれを得た。彼の一生の最後尾に位置する。

ああ、福爾摩斯はまことに探偵中の聖人なのである。

白侶鴻訳述「(偵探小説)福爾摩斯最後之奇案」全二十二節
上海・新世界小説社、上海・飛鴻閣、上海・日新書荘　光緒三十三年四月中旬（一九〇七年）刊行

主婦殺害事件

ワトスン 著

一

シャーロック・ホームズは、すぐれた才能を持ち探偵術を操る。静かに身を一室に置き、その絶大なる脳を働かせ、その力が四方に放射される様子は、まるで空気が充満し、勢い盛んに行き交うかのようだ。ロンドンの遠くあるいは近くのあちこちで、その巨悪、大愚とそれぞれに知能を絞り出し、頭脳で戦い、心で争い、魂で奪い合った。さらには虚空の遠い暗黒の場所でも沈黙のままに戦った。そうして最後には計算して必ず勝ち、計画して必ず制したのである。あたかも鳥打ちが鳥を捕らえ、狩人が獣を捕るようだった。何度も測って計算し、何度も手はずを整えた。最後のとどめを刺す段階になるとただちにそうして、百にひとつも失敗したことがない。ああ、ホームズとは、おそらく探偵界のナポレオンなのである。

ホームズの性格は偏屈である。放縦と自由を好み、権力者は受け付けない。専制君主、貴族、巨大商人たちが自ら訪れて大金を投じると依頼しても、普通の事件であれば、そっぽを向くか一笑のもとにしりぞけた。しかし、貧しい人や物乞いであっても、とても疑わしく判断がむつかしい怪事件であれば、訪問してきて頼まれると快く承諾した。ただちに任務として受け、脳みそをしたたらせ心血を絞って日夜力をつくし、寝食を忘れた。また、大金をつぎ込んで手がかりを購入することになっても、それを惜しがる態度は少しも示さなかった。事件が解決すればそれまでだ。初めから貧富貴賤、とりわけ報酬の有無多寡で依頼を受けるかどうか判断することはなかった。ゆえに、平素ホームズに持ち込まれるのは、ありふれた解決しやすい事件ではなく、およそすべてが奇妙で非現実的な内容である。聞いたことがなければ、見たこともない、普通の探偵が夢想すらしないものだ。ホームズは喜んでそれに取り組む。事件の内容が重要でないもの、特別に奇妙でもないものなどは、研究観察する価値がないと考えるのだった。

私（ワトスンが自分でこれを書いている）も奇妙なものを好む性質だ。終日、奇異で幻想的、現実離れしている境地をのんびりとさまよい歩き、楽しんで疲れることがない。奔走して事情を探り、そのまま筆をとって記録する。私は仕事を半ば廃業しほぼ医者はやめて探偵となってしまった。

ホームズが解決した事件は、指を折って数えることができない。私は忙しくあれこれ苦労して、知っていることを記録したが、抜け落ちたところがあるかもしれない。最近、少しばかり時間ができたので、また執筆に従事することにした。まず最近の事件をひとつ述べることにしよう。

今年の三月九日は月曜日だった。私はホームズと部屋の中に座って、日中の長い時間を一緒にいた。ひっそりとして手持ちぶさただ。ホームズは自分の回転椅子に座って、口にはパイプをくわえ、手には化学書を一冊持っていた。彼は水素と酸素の二元素の原理について考察し、研究に大きな力を入れていた。

私は、カウチのかたわらで乱雑に重ねた新聞紙を前にし、気ままに拾い読みして時間をつぶしていた。昼になり、いささか気が滅入ってきた。立ち上がり机の前に行くと、窓を押し開いて外を見た。その日は、薄曇りで天空には雲が盛んに動いて四方をおおっていた。日の光は雲の隙間からさし込み、ぼんやりとしていて薄く煙のようだった。机のそばに座っていると、ホームズは本を押しやって立ち上がり、火を取ってタバコにつけると、私を呼んで言った。

「ワトスン、きみは外出してぶらつこうかと思っているね」

私は言った。「その通り」まさにそう考えていたのだ。

ホームズは言った。

「きみは、蠟人形館へ遊びにいこうとしている。フランスから新しく到着した蠟人形を鑑賞して見聞を広めるためだね。聞くところによると、この蠟人形はフランスの名人が作ったものだそうだ。骨格がすべて備わっているとか。今までになかった精巧な製造法だ。きみが見に行けば、きっと有益だろう」

私は言った。

「君の言う通り、見に行くつもりだったんだ。でも、どうしてわかったんだい」

ホームズは言った。

「初歩的だよ。新聞に蠟人形のことが載っていた。きみはとても熱心に読んでいたじゃないか。それに空を見ていたから、ぼくには手に取るようにわかったよ」

私が答える前に、ホームズは続けて言った。

「きみは空腹で昼食のあとで出かけようとしているのだが、空が曇って暗いので途中で雨になるかもしれないと心配で、ためらっている」

私は言った。

「またどうしてそう思うんだね」

ホームズは言った。

「きみは部屋の中にいるのにまず空を見た。君がためらっている証拠さ。きみは立ち上がって窓の前まで行くと壁の時計を見上げた。それから向かいの厨房を見つめた。これは腹が空いている証拠だね。使用人が食事のしたくを終わったかどうかを見たんだから。ぼくが判断したのはそればかりじゃない。きみが一人で行くとは限らない。まずほかの場所、つまり同行する約束をした友人のところへ行く。その友人が住んでいるのは、きっとかなり遠い。ぼくの推測だと、きみの同業者で名はミスタ・クリンク、姓はアージェンだろう」

私は思わず叫んで言った。

「へえっ、ホームズ。君はなんで私の深い心理までわかるんだろう」

ホームズは笑って言った。

「いや、いや。きみの一挙一動がぼくに示しているんだ。無言の中にね。深い判断力などいらないよ。蠟人形館はここからとても近い。雨に降られても何の心配もない。だからきみはきっと別のところへ行こうとしている。躊躇した理由だ。きみは医者だ。同業者と一緒に行って鑑賞すれば、討論することができる。きみの友人たちの中で生理学についてきみに助言できるのは、ただ一人アシッドレイに住んでいるアージェンだけだ。ロンドンで著名な生理学者だから、そう判断したんだ。おまけにきみのポケットから何かがはみ出ているよ。明らかな証拠だね」

私は、初めてポケットの中にアージェンが新しく書いた論文があったことに気づいた。アージェンのものだから、私はそのままポケットに入れ、ついでに返却しようと考えていた。ホームズの眼光の鋭さ、神のように迅速な判断がまるで明るい太陽が正午にきらめき、逃げ隠れできないようにされて、私は恐れ入ってしまった。

ちょうど話しあっているところに、突然ガラガラという馬車の音と馬のいななきが、遠くから近づいてくるのが聞こえた。ホームズは頭を出して外を見ると、不意に笑って言った。

「まったく都合がいいね。ワトスン、きみは彼を訪問するつもりだったが、彼のほうから来てくれたよ」

馬車の音と馬のいななく声はピタリと止まった。呼び鈴が聞こえると、ドアが開いて客がさっと入ってきた。

二

来客は、クリンク・アージェンだった。年齢は四十ばかり、鼻が高く目はくぼみ、元気そうだ。遠くから見ても博物家であることがわかる。衣服は整い清潔だ。片手に帽子を持ち堂々とまっすぐ入ってきた。後ろに人が付き従っていた。黒い帽子をかぶり、灰色のラシャの服を着ている。ホコリまみれでシワにも無頓着だ。年齢は四十くらい、面長で両頬には濃いヒゲが生え、眉をひそめ、目は沈み、首は胸までたれていて、深い憂いがあるようだった。部屋のドアまで来ると慌ただしくまっすぐ入ろうとして、足が敷居に触れてしまい、ころびそうになった。慌てふためいている状態であることを自覚していないようだ。ふと私を発見して、アージェンが紹介するのを待たず、突然叫んだ。

「あ、ミスタ・ホームズさん。今、私は危険な目に遭っていて、あなたにお救いいただきたいのです。あなたの身体には神のご意志が宿っておられる。必ずや私をお救いくださる」

言葉が終わらぬうちに、アージェンが声をかけた。

「ハイド君、このかたはホームズさんではないよ。私の友人ワトスン君だ」

そこで私はホームズを指さして言った。

「こちらが私の友人ホームズです。用事がありましたらどうぞ」

その人は振り向いて、ようやくホームズを見た。ますます慌ててしまい不安になったようだ。自分の唐突さに初めて気がついたように、息を切らして言った。

「ホームズさん、唐突にうかがってしまったことは自分でわかっています。ただ、私は危険な状態にありまして、あなたは必ずやお救いくださるでしょう。ああ、ホームズさん。お願いいたします。私を救ってください」

ホームズは、視線を直接来客に注ぎ、キラキラと四方に放射した。ホームズは椅子を指さし言った。

「大変お疲れのようですね。どうぞこの椅子にお座りください。お酒がお好きなようですね。ブランデーを一杯どうぞ。それで元気になってから、あなたの言いたいことをすべて話してください」

客は「ありがとうございます」と言いブランデーを受け取ると、一息で飲み干した。アージェンは、私とそれを見ていた。握手をして挨拶が終わると、客を指さして紹介し客のかわりに姓名を告げようとしたとき、その客は突然驚き怪しんだ様子で言った。

「ホームズさん、私が酒を好きだということをご存じでしたね。誰かがあなたに教えたのですか」

ホームズは言った。

「教えられるまでもありません。あなたの衣服には酒のシミがまだらについているからとてもわかりやすい」

客はアージェンを見て言った。

「すごい。ホームズさん、おっしゃる通りです」

ホームズは天を仰ぎ、さらりと言った。

「あなたは、誠実で素直ですね。ただ、性格が粗野で気がいらだって、物事に遭遇するとあせってしまうものだから、夫人の歓心を失ったのもそれが原因かもしれない」

客は驚いて言った。

「ああ、ホームズさん。どうして知っているのですか」

「あなたの言動を観察したのです。ちょっと見れば、誠実で素直な人であることがわかります。また、いきなりドアから入ってきて、アージェンさんの紹介を待たず、あまりにも恐ろしいなどと言いました。ご自分でご自分の性格をばらしているのですよ」

「では、私が妻の歓心を失ったとどうして知ったのですか」

「見てごらんなさい。あなたの衣服のシワです。夫人はあなたのために点検をしていない。あなたの不幸じゃありませんか」

客はそれを聞くと、うなだれて目を閉じた。悲しみに沈み言葉がない。まるでその悲しみに堪えないかのようだ。ホームズは、じっと考え込んだあと不意にたずねた。

「あなたのお名前と用向きは何でしょう。アシッドレイ村に住んでいる名はミスタ・マスクレイ、姓はハイドではありませんか。あなたがここに来たのは、夫人の火事でしょう」

客は目をみはり驚いて叫んだ。

「ホームズさん、あなたは神さまだ。会ったこともないのに、なぜ私の名前を知っているのですか」

ホームズは言った。

「その通り。ぼくは三時前に初めてあなたの名前を知ったのです」

「奇妙だ。そのお言葉は、私には理解できません」

「奇妙ではありません。夫人の火事について、ぼくは朝刊を読んで知りました。あなたの名前を知ったのは、アージェンさんが呼んだのを聞いたからです。さらにはアージェンさんはアシッドレイに住んでいます。あなたは一緒についてきたのですから、そう推測したのです。あなた以外の誰でもありません」

「あの事件は、もう朝刊に載っていたのですか。私があなたに会いに来たのは、まさにそのためです。新聞はどこにありますか。なんと書いてあるのですか」

そのとき、アージェンが新聞を手に取っていた。マスクレイ・ハイド夫人が火事にあった記事を探し出して声をあげて読んだ。

マスクレイ・ハイド弁護士は、アシッドレイ村の三代続く屋敷に佇んでいる。日曜日の朝、ハイド氏は外出し、夫人は一人で屋敷にいた。その夜十二時すぎにハイド氏がようやく帰宅し門のところまで来たところ、突然寝室から出火した。急いでかけつけ救出しようとし、近所も消火のために集まってきた。しばらくして鎮火した。寝室の上部半分が焼けただけでそのほかは無事だった。夫人の行方を探したが、今にいたるまで不明である。おそらく不幸にも炎の中で死亡したものと思われる。

『ペル・メル・ガゼット』紙でもこの事件を掲載していた。内容はほぼ同じである。最後に主筆が補足して次のように説明している。

この火災の原因は、最終的には調査によって明らかになるだろう。当時、消火に参加した人々はみな、室内に灯油ガスの臭いが充満していたと証言している。そこが疑わしいと思われる。しかし建物の中には、もともとガス管は設置されておらず、以前からランベス灯で代用していた。ここから推測すればおそらく夫人の火の不始末で、灯油に引火してこの火災が起きたと思われる。夫人は、逃げ出した様子はなく不幸にも火事に遭遇したのは間違いないが、死体が発見されていないため断定はできない。

三

アージェンが読み終わると、ホームズが言った。

「新聞報道はとても乏しいね。それだけですか」

アージェンは言った。

「いえ、いえ。もしこれだけだったら、私たちはあなたのところへうかがいません。昨夜、火事の被害にあってから周りの人の推測する言葉もあって、私たちも最初はそう考えていました。ところが、今朝八時すぎに非常な重大事件に変わったのです。その情況というのが奇妙で、ことの道理では推し量ることができない。新聞に掲載された記事とはまったく違うのです」

「お聞かせ願いたい」

アージェンは首を振り額にしわをよせて言った。

「ああ、本当に見たこともない事件ですよ。いいですか、ハイド君の夫人は、火災で死んだんじゃないんだ。先に刃物で殺されていたんです。あの寝室の火災は、明らかに外部の人間が放火したものです。ホームズさん、あなたはそんなことを考えたことがありますか」

「わずかですがそう考えていました」

「そればかりではありません。今朝八時にハイド夫人の死体が発見された、私は親しいハイド君のところに行ったのですが、非常に大きな冤罪事件になり、情況を分析することも明らかにすることもできません。ワトスン君があなたと知り合いですから、紹介してもらおうと思ったのです。あなたの助けが必要なのです」

ホームズは、肩をすくめ上を向き座っていた。パイプを取り出すと火をつけて言った。

「おもしろいですね。あなたの説明を聞きましょう」

ホームズが立派で優美なパイプをくわえて吸うと、その香りが深く長くただよった。

「さあ、ハイドさん、この事件の顚末、および夫人の平素の人となり、小さなことまでひとつひとつ説明してください。隠しごとはなし、遺漏もなしでね」

ハイドは、座り直して話した。

「つまらない些細なことも詳しくお話しします」

「細かければ細かいほどいいのです。ぼくたちの捜査は、往々にしてごく些細なところから、重大な手がかりを得るものです。ちょっと気がつけば、事件全体の要所が、まるで錠前に鍵を挿したように、急に大きく開く。ぼくはたずさわったどんなことでも、それが些細だといって嫌うことはありません」

ハイドは言った。

「私は、仕事をして四十歳になります。結婚してやっと三年です。私の妻は姓をエルムートといいます。弟が一人おりシャロン・エルムートといい、アシッドレイ村に住んでいます。私の妻は、私に嫁いだあと、最初は気立てがとてもよかった。私も愛しておりまして、ただ妻の歓心を失うことが怖かった。しばらくすると、だんだんと私の心を理解しなくなり、細かなことで毎度私といがみ合うようになったのです。私は性格が粗野で、酒を飲んだあとでは寛容ではなくなります。私の妻は、私の愛情に対してだんだんと冷淡になり、ついには昔とは変わってしまいました」

ホームズは質問した。

「結局どういう理由ですか」

「最初は、たいした理由はなかったのです。家庭の瑣事にすぎません」

「いつのことですか」

ハイドは言った。

「一昨年結婚して、昨年のことです。私の妻は私に冷たく接しましたが、私の方は妻に対して愛情を持って接したのです。以前ほどの愛情はなくなりましたがね。時には、思うにまかせて衝突したこともあります。そのあとで後悔し、あるときには暖かい言葉をかけ、優しい心で慰めもしました。あるいは好きな物を贈ったこともあります。すべて妻の歓心をかうためでした。私はますます妻に尽くしました。婦人の性質は、固執して変化しません。私の妻は思いやりのある心根を持っていて石ではないのです。しかし、変わりませんでした。

ああ、ホームズさん。一昨年新婚のときをまだおぼえています。妻と手に手をとって庭園でゆったりと時間を過ごしたものです。家にいるときは二人で座り、出かけるときは一緒でした。私たち二人の愛情は、やわらかい糸を撚って結んで完成した形のない巨大な縄なのです。たとえ神の刀、よく切れる剣でも断ち切ることはできません。それが、今、このように不幸な目に遭っている。昔を思えば心が傷つきます。

私はいつも言っています。男の人生には、いとおしんでくれる婦人が必ず要ると。母や妻に捨てられるようなことがあれば、その男の人生は不幸なことになると。まさか自分がそうなろうとは。

私は妻に対し隠れた恨みを抱き、ますます憂鬱になり零落してしまいました。酒で自分のうさを晴らすために、いつも友人の所へ行って浴びるように飲みました。酔って数日も帰宅しませんでした。私は何度もやめようとしました。妻と私はけんかをしました。そのようにいろんなことがあったのです。

昨日は日曜日でした。私が朝起きると、妻は突然言いました。鬱々としてここに住むのはとても不快なので一人でアメリカなどへ旅行したい。ついては私に四千ポンドを出してほしい。それを旅行費用にあてる。私はそんなことは決して認められないと言いました。

私はといえば、豊かではありません。私のもともとの蓄えを全部出しても、わずか三千ポンドあまりにすぎませんから、不足していて払えません。しかも、私の妻がたとえ私を愛していないとしても、私が妻を愛する心は、長くますますゆるぎません。私のそばを遠く離れることなどまったく望みませんし、私を寂しさと静けさの中に置き去りにするなど、とてもとても。

妻は私が許さないのを見ると、にわかに顔色を変え、薄情だと罵りました。私は、最初は耐えました。そのあとで、妻はがまん強い人でもひどく傷つく言葉を口にしたのです。

ああ、ホームズさん。私は今それを言っても、まだ心が震えます。しかし、私が今から振り返って考えると、彼女は大きな災難に遭遇し、突然精神が混乱してそんなことを言ったのではないでしょうか。そうでなければ、あんなに無慈悲だったはずはありません」

四

ホームズは目を閉じ耳をそばだたせて静かに聞いていたが、ここまで来ると急に質問をした。

「彼女はなんと言ったのですか」

「あなたが私との関係を修復しようとしないのであれば、私は法廷に訴えます、あなたと離婚します、と言いました。

ああ、これは何を言っているのでしょうか。私が完全を求めているにもかかわらず、それを得ることができないのです。私は妻との関係を修復したいと思い、朝夕神に謹んで祈っていて、忘れることはありません。そのときその言葉を聞いて、厳冬の時期に突然氷水の中に置かれたように、私の全身はかかとから頭の先の頭髪までことごとくが凍りつきました。それればかりか、希望がそのときから絶えてしまいました。しかも、妻が私を辱め罵る声があまりにも激しかったので、私も怒りましてそれ以上は耐えることができず、拳をふるってテーブルを叩きました。

お前がここにいるのだったら、私はまずお前をこの手で斬り殺してから自殺する。お前とともに死ぬだけだ。

そのときは、私は突然怒り激しく熱くなり、抑えることができませんでした。もしもシャロン君がそばにいなければ、私は本当に刀を抜いて殺していたでしょう。私たちが激しく争っていたときに、恐ろしさのあまりすくみあがって入れない下女のアデンが部屋の外にいて、ちょうどシャロン君が来たのです。姉をなだめると、続いて私の言葉を聞き、私を見て言いました。『ハイドさん、言いすぎですよ。私の姉は、本当に言葉通りのことをするはずがありません。でも、婦人は親しい人に対して、よく甘えてわがままに言葉を選ばずにしゃべります。理解して許してやるべきですよ。どうして急に強硬な手段に出るのですか。あなたの妻でしょう』

私は、その言葉を聞き、少しやりすぎたと自覚しました。そこで腹の中は煮えくり返っていましたが静かに座りました。

シャロン君は、彼の姉（私の妻）に言葉をかけて少しばかり慰めました。ところが彼は、慌ただしく出ていこうとしました。用事があってロンドンへ行き、夕方帰ってくるというのです。妻は、『今晩帰ってきたら、必ずここへ来てちょうだい。あなたに話したいことがあるのよ』と言いました。シャロン君は承知すると出ていきました。私も帽子を取りステッキを持ち、腹の虫がおさまらないまま外出したのです。これが日曜日朝九時のことです」

ホームズは質問した。

「あなたが外出したあと、家の中にはあなたの妻と下女のアデンだけでしたか。ほかに人はいませんでしたか」

「私の家には、書記が一人、下男、下女が一人ずついます。私は弁護士ですから、書類のやりとりがとても多いのです。それでヨークレイドを書記として雇っています。月曜日から土曜日まで、朝来て晩に帰ります。その日は日曜日でしたから、いつも通り仕事はありません。ですから、その日はいませんでした。

下男はハーディといいます。私に雇われて七年になります。とても忠実ですが、性格がひどく傲慢です。ちょっとしたことで彼を責めると、その度に凶暴なほどたくさん主張します。私は誠実なところを考慮して大目に見ていますがね。妻が来てから、妻とハーディのあいだにいざこざが起こるようになり、彼はますます強情になったのです。そして一週間前、突然私のところを辞めました。ほかの下男を雇いたいのですが、まだです。下女は、アデンです。雇ってからもう三年になります。彼女の家はロンドンにありますので、毎日曜日の午後は、必ず休みを取り帰宅して瑣事をこなし、翌日の朝に来ます。それが習慣になっていますので」

「そうすると、あの晩に家にいたのは、あなたの妻一人だけだった」

「その通りです」

「あなたは何時に帰りましたか」

「私はその日は友人の家で飲みまして、初めは腹を立てていたので帰りたくなかったのですが、やりすぎたと思い、しばらくして後悔しはじめたのです。それで十二時すぎに帰ると告げました。

ドアのところで呼び鈴を引こうとしたとき、ドアに触ると開きました。閉まってはいましたが鍵がかかっていない。入っていくと室内は煙で充満しています。灯油ガスの臭いが鼻をつきました。とても慌てました。急いで煙の中に突入すると、道に迷ったようにもう入り口も見分けがつかない。何度もつまずき倒れ起きあがり、やっと寝室の外まで行きました。暗い中を突然、異常な光が輝き、直接目の中に入り込んだのです。炎が窓を抜けて出ていきました。そのとき、私の妻の姿が見えません。焼かれるように焦りました。それに私は重要な書類を多く寝室に置いていたのです。火の中に飛び込んでみようかと思いましたが、濃い煙がまき上がって噴出しています。喉を刺し肺を打ち破り、息を吸うことができません。あたりの空気はすべて煙となって外に流れ出ていました。もしも三分あるいは五分もたてば、苦しくて気絶していたでしょう。狂ったように外に飛び出し助けを求めたのです。

私の家は道路の北側にあります。後ろは空き地で牛や羊などの放牧場になっています。道路の南側は、建物がやや多く、住民もかなり多いのです。みんなは声を聞いて助けに駆けつけました。しばらくして警鐘が大きく鳴ったのですが、消防隊が集合したときには、火はすでに消えていました。わずかに寝室の上半分が燃えただけでした。ほかの部屋は多くが壊されていましたが、ほとんどが消火のときに壊したもので、火災で燃えたわけではありません。そして私の妻を探しましたがいません。近所の人にも聞きましたが、誰も知りません。心がせいてぼんやりしていたとき、知らせを聞いたアージェン君がちょうど到着して私に言いました。『夫人は、もしかしたら火事の前に出かけたのではないか』。私は、そうかと思いました。妻はもしかしたら弟に会いにいったかもしれない。しかし、わかりません。ただちにシャロン君のところに人をやって見にいかせました。途中で、シャロン君が息を切らせて到着しました。姉の所在をたずねてきて、何が何やらさっぱりわかりません。彼が言うには、ロンドンから帰ってきたが友達と約束があってよそへ行っていた、姉と会う約束だったが会っていない、警鐘を聞いて姉の家が火災にあっていることを初めて知った、それで急いで見にきた、ということです。

ああ、ホームズさん、私はその言葉を聞いて、望みがついに絶たれたのです。そのときの私は、すぐ火中に身を投じなかったことを恨みました。あの不幸な死者となった妻と、身を焼き骨を焦がして同じく灰燼となるのです。どうせ私は発狂するでしょうから。そのとき、そばにいたシャロン君の表情が普段とはまったく違うものにたちまち大きく変わりました。聞いてみると、初めて知ったのですが、彼はもとから頭脳激痛症をわずらっており、今は姉を悲しむあまりに病気が発生した、それで先に帰るということです。ああ、あのシャロン君は細やかな神経を持ち、姉を悲しむ気持ちでそのような症状になる。同じ母を持つ弟がとても強くその姉を愛している。私はそれを見て、ただただ悲しみが増したのでした」

五

そこまで語ると、ホームズが質問した。

「彼とあなたの妻は、実の姉弟ではないでしょう」

「その通りです。実は祖先が同じ、つまりいとこです。彼と私の妻は同い年です」

「何歳ですか」

「妻は私よりも八歳若く、年齢は三十二です。彼は妻より数ヵ月若いだけです。シャロン君が帰ったあと、私はただちに懸賞金をかけて人を入らせ、死体を探させました。ところが見つかりません。今朝の八時過ぎになって、崩れ落ちた塀の下から掘り出されたのです」

「ご遺体は、焼けて損なわれていませんでしたか」

「いいえ。全身は傷ついていません。発見場所は火元から少し離れていました。頭部と衣服は、残り火で焦げてはいましたが、焦げたのか腐敗したのか区別はできません。しかし細くて小さい女性の美しくかわいい身体は、まったく損なわれてはいません。ああ、そのときの私の心は、まるで煮えたぎる鼎《かなえ》の中に入ったように、体温は急に上がり熱い涙が湧き出てきました。この悲しむべき状態は、見るのも見ないのも忍びないという有様です。どちらにせよ撫でるように見ていましたら、ふと涙にぬれた私の目が、非常に怪しい奇妙なものを発見しました。

私はそれを見つけると悲憤のあまりさらに驚き恐れ、思わず声をもらしわめき散らしました。しばらくは私の心は大きく乱れ、その道理がどこにあるのか、もうわからない状態でした。死体の首から流れ出た血が、外に激しく流れていてだんだんとしみ込んで止まらない。じっくり見ると首の下に、明らかに穴がひとつあいているのです。気管が途中で断ち切られ、傷口は深く直径一インチはあります。その左側も傷ついて、後頭部の骨に刀傷がはっきりと残っています。時刻はすでに八時半でした。

ちょうどシャロン君が、外から私の叫び声を聞いてまっすぐ死体のそばに来て点検しました。黙ったまま一言も発しません。長い時間がたったあと、突然表情を変えて立ち上がると、私に向かって叫びました。

『ハイド、うまく計画したもんだな。こんな陰険で悪辣な手段で、よく考えた計画でことを運びうまくいった、というわけにはいかないぞ。私は、電光のようによく見て、あんたの計画がどういうものかを見破った』

私はその言葉を聞いて、何を指しているのか、さっぱりわかりませんでした。

『何を言っているんだ。私にはまったくわからない』

シャロンは、不意に凶暴な笑い方をして言いました。

『ハイド、あんたは隠しおおせるとまだ思っているのか。姉の首には、刀傷がはっきりと残っている。これは姉が火災で死んだのではないことを決定づけている。刃物で殺されたのだ。姉が殺されたのは、あの部屋の中で火災の起きる前であることが確実だ。しかもあの部屋が燃えたのは、明らかに放火によるものだ。だからそこから推理すれば、放火した人間が姉を殺した人間だということだ。火災でその証拠を隠滅したかったが、すぐに火が消えてしまい死体は損傷されなかった。計画は失敗したんだ』

私は言いました。

『君の言うことは、その通りだろう。しかし、私と何の関係があるんだ』

シャロン君が言いました。

『あんたは姉を憎んでいた。敵よりもひどくな。その日、屋敷の中には誰もいなかった。それで決行したんだ。あんたがやったんだ』

私は驚いて叫びました。

『シャロン、君は気が違ったのか。どういうことだ。無実の罪をきせようというのか』

『無実の罪だとはよく言ったもんだ。もうひとつ知っていることがある。この事件の証拠になるぞ』

私は怒って言いました。

『どんなことだ。言ってみなさい』

『あんたは、昨日の朝のことをおぼえているか。あんたの凶暴さといったら狂気じみていたな。必ずこの手で斬り殺す、と言いたいほうだいだったじゃないか。痛ましい。姉は、ついにあんたの手にかかってしまった。私は、今すぐこの事件の証人になる。法廷に訴えて、あんたの罪をあばいてやる』

私はその言葉を聞いて、何も言えませんでした。まったくの冤罪です。怒りで胸がいっぱいになり、しばらくは自分でもわけがわからなくなってしまいました。シャロン君は憤慨して出て行きましたが、法廷へ訴えに行ったのだと思います。ああ、私は妻に死なれて家は壊れ、しかもこの申し開きのできない奇妙な無実の罪をこうむってしまいました。私の不幸をなんと言ったらいいのか。アージェン君は、この事件が重大だから普通の探偵では対処できないと言って、あなたのところへ私を連れてきてくれました。お助けください」

六

ホームズは、聞きいっていた。話が終わると、じっとしたまま一言も言わない。眉と目尻のあいだは異常なほどさまざまな状態を見せて、脳を十分に動かしているようだ。すると、突然目を開いた。キラキラと光を放ってまるで回転する真珠のようだった。

「おかしいですね。異常な事件について話されましたが、この事件には重要な点がとても多いので、あなたが語り切れないところもあるようです。ぼくが細かく質問しましょう。その晩帰ったとき、家のドアは閉まってはいたが鍵がかかっていなかった、ということですね」

「そうです」

「普段、夜は家のドアは鍵がかかっていないのですか」

「普段は必ず鍵をかけて閉まっています」

「では、あなたが帰る途中で会った人はいませんか」

「村人はみな早く寝ます。帰りがとても遅かったので、会った人はいません」

「ドアから入ったとき、奇異な形跡がなかったですか」

「家のドアに鍵がかかっていなかった。これが奇異でした。入ってからは、煙で目が見えませんでしたから形跡があったとしても、見ていません」

「下女のアデンは、家に戻ってきましたか。彼女はどんな人物ですか」

「性格はとても誠実です。今朝戻りました」

「下女に夫人の昨日の様子をたずねませんでしたか」

「たずねました。彼女が言うには、前の日の午後四時にようやく休みをとったということです。それまで私の妻は、一日中寝室であおむけに寝ていたと。またほかに誰も家に来た人はいないとも」

「あなたの寝室は家の中央にありますか」

「いいえ。私の家は祖先が残したもので、とても広いのです。住んでいる者も多くありませんから、家の前部に住んでいます。家の奥は空けていたり閉めたりした部屋が多いです」

「部屋は、火災が起こったあとで踏み荒らした人が多く、検証ができないですね」

「そうですね。寝室は東の隅にあり、寝室近くの数部屋は、すでにほとんどが壊されました。それ以外は無事です」

「建物の前後は、多くの人々が消火したとき、そこらじゅうを踏み荒らされていますか」

「建物の前は大通りです。みんなはこの大通りから来ました。建物の前で消火したのです。すぐに鎮火しました。建物の後ろは、多くが森林と茂った草原ですし、かなり遠いです。ですからそこに行く人はいません」

ホームズは黙って深く考え、しばらくして不意に質問した。

「シャロンは、あなたに対して前から恨みがあるのではありませんか。彼がこの事件であなたを訴えるというのは、あなたをずっと疑っていたからでは」

「理解できませんね。シャロン君は若いときから遊びほうけるのが好きで、職にはついていませんでした。妻の父が彼を嫌い、シャロン君はそれで腹にすえかねてアメリカに行ったんです。貿易を五年間やりました。妻の父が死んだあと、ようやく一昨年の二月にロンドンに帰ってきました。私と一緒に住んだのはわずかに一年です。恨みをかう覚えはありません」

「姉弟の関係はどうですか」

「とても仲がいいです」

「では、夫人に敵はいませんでしたか」

「いません。そんなことを聞いたことがありません」

「夫人が日常つきあっている人の中に、いつもあなたの家に来る人がいませんか」

「とても少ないです。私の妻はほとんど人づきあいがありません。いつも家にいて、出かけることもめったになくつきあう人はとても少ないのです」

「では、家の中の人間で疑わしい者はいないのですか」

「言いにくいですね。家の者たちについては、ヨークレイドだけが新しく来たので、その人となりについてそれほど深く知りません。しかし、その日はいつも通り私の家には来ていません。下男のハーディは、性格が粗暴でときどき私の妻といさかいを起こしていたので、少し疑わしいようにも思います。しかし、彼が辞めてから二週間になります。人柄を考えれば、家には来なかったでしょう。それ以外には怪しい人はいません」

ホームズは、思わず憂鬱が胸に満ちたように、手で膝を打って言った。

「ああ、この事件は不思議だな。まったく非現実的でまるで暗闇の地に入ったような情況だ。行けば行くほど遠くなり深く曲がっている。どこが底なのかわからない。特殊な考えをもって、この暗闇の中で導いてくれる一筋の光を力の限り求めているのだが、得ることができない。もう手に入れられないかのようにね。発見現場の部屋は火災のあと、人の足跡で乱されているだろうけれど、やはりぼくはそこに行ってみて、おおよそを観察しなければならないようだね。まず向かう方向を決めるのだ」

七

ここまで言ったとき、アージェンが壁の上の時計を見上げると立ちあがった。

「今日一時に検死があります。もう十二時なので私たちは帰らなくてはいけません」

ハイドも立ち上がって言った。

「ホームズさん、ご承諾くださって感謝します。私たちと一緒に村へ行くことはできませんか」

「あなたたちはまずお帰りください。私は昼食後、一時過ぎにあなたのところへ行きますから」

客が帰っていくとホームズは呼び鈴を引いて使用人を呼び、昼食を用意するようにうながした。自分は椅子に座りなおし、うれしそうに言った。

「近ごろやった仕事は、珍しく特色のあるものは少なくて、特に面白味がなかったんだ。ぼくは、本来脳を使うのがうれしいのだ。ぼくの脳は長いあいだの蓄積があって、しかも忘れない。とても不満だったんだ。今度の事件は、とらえどころがなくしかも奇怪だ。関係するものはとても大きく、ぼくらが研究する資料になるね。ワトスン、きみはこの事件について、何か考えはないのかね」

私は言った。

「この事件は、深そうでいて実は浅いんじゃないか。私の考えでは普通の事件だね」

ホームズは、いぶかる視線で言った。

「普通だって。ワトスン、きみはどう思うんだ」

「凡人の人生だよ。およそ婦人は、執着して悟ることがないし性格はたいてい愚かだ。だから軽々しく自殺したりする。往々にしてそうだよ。あのハイド氏は、夫人に対して穏やかに忠告しなかった。許すことができずに横暴にふるまった。ハイド氏が出ていってから、夫人は一人部屋の中にいて、なだめて導く人がいなかった。考えれば考えるほど腹が立ってきて、ついには怒りのあまりこの最低の方法を取っただけだよ」

「しかし、火災はどこから起きたんだね」

「彼女は、ハイド氏への怒りをおさえられず部屋に火を放った。そうして自殺した。ともに燃え尽きようとしたんだね」

言い終わらぬうちに、ホームズは肩をすくめ軽蔑したように言った。

「ああ、ワトスン、きみがそんなことを言い出すとはね。恐らく殺人放火の凶悪犯は、鳥が羽ばたくように天空に飛翔して、幸運なことに法の網を逃れるだろうな。だが、ハイド夫人は、火災に遭い殺されるという奇怪な惨劇に遭遇したんだ。この際限のない恨みは、遥か遠く流れる水に捨てられるというわけだね」

「君は、どうしてこれが自殺ではないと決めつけるんだ」

「この事件は、もしシャロンの告訴がなければ、ただ一、二人の検死員と無知な警察によって、おそらくはきみの言うように、曖昧なまま終了ということになるだろう。この事件の中心がどこにあるのか、そしていろいろな関係する部分について、ぼくはまだ、すべてわかっているわけではない。しかし、ハイド夫人は殺されたこと、そして自殺では決してないと、ぼくはあえて断言するよ」

「それじゃ、殺されたことにも根拠があるのかい」

「ワトスン、きみはハイド氏が話したことを聞かなかったのかい。きみは何度か首を刎ねたのを見たことがあるだろう。夫人の刀傷の深さ、傷が首の後ろ骨にもあったというじゃないか。力の強い男性ならば自分の首を刎ねるのは特殊ではないかもしれない。こちらは身体が小柄な女性なんだよ」

　私は思わず答えて言った。

「そうだね。しかし、それなら殺された理由はなんだ。殺したのは誰なんだ。君は推理していないのかね」

「推理がむつかしいのは、まさにそこだよ。殺害したあとを見ると、放火してその形跡を消そうとしている。用意周到なごまかし方を見ると、外部の人間のしわざでは決してないね。しかも、家の内部には疑わしいものが誰もいない。だからシャロンは、ハイド氏を疑ったんだ。たぶん根拠がないわけではない」

「ハイド氏の人となりは、私はよく知らないが、しかし彼の言動を見る限り、実に優れた正直な年長者だよ。そうじゃないか」

「そうだね」

「そうならば、殺人者は下男のハーディだな」

「確かに疑わしいが、事情がまだ一致しないところがある。だから、実際に現場を自分で歩いてみる必要があるんだ。詳しく考察して、研究に備えるんだよ」

そう言っているうちに昼食の用意が整い、二人して食べ終わった。

ホームズは、火を取り出してタバコを吸うと、椅子の上にあぐらをかいて座り、目を閉じて精神を集中した。深く思考して呼吸も浅くなり、老僧が座禅をしているようだった。話しかけても聞こえないし答えない。長いあいだそうしていたが、ふと椅子から飛びあがると、何か了解したことがあるように、私を呼んで言った。

「ワトスン、ぼくと一緒に行くかい」

私は言った。

「君の命令とあらば、喜んで従うよ」

そのまま更衣室へ入ると、上着を取ってはおり、帽子を持ちステッキを握って出かけた。

八

私たちがベイカー街の尽きる場所まで来ると、ちょうど馬車が来たのですぐさま雇って出発した。ホームズは、馬車の中で座ったまま口を閉じて一言もしゃべらなかった。座席に身を寄りかからせ、あおむいて馬車の天井をずっと見ている様子はまるで精神喪失者である。私も邪魔をしてその考えを乱したくなかったので首を外に向けてながめていた。馬車はとても速く走り、約四マイルを過ぎると市街を出て、ようやく原野に入った。見渡す限りの鮮やかな緑色の波が空の端と連なっている。牛や羊が道の左に群れて集まりのんびりとしている。老木は青々と茂って美しく、高く低く入り混じって並んでいる。目の届く限りを見渡せば、すでにロンドンの華やかな様子はまったくなくなっている。大きな村を過ぎ畑野原を通っていくと、ようやく村がひとつ見えてきた。馬車はさっと停車した。

ホームズが言った。

「ついたよ」

馬車を降り、ゆっくりと歩いて村に入った。途中で村人に会うと、ハイド氏の住んでいる場所をたずねて、また数十歩行くと屋敷に到着した。

屋敷の場所は、村のはずれでとても辺鄙なところだった。左右には隣家も少ない。ただ大通りの南には、人家が数十軒ある。しかし、家々は散らばっていて、村の一ヵ所に集まっているというわけではない。邸宅は古かった。レンガ塀ははげ落ち、古い籐が窓をほとんどおおっている。その右の塀はすでに倒壊しており、内側で瓦礫になっていた。まだ残りの煙がくすぶっている。周りを一巡して、倒れた塀の側に立った。

私たちが入って事情を聞く前に、ハイド氏がすでに廊下で待っていた。とても狼狽しているような表情だ。

「ホームズさん、いらっしゃい。あなたの到着が遅いとお待ちしていたのです」

ホームズは質問した。

「事件に何か進展がありましたか」

「ひとつありました。まったく予想外です」

「何事ですか」

「私たちがロンドンから帰ったとき、壊れた部屋から鉄の箱が一個出てきました。この鉄箱は、前から私の寝室に置いてあったものです。中には貨幣が百枚ほど、紙幣が一巻き、ウィーヴァー銀行の小切手帳一冊が入っていました。箱の外には、損傷はまったくありません。錠も掛かっています。鍵は私の妻が持っていました。火災のあと鍵が見あたらないので、ノミで孔をあけてみました。意外なことに、箱を開けるとあったはずのものがすべてなくなって、からになっているのです。ホームズさん、考えてもみてください。この箱は、火の中に置いてあったのです。とても高い温度で焼かれたのですから、箱の中の紙類はすべて燃えかすになるはずです。ましてや、紙幣ですよ。この事情についても、あなたに早急に解決してもらいたいです」

「なぜ銀行に電報で問い合わせないのですか。小切手帳を持って銀行で金を引き出した者がいないかどうか」

「すでに至急電報で問い合わせました。まだ返電を受け取っていません」

話し合いをしているちょうどそのとき、電報を持ってくる人がいた。開いてみれば、ウィーヴァー銀行が発したものだ。

その電文は次の通り。

電報拝読　今日の夜明けがた　白髪の老人が十六、七歳の少年を連れ　カバンを持ち　小切手帳で預金三千ポンドを全額引き出したハイドは、読み終わるとおびえてうろたえ顔色を失った。手足をばたつかせ、電報が地面に落ちたのにも気づかずに叫んだ。

「ホームズさん、どうしよう。どうしてこんな不幸に遭うのだろう。いろいろな費用は、全部この財産に頼っていたのに。ああ、どうしよう」

ホームズは、その言葉を聞くと即答はせず、顔つきが機敏に変化した。満足を示すように言った。

「ああ、狡猾ですね。犯人は大胆すぎます。彼は、飛ぶ隼《はやぶさ》のように一瞥をくれるとたちまち行ってしまいましたが、ぼくに方向を示しました。しかも、ぼくはひらめいた。もう十分です」

そう言い終わると、みんなで屋敷に入っていった。

九

その頃、ようやく検死が始まった。部屋の中には、アージェンのほか、検死官および立会人の全員がいた。書記のヨークレイドと死者の弟シャロンも来て証人になって、かたわらに並んで座っている。

私はシャロンを見た。長身で優美で気高い。とても整った容姿をしていて鼻に金縁眼鏡をかけ、衣服はさっぱりしており、体つきは精悍だった。年齢はおおよそ三十ばかり、物腰は静かで落ち着いており、精神を集中できる人間だとわかる。互いに顔をあわせ、座ろうとしたとき、西棟から急に男が出てきて呼んだ。

「ホームズ君、来ていたのですか」

見れば、スコットランド署の警察長ホレスである。彼はすぐに座った。ホレスは著名な警察長で、手腕は老練で手がけた事件も多く、レストレイドと甲乙つけがたい。しかし、他人を見下し、才能を誇りうぬぼれており、自己を虚しくして他人を受け入れるということがない性格だった。

ホームズは、検死の情況とそれぞれの証人の発言についていくつか質問した。ハイドが自分で説明したことと、ほぼ同じだった。

ハイドに先導して死体安置室に入るように命じられ、入って顔をおおっている布を掲げた。検死が行われた。死体は華奢で小さかった。首の下に刀傷が明らかである。頭部は焦げて腐敗しており、その臭気のために近づくことができない。くるりと背を向けて出ていきたかった。

ホームズは、不意に壁の写真を指さして言った。

「これはあなたの奥さんの肖像ですか」

「そうです」

私は写真を見た。夫人の容貌は麗しく、眉目はいきいきとしている。もし生きていればきわめて美しい女性であっただろう。ホームズは、長く写真に注目しており、ぶつぶつとつぶやいていた。

「あなたの容貌でこの惨禍に出会うとは、まことに奇怪な事件ですね」

それを聞いたハイドは、涙をまつげまであふれ出させ、私も心が痛んだ。私たちが出ていくと、ホレスが前に来てホームズに言った。

「ホームズ君、あなたはこの事件についてどうお考えですか」

「この事件は、複雑で奇怪です。残った事実を吟味して調べていませんから、まだ判断できません。ホレスさんは、すでにすべてを実際に調査していますから、考えがあるのではないですか」

「私がここに来て、まだそんなにたっていない。あの部屋は火災に遭ったあと、おかしいことに探す価値のある形跡がない。いくつか考えはあるが、まだ決めかねている。室外の周囲を実地調査するつもりだから、何か得るところがあるかもしれない。それで私の考えを決めることにしよう」

ホームズが言った。

「そうですね。ぼくの考えも同じです。ぼくたち探偵は、勝手に推測して考えを決めることはない。事実の形跡を証拠にすることが必要です」

そう言うと、ホレスはもう部屋の外に歩み出ていた。ホームズはついでにアデンを呼び夫人の事情をたずねた。

私はこの女性を見て、容貌がとても端正で、年齢は三十以下であると思った。夫人の昨日の情況をとてもはっきりと述べた。ハイドの言ったこととほとんど同じだった。休みを取って帰ったあとのことは、まったく知らないという。

ホームズは私を部屋の外へ連れ出すと建物の塀に沿って東へ向かい、ひとつひとつ見回していた。そのときホームズは、気力を奮い、狂ったように走ると、稲妻のように目から光を発し、遠く近く、左かと思えば右に、塀であおむき、地面にかがんで観察していた。その表情は、喜んだり疑ったり、驚き怪しんだり、一瞬のあいだにめまぐるしく変化した。他人には把握し理解することができない。

建物の後ろに来てみると、草木が雑然と生え、とても広々としている。森林はまばらなところや密に植わっているところがあり、そのあいだに入り乱れている。見渡すと近くの林のところで、ホレスがちようどかがんで地面から何かを手で拾いとったところだった。ホレスは、すぐに起きあがると何度も見つめ、顔に喜びの表情が浮かんでいた。完全に満足するには至らないまでも、それを得たことで自己満足はしたようだ。私たちが来たのを見て、手柄を分けることになるのを恐れるように、すぐさまポケットにおさめると、前も見ず一言も発しないまま、いきなり慌ただしく行ってしまった。

十

私は、その情況を目撃して、心の中で強い疑いを抱き、そしてこう考えた。土地は荒れていて辺鄙だし、一帯は森林で、茂った樹木が広がっている。犯人がそこに手がかりを残さなかったというのは考えにくい。犯人は放火して形跡を消している。火災が発生するのを必ず待って、脱出したはずだ。当時、大通りの隣家は火災を見て消火にかけつけた。犯人は、途中で偶然見つかることも必ず考慮しただろう。だから、大通りからではなく、建物の後ろから来たのは違いない。建物の後ろにある森林を犯人が通ったのだから、形跡を残さなかったとは考えにくい。目撃者を探すとすれば、まさにここだ。あのホレスが事件を捜査するにあたって、このことをまったく思いつかず、林に入って調べないことがあるだろうか。引き返していったのは、なぜなのか。彼がそこで拾った物が、この事件についての確実に動かない鉄の証拠になる、と十分に自信をもったのではないか。証拠を得たため満足し、そのほかのことをする必要がなかった。ああ、何だろう。それは何なんだ。私の目がなまくらなのが恨めしい。よく見たつもりだが見ていなかった。

疑問に包まれているちょうどそのあいだ、振り返ってみると、ホームズが狂ったようになった。乱れた草の中、牛羊の糞の上に身体を投げ出し再三に渡って細かく見ている。そこから一インチも離れることができないようだ。不潔で汚い場所であることを忘れ、拡大鏡をかざして観察し、さらに鉛筆を出してひとつひとつの絵を描いている。私は、その場所が汚く醜悪で近づきたくなかったから、近所を散歩して待った。

しばらくして見ると、ホームズがのたうち回った跡は、草むらから曲がりくねって林まで達している。周囲を見回すと、ホームズはある低くなった木の枝を撫でさすり、じっと見ていた。さらに、抱えて臭いをかいだ。そうして木の下に身体を投げ出して物を拾っているようだ。細かく調べて、十分後にようやく林の右から回って出てきた。眉の上を大きく伸ばし動かし得意げで、表情はとてもうれしそうだ。何か大きく得るものがあったらしい。私はすぐにたずねてみた。答えはなく「ワトスン、帰るぞ」と言っただけだ。

私たちは部屋に戻った。窓に寄りかかって座っていたホレスが、ホームズに得意そうに言った。

「ホームズ君、戻るのが遅かったですな。調査は終わりましたか」

「終わりました」

「得たものはありましたか。どうです」

ホームズは、眉をひそめて言った。

「天気が晴れ続きでした。探るべき足跡は少なかったです。ただ、建物後方にある牛羊の牧畜地に、一、二の痕跡がね。ただし、証拠とするには不足します。ホレスさん、あなたには得た物があるんじゃありませんか」

私はホームズの言葉を聞いて、とても失望した。ホレスを見ると、彼はフッフと笑って言った。

「私たちが事件を探査するときは、神鬼ですら予測もつかない考えで取り組むのは当たり前です。狭い場所でもうろつき、目の前の情景に感情をわかせ、脳が反応するならばどんな物も、証拠にならないと思われる、たとえば草一本、木一本からごく微小なものにいたるまで、ひとたび目に入れれば、すぐに反応します。君は、イギリスはロンドンの名手ですが、世俗の知識がない探偵のように、足跡にこだわって証拠だと考えているんですかな」

言い終わるとホレスは爆笑して止まらず発作を起こしたように見えた。ホームズは無視して言った。

「それなら、あなたが得たものについて、ぼくに説明してくれますか」

ホレスは、傲慢に座ったたままだ。口を開きそうになったとき、ハイドが出てきて、前を通りすぎようとした。ホレスはすぐに呼び止めて言った。

「ハイドさん、タバコをちょうど切らしてね、一本もらえませんか」

「いいですよ」とハイドは言って渡した。ホレスは、タバコを受け取ったが手に持ったまま火をつけようとはしない。じっと細かく観察している。しばらくしてから視線をハイドの胸に向けると言った。

「君の胸ポケットにある、重そうなものはなんですか。日記帳ではないですかな」

十一

ハイドは言った。

「そうですよ」

「それなら、私にちょっと見せてくれませんか」

ハイドはその意味を測りかねていたが、しばらく渡すことにした。ホレスは日記帳を受け取ると、とても早くめくって目を通し、もれなく一覧したようだ。私はそれを見て、とても不思議に思った。ホレスは前半分の記載した文字の跡がある部分を見ようとせず、反対に後ろ半分の空白部分をめくっていたのだ。あと十ページほどのところに来ると、その中の一ページが、ノドの部分を少しばかり残し大半が破り取られていた。そこを破ったとき、慌てていたため、破り残しがあるのだ。ホレスはそこに来ると突然、全精神をその上に集中した。黙ったまま、長いあいだ細かく点検したのちに、不意に質問した。

「ハイドさん、あなたが昨日の朝、家を出たとき、この日記帳を一緒に持っていきましたか」

「この日記帳は、身体から離したことはありません。何かあったらすぐに記録するんです。昨日の朝家を出るときも、当然このポケットの中に入れ、持って出ました」

ホレスは聞き終わると、大笑いして言った。

「ミスタ・ハイド。シャロン君が、お前をこの事件の犯人だと告発した。ここに逮捕状がある。私と一緒に来るんだ」

ハイドはそれを聞くと、心から驚きうろたえて言った。

「彼には何の証拠があって、私がこの事件の犯人だと言うんですか」

ホレスは言った。

「先ほど私はもう詳しく調べた。この事件の事情は、お前と密接な関係があるんだ」

「証拠はどこにあるんです」

ホレスは、タバコの半分を出して言った。

「証拠はここにある。先ほど、私は建物の外で塀に沿って北に十歩ほど行ったところで、タバコの灰が少し塀の下に残っているのを見つけた。さらにその先に行くと、また灰がひどく散らばっているのが見えた。とても速く歩いたある人間の足の動きにあわせて、震動で落ちたものだ。私は、灰の跡を追って進んだ。曲がり角のところでこのタバコの半分を拾った。ブランドは、スタインアルバート（船印がついている）だ。お前が私にくれたタバコと同じブランドだ。お前は昨夜、人を殺したあと、形跡を隠そうとしたようだな。火災が起きるのを待って、外から帰ったように装った。そうして助けを求めて叫んだんだ」

言葉がまだ終わらないうちに、ハイドが怒りを爆発させて叫んだ。

「やめろ。何を言うんだ。ぬれぎぬだ。スタインアルバート印のタバコなど、ロンドン市内で売っているもので、たくさんの人が吸っている。私一人だけじゃない。こんな取るに足らないタバコの半分で、私の殺人罪を証明できるか」

ホレスは笑って言った。

「焦るな。私の話を聞け。この半分のタバコは、お前の殺人を証明するには不十分だ。しかし、お前は昨夜、建物の後ろへ行ったな。今、別の証拠を見せてやる。お前は何と言うかな」

そう言いながら、ポケットからシワになった紙を取り出し、広げてみせた。それは日記帳の引きちぎった残りの半ページだった。日記帳の紙とくらべて見ると、ちょうどぴたりと合わさるようだ。紙の色が同じであるばかりか、合わせるとひとつのページになる。明らかにこの半ページのシワになった紙は、日記帳から引きちぎられたものだ。さらにシワになった紙を見れば、その上に血痕がはっきりとついている。手形はぼやけているとはいえ、指紋はまだかすかに見分けることができる。さらに、引きちぎったその紙は、血痕を手でぬぐったことがわかる。

ホレスはハイドに言った。

「この紙は、私が建物の後ろで拾ったものだ。お前は、昨日の朝出かけるとき、日記帳をずっと持っていた、と自分で言った。それならば、この半ページの血痕は、どこから飛んできたと言うのだ」

十二

ハイドは、急いでそれを見て、ひどく驚き恐れおののいた。そのため胸の血が冷たくなった。ものが言いたいが、とっさには弁解することができず、結局、アウアウと言葉が出ないままだった。しばらくして、ようやく無理をして言った。

「この紙がどこから来たのか……私は本当に知らない……」

ホレスはにやりとして言った。

「ほう、お前は弁護士をやっていながら、他人のために罪を弁論できても、今は自分の弁護をすることができないのか。私の警察署には、とても優雅な一室があってな、掃除が終わって使われるのを長く待っているぞ。お前に早く入ってもらいたいもんだ」

そのとき、二人の巡査が部屋の外に立ち、首を伸ばして内部をのぞいていた。ホレスの一言をずっと待っているようだ。二人はすぐさまハイドを捕縛するつもりだ。ハイドは、顔色が青ざめ息はつまり、声がしわがれて、ただ叫ぶだけだった。

「神さま……。無実です……。ホームズさん、私は本当に知らないんです。あなたなら、私のためにはっきりさせてくれますよね」

ホームズはそれを見て、つらい気持ちになった。

「ホレスさん、この事件についてぼくももう調査しました。ハイドさんとは、本当に関係ないのです。別に犯人がいます。それも犯人は一人ではありません。ぼくは、あなたのために言っているのですが」

言い終わらないうちに、ホレスは腹を立てて言った。

「フン、ホームズ君、君は探偵が仕事で、弁護士ではないでしょう。それをなんでまた弁護するんですか。求められているのは、かわりに弁護することですか。このように確実な証拠があるのに、君は信じないのですか。ならば、君の言う別にいる犯人について、私が信じられるように話したらどうです。それよりも第二の犯人を捕まえて連れてきてください。それならハイドのかわりになる」

言い終わると、二人の巡査を呼んでハイドを捕縛し、昂然と意気盛んに出ていった。

ホームズは、こうまで言われとても憤り指で机を叩いて言った。

「ああ、ホレスはうぬぼれているな。ぼくは、真犯人を捕まえ水が引いたあとで石が現れるようにこの事件の真相を必ず明らかにするよ。ホレスの傲慢で道理に合わない気性をへし折ってやる。うなだれさせ服従させてやるのだ。そうでなければ、ぼくはもうロンドンの探偵の第一人者とは言わないよ」

そのとき、検死官と立会人は全員がすでに解散していて、シャロンも先に帰っていた。アージェンが、沈黙してしゃべらない書記生のヨークレイドと一緒にやってきて座ると、ホームズに聞いた。

「全員に話を聞きましたか」

「ぼくは、この事件のすべては了解していないとはいえ、おおよそのことはだいたい理解しました。ホレス君は、自分の智恵が一人だけ特別に優れていると考えている。だから、彼には話したくないのです。しかしぼくは事件の形跡をすでに調査して、いくつかを得ている。この犯人は、決して外部からの人間ではないね。必ず、いつもこの部屋に来ている人間だ。あるいは、内部の人間のやったことだ。内部の人間だからこそ、垣根を越えずドアから入ったんだ。ぼくは塀の周囲を点検したが塀を越えた形跡はなかった。だからドアから入ったとわかったんだよ。犯人は夫人を殺したあと、放火して形跡を消そうとした。その意思はとても明らかだ。その道理については、ぼくは前にワトスンに説明しておいた。犯人は確かに二人いる、実は一人が男でもう一人は女だ。この女は、背がとても低く、四フィートをうわまわらない。かつ、とても細い。頭髪は黒色、衣服はきわめてぜいたくだ。装飾品も上等に違いない。男の方は、身長は高く、目は近視で、度の強い眼鏡をかけている。また、タバコを吸うのを好み、あの日の夕方殺人を行ったあと、塀の左側に沿って回って建物の後ろに行った。林の東南から入って、斜めに抜けて西北に出て大通りに出てから逃走した。これらの手がかりがあるから、ぼくの捜査には十分だ。まったく手の着けようがないというわけではないよ」

アージェンたちは、その説明を聞くと、みないぶかるように驚いた。一言も話さず、とても信じることができないようだ。私も疑問に思ったから、質問して言った。

「ホームズ、君にはどんな証拠があるんだい。犯人の容貌や性格を確実に指摘するなんて。おまけにその様子をまるで絵に描いたようにありありと言うからね」

ホームズはニヤリとして言った。

「証拠はないよ。しかし、ぼくが作りごとをするとでも思っているのかい。きみが信じないのなら、これを試しに見てごらん」

十三

ホームズはそう言うと、ポケットの中から小さな紙包みを三個取り出した。ひとつひとつをテーブルの上に置いて、広げながら説明した。

「ぼくは、先ほど建物の外で周りを見回した。左端の塀の根本で、タバコの灰が続いているのを見つけた。灰の跡をたどって進むと、建物の後ろについた。するとホレスが先にいたのだね。彼は、このふたつばかりを拾い上げて、誇り高く満足して、それ以上調査しようとはしなかった。ぼくは、彼が去るのを待って、近くの林一帯に入った。力を入れて観察したよ。そうしてこれらのいろいろな証拠を得た。

最近天気が晴れていたから、地面はとても固くなっている。人の通った形跡はまったくなく、捜査の手がかりにできるものはない、と最初はぼくも考えた。だから、林の草地に近づいて見たのだが、少しばかり乱れた跡があるじゃないか。どうやら人が踏みつけたものらしい。群生するイバラなどの野生植物を取り除く苦労を厭わず入り込んだ。まるでぼくが求めて得ることができた研究観察をする場所であるように思えたんだ。草の茂った窪地に来ると、ぼくの網膜に直接映ったものを発見した。とても奇異に見えた。その中には牛の糞がひとかたまり残っていてね。牛の糞の上に、ごく歩幅の狭く小さく精緻な革靴の跡が刻まれていた。たった一ヵ所だけ、上等な婦人靴だ。そこは茂った草むらの荒れた僻地で、そこに上等な婦人靴だよ。偶然散歩に来たのか。ありえない。平坦なところを通らずこの草深い場所に入り込んだはずがない。うろついているんだ。もしも牛羊を放牧している人間なら、そこらを行き来しているだろう。若者がみなとても愚かだとしても、こんなに狭く小さく精緻な靴跡をつける可能性はまったくない。ならば、この足跡はどこから来たものか。かの婦人は、犯罪を行ったあとに、心が急いていた。また暗闇の中にあって道を選ぶわけにはいかなかった。深草の場所に誤って入ってしまい、ここを踏みつけたに違いない。そこで、ぼくは茂った草が倒れて乱れたあとをつけていくと、うねうねと続いて林のはしにたどりついた。林に入って数十歩のところで、一本の低い木の枝が折れて前方にあるのが見えた。ちょうどぼくの行こうとしている道だ。この木の枝分かれしている所に、もうひとつ人体に関連する物を発見したんだ。この靴跡と符合して証明するに足るものだね」

ここまで言うと、紙包みの中の物を、私たちに示した。見れば婦人の数本の髪の毛である。長さは、約一フィートくらいか。黒色だ。ふたつめはガラスの破片で、キビほどの大きさだ。そして最後にまだ焼けつくしていない灰が少ないタバコだ。

ホームズは言った。

「この数本の髪の毛は、ぼくが木の枝のあいだに見つけたものだ。この木の枝の高さは、わずかに四フィートだ。この婦人の頭髪でてっぺんだから、そのごく歩幅の狭い靴跡を証明することにもなる。だから、彼女の身長は低く、細く痩せていることがわかる。あの夜は、月はとても暗かった。彼女は慌てていて、遠回りして避けられず、それで髪の毛が木の枝にからみついたんだ」

十四

私はただちに質問した。

「それじゃ、服装が華奢となぜわかったんだ」

「髪の毛についているある種の、とても高級な香水の香りをかいでみてくれ。この香水は、市中で購入すればとても高いものだ。靴跡が精緻なことを観察すれば、彼女の服装が豪奢だということがわかるよ。

ぼくは、さらにその近くも見回した。すると、左側の草地がひどく乱れて踏み荒らされているのがわかった。男の足跡のようだ。歩幅はとても広いので、身長が高いとわかった。しかも、比較的高い位置の木の枝に、その男が触ったようだ。枝と葉のあいだが損傷している。その下にはちょうど石がある。ぼくは、石のそばで砕けたガラスの小片を拾った。それと並んでタバコの灰だ。

ぼくは、そこで次のように推測した。その男は、きっとかの婦人の仲間だ。ざっと考えると、婦人の髪の毛が枝にからまっているのは、急いで走ったのでからんで抜けたからだ。思いがけず空は真っ暗だった。男は近視で、誤って比較的高い木の枝に触れた。強くぶつかったので、枝と葉のあいだが狭く損傷した。だから、その顔にはきっとかすかな傷を受けているはずだ。そのために鼻にかけた近視眼鏡が石の上に落ちてしまい、角が割れた。しかも口にくわえてまだ吸いきっていないタバコも落ちた。この壊れたガラス片が度の強い近視眼鏡で、壊れて落下したことは調査ずみだ。また、このタバコはアメリカから購入したものだ。とてもよい香りで、ロンドン市内で売っているものの多くは、これにはおよばないね。そこから、その男はアメリカ人ではなく、かつてアメリカに行っていて、それから帰ってきたものだと考えた。

この事件は、入りくんでいて奇怪だ。見逃せない点がとても多い。ぼくは、全部はまだ了解していないけれど、調べてつき合わせれば、だいたい以上のようなところだ。ここから探求を進めれば、遠くはないはずだよ」

アージェンはそれを聞いて、思わず喜びの表情をした。

「ホームズさん、あなたは調査をしてこの事件を明らかにできるのですね。ハイド君とは無関係だと。とてもうれしく安心しました。あなたがこの事件に力をつくされ、水が引いて石が現れるように早く真相を明らかにされることを望みます。私の友人が死地を脱すれば、感謝にたえません」

ホームズは言った。

「わかりました。ぼくは、見ることだけが唯一の力ですから」

そう言うと、私を見て言った。

「ワトスン、行こう」

アージェンは、再三言葉を繰り返すと、握手して別れた。

私たちは出かけた。ホームズは歩きながら私に言った。

「ワトスン、今度の事件の内容は、おおよそはこんなところだ。きみ、自分の考えをちょっと述べることができるだろう。ぼくが及ばないところを助けてくれるんじゃないかな」

「ちょうど考えていたところだ」

「何を考えていたのかね」

「あの下男のハーディのことさ。君たちが死体安置室から出てきて、私は後ろにいた。ちょうどアデンが私のそばに立っていたから、ハーディの人となりを少し聞いてみたんだ。それと彼が辞めた原因もね。彼女が言うには、ハーディが辞めたのは、実は先週の水曜日だった。その辞める前の夕方に、夫人がハーディを細かいことで激しく責めたそうだ。表情、声ともにとても厳しかった。彼は大いに恨み、腹の虫がおさまらないようで、辞めようと考えた。その夜は、ハイドが帰ってくるのがとても遅く、しかもひどく酔っていた。だからそのことは隠して言わなかった。翌朝、口実を設けてハイドの元を辞した。ハーディは、隣村のミドルサンクスというところにいる。ここからはとても近いよ。今は別の仕事をしていて、居酒屋の亭主だそうだ」

十五

こう考え出すと、興味が急に湧き馬車を呼び止めようとした。だが、ふと考えが変わった。もしも道理に従うならば、この老僕ハーディが、実は私の考える疑惑の犯人ではないのか。しかも、実際の証拠から言えば、金を引き出したあの白髪の老人と少年は、すでに発見されている犯人なのだ。発見されている犯人と疑惑の犯人をくらべてみよう。それははたして同一人物なのか、それとも別人か。それはまだわからない。ならば、まず実際の証拠から調査、探索を進めなければならない。証拠が明らかになったのちに、道理にもとづいてそれを参考にする。そうすれば、所見は確かなものになり、進むべき方向もまた確実になるのだ。

私は、アデンがハーディの容貌について説明するのを聞いた。それによると、彼は背が高く年齢は五十歳くらい。顔は小さく、ヒゲを生やして鬢《びん》までつながっている。髪の毛は白髪まじりだ。それなら、白髪の老人とは、ハーディその人ではないか。彼はずる賢いから、本当の顔をさらすとは限らない。しかし、だいたいの容貌は調べることができるだろう。両方を調べれば、私の研究資料にすることもむつかしくはない。ただ、少年が誰なのかがわからない。

また、彼ら二人が、金を引き出して銀行の玄関をあとにしてからのことを考えた。歩いていったのか。あるいは馬車に乗ったのか。どの道を行って逃走したのか。当時、目撃者はいなかったのか。もし二人が馬車で行ったのであれば、そのときは、やっと夜が明けたところだったから、通りを行く馬車は少なかったに違いない。遠方から来た馬車は、ここに止めておくことはできない。止めておくことができるのは、近くの馬車だけだ。近くの馬車を一台一台調査することは、むつかしくはない。その馬車がわかれば、犯人がずる賢いとはいえ、私はおおよそのところをつかみ、捜査に着手する手がかりを得るだろう。計画が決まった。

すぐさま馬車の御者に命じてウィーヴァー銀行に向かわせた。車賃を支払い、訪問するために名刺を差し出し入っていった。

応接室に入ると、行員らしいのが出迎えて私に言った。

「頭取のフラーにお会いしたいということですか。ちょうど用事がありまして、しばらくお待ちください。すぐにまいりますから」

行員は言い終わると忙しく行ってしまった。しばらくして、背丈の高い年長者が堂々と入ってきた。名士の服装で、くぼんだ目に鼻が高い。両頰は赤くヒゲはわずかに白い。富豪の上流人士であるとわかる。表情はとても柔和だ。前に来て私と顔をあわせると、椅子に座った。

私は質問した。

「ミスタ・フラーさんですか」

「そうです」

「唐突で大変失礼ですが、あなたに、ひとつ質問させてください。私に二十分いただけますか。少しお話しできればいいのです」

「よろしいですとも。何についてのご質問でしょうか。お聞かせください」

「すでにご存じだとは思いますが、私はミスタ・ハイドの代理です。おたずねしたいのは、ハイドさんが預けていた金のことです」

十六

フラーは言った。

「ああ、ハイドさんのことですか。彼が預金していた三千ポンドは、すでに全額を引き出されましたよ。今朝、突然白髪の老人が、十六、七歳の少年を連れてこられました。手には革カバンを持ち、ハイドさんの小切手帳を出して、自分の名前はスウェードで、ハイドさんの友人だとおっしゃいました。さらには、ハイドさんについてとても詳しく話されたのです。なんでも、ハイドさんは昨夜、不注意で不幸なことに遭遇してしまい、今、お金が必要でとても急いでいる。ハイドさんは善後策をこうじて処理しているため、ここに来ることができない。そこでかわりに引き出しにきた、ということでした。

私は、小切手帳を調べてみましたが、間違いありませんでした。また、その話は確かなものでしたから支払いました。そのあと、朝刊を読みましたら、はたしてハイドさんが火災にあったことが掲載されていて、あの老人が述べたことと一致しています。それで誤りではなかったと考えたのです。

ところが、今日の午後、ハイドさんからの電報を受け取りました。彼は昨夜火災に遭ったとき、小切手帳もなくしたので支払わないようにとのご命令です。しかし、もう間に合いません。私が理解できないのは、彼が小切手帳を失ったのが昨夜だったのに、支払いを止めるようにとの電報が、今日の午後にようやく打たれたということです。どうしてそんなに遅くなったのでしょうか。私は、支払いを止めるよう電報を受け取っていませんし、小切手帳で支払いをするのは、私ども銀行が行わなければならない仕事です。ですから私には責任はありません」

「あなたをとがめようとしているわけではありません。ハイドさんも、あまりに遅すぎたと自覚しています。今それを論じるのはやめましょう。

私がお聞きしたいのは、金を引き出した老人と少年の容貌なのです。あなたは会いましたよね。できるだけ詳しく私にお話しくださいませんか」

フラーは言った。

「できますとも。彼らが来たのはとても早かったです。しかし、そのとき、私はすでに起きていました。私は自分の目で見ました。その老人は、黒い山高帽子を眉までかぶり、衣服は灰色、ラシャの外套です。背をかがめ腰を曲げて歩いていました。しかし、身体をまっすぐにしたら、とても立派で背は高いに違いありません。顔は長く、鼻に眼鏡をかけていました。ですが、眼光は時に眼鏡の外にあふれ出て、とても鋭いものでした。濃いヒゲは頬をおおい、鬢までのびていました。すべて灰色です。耳は遠く、声は時に小さく言葉を聞くことができませんでした。少年は、身体は華奢で小さく、容貌は優れて美しかったです。老人の子供かもしれません。老人が歩くときは、少年が支えていました。片手で老人にかわって革カバンを持ち、始終無言でした。すべては老人が、私と受け答えしたのです」

「その革カバンは何色ですか。どんな形です。おぼえていませんか」

「革の色は濃い黄色です。形はとても精緻で、長さは約九インチから十インチのあいだ。上につけられた留め金の銅を包んだものは、細工がとても細かく、光り輝いて目がくらみそうでした。すっきりと明るくて銀のようにも見えました」

そこまで言うと、ふとつけ加えた。

「お聞きにならないので、忘れそうになりましたよ。その革カバンの上には、とても目立つ印がついていました。ロンドン市内だったら、あのような革カバンを持っている人は多くいて、さっと見ても特に区別がつきません。しかし、あの目印があるからには、いつどこでも、目に入った瞬間に私は確実に指摘することができます。まったく絶妙な証拠品なのです」

十七

私は、犯人がそこまでわかりやすい携帯物を持っている、と突然聞かされた。携帯物には明らかな目印がついていて、その人物はカバンに目印をつけて市内をうろついているのだ。それでは、そばで目撃した人は、それを追及しないはずがない。目印によってその物を求める。その物は、すなわちその人間を求めることにつながる。事件解決に導く綱が私の手中にある。私の知力を使い尽くし追及すれば、この異様な事件をすぐ解決するのもむつかしくはなさそうだ。

そう考えると、私の心はウキウキとはずんだ。もう抑えることができずに、急いで質問した。

「その目印とはなんですか」

フラーは言った。

「その革カバンの口の開け閉めする留め金の下から半インチあまりの所に、火の焦げ跡がひとつあります。跡はまだ新しく、大きさはおおよそ指の半分くらい。焦げ模様は、まるで最近焼かれたようです。その焦げ跡がどうしてできたか想像するに、その人間が革カバンを持った手で、同時に燃え残りの葉巻も持っていて残り火が消えておらず、誤ってその革を焦がした。そうして焦げ跡が残ったということでしょう。

ワトスンさん、あの跡は小さなものですが、じつに珍しい目印ではありませんか。もしそれを指摘できれば、この上ない証拠品になるのではありませんか」

私はそこまで聞いて、思わず手を叩いて喜んで言った。

「すばらしい。すごいですよ。あなたの判断能力は、本当に探偵も顔負けです。調べたいことがもうひとつあります。老人と少年が銀行を出たあと、歩いていきましたか、それとも馬車に乗りましたか。どちらの方向に行ったのですか。あなたはご覧になりませんでしたか」

「それはわかりません」

「では、あなたの銀行に見た人はいないでしょうか」

フラーは、しばらく考えたのちに言った。

「もしかしたらいるかもしれません。ちょっと聞いてみることにしましょう」

ベルを鳴らして使用人を呼びよせ、クエイクに来るように、と伝えさせた。使用人が出ていくと、私に説明した。

「今朝、あの老人と少年が帰ったあと、すぐにコックのクエイクが買い物に出かけました。わずかに数秒前後したといったところです。もしかした彼が見ているかもしれません」

そう言うと、大きい黒人が外から入ってきた。フラーは声をかけた。

「クエイク、来なさい。お前に聞きたいことがある。お前は必ず話すんだぞ」

クエイクは言った。

「なんでしょう」

「おぼえているか。今朝、お前が出かけるとき、身体をかがめた老人が少年を連れていったのを見なかったか」

クエイクはちょっと思案していたが、すぐに答えた。

「連れられていた少年は、手に革カバンを持っていませんでしたか」

「そうだよ」

「見ました。彼らは、おれと前後して出ていきました」

私はそれを聞いて言った。

「ますますうれしいね」慌てて椅子から立ち上がって質問した。

「そうして、彼らはどの道を行ったのですか」

「彼らは東へ行きました。おれも東へ向かっていたので、同じ道を行ったのです。ただ、彼らのちょっと後ろでしたがね」

「歩いてですか」

「いいえ。彼らは、急いでその通りの角まで来ると、馬車を雇って行ってしまいました」

「その馬車の番号をおぼえていませんか」

「そいつは気がつかなかったな。おぼえていないんで。ですが、そのときはまだとても朝早かった。その通りの角に停めているのはたったの二台きりでした。二人を乗せた馬車は行ってしまって、おれより十ヤードほど離れていたか、はっきりとは見えなくなりました。残った一台のことをおれは知っていましてね。御者はメイリンというんです。この通りの某馬車屋でね。あの馬車が何番だったか、その馬車屋のものかどうか、あのメイリンならきっとよく知ってまさあ。行ってちょっと聞いてみたらどうです」

十八

私は、そこまででもう十分だと思った。犯人の容貌、同伴者、および携帯していた物、乗った馬車など、ひとつひとつがまるで絵のように確実にわかってきている。その動きに嘘はない。私は、私の友人に従って事件を捜査してきたが、いままで今日のように少し探っただけで、順調に成果を得たことは一度もなかった。すばらしい。私の心は、思わず満ちあふれ満足した。

「教えてくれてとても感謝します」

フラーにもお礼を言って、喜んで別れた。

私は銀行を出ると、急いで東に向かった。クエイクが述べた馬車屋につくと、事務員に向かって来意を告げた。御者のメイリンはどこにいるのかと聞くと、私が探偵であることを知っていて、おろそかにはせずすぐにメイリンに来るように言った。

私は質問した。

「君は、今朝この通りの角のところで、馬車を停めていた。そうだな」

「そうだよ」

「君と同時にそこにもう一台いて、その馬車に老人と少年が乗っていった。そうだな」

「そうだよ」

「では、その馬車は何番なんだ。どこの馬車か。知ってるだろう。教えてくれ」

「おれのところの馬車だよ。番号は一〇六番だ。御者はおれの弟だ。だが、今よそへ行っている。まだ帰ってこんだろうよ」

私は、それを聞いてとても失望し黙考した。犯人の凶悪狡猾なこと、人を殺し部屋に火を放ったこと、金をだまし取ったこと。それほどの悪事をやってのけた。その大胆で智恵の回ることは、まさに偉大な能力があってしかも大胆だ。急いで捕まえなければ、はるか遠く高く飛び去ってしまう。どこから攻めていくか。その御者でなければ、本当の証拠がどこにあるのかわからないのだ。しかも、その御者が帰ってくるのが、早いのか遅いのか、予想できずどうしようもなかった。犯人は高飛びするのではないか。

私が待たされるのも、天が犯人を助けているのではないか。だからこの波乱を作り出し、さらに犯人に逃走する機会を与えているのではないか。長いことためらっていた。やるべきことがないのだ。

ようやく門のところに馬車がガラガラと到着した。メイリンが後ろから叫ぶのが聞こえた。

「帰ってきた、帰ってきた」

馬車のへりに腰かけた人間を指さして、私に言った。

「これがおれの弟だ。話があるなら聞いてもいいぜ」

彼はもう馬車から飛び降りていた。私はとてもうれしかった。そのまま彼を部屋の中に引っぱり込んで、五ポンド紙幣を出して言った。

「今朝、老人が少年を一人連れて君の馬車に乗った。私は、彼のすべてを知りたいんだ。どこに行ったか。君ならすべて答えることができるだろう。この金は報酬だよ」

彼はそれを見て大いに愉快そうだった。ニヤリとして言った。

「おれはとてもついてるな。一日に二回目の賞金を手に入れるんだからよ。今朝、確かに老人と少年がおれの馬車に乗ってこう叫びやがった。『早く、早くしろ。もし二十五分以内にミドルサンクス村についたら、五ポンドをほうびとしてやるぞ』。おれはそれを聞いてやる気になってさ、おれのいい馬を駆って、風雷だって負けるほどだった。着いたとき時計を見たら、まだ二十分だったね。二人は下車して、おれは賞金を手にして帰ってきたというわけさ」

十九

私は急いでたずねた。

「彼らはミドルサンクス村で下車したんだね」

「そうだよ」

「彼らの家はどこだ。表札は何番だったかおぼえているだろう。教えてくれ」

御者は首を振って言った。

「いや、いや。おれは家には行かなかった」

「それなら、彼らはどこで下車したのか」

「村のはしだよ。大きな森林があってな、二人はそこで停車するように言った。金を払うと、そのまますぐに林に入っていったよ」

「彼らが林に入ったあと、どこに向かっていったか、君は見なかったのか」

「そいつは気がつかなんだ。彼らが行ったあとは、おれはすぐ馬車を走らせて帰ってきたからな」

「とても朝早い時間だったね。だったらその林の近くの田野に、村の農耕者はいなかったか」

「ほとんどいなかったね。いたとしても、おぼえちゃいないよ」

私はここまで質問すると困ってしまった。御者はその家には行っていない。しかも彼らが下車したあと、向かったところを見ていない。ならば、犯人がはたしてその村に住んでいるのかどうか必ずしも確かではない。どこから形跡をたどればいいのか。思い出したのは、ハーディが住んでいるのがミドルサンクス村ということだ。御者が見た犯人は、その村で下車した。このことは、私の予測と同じくらいの価値があり、ちょうど符合するのではないか。私は、今、どうあってもミドルサンクス村にすぐ行かなくてはならない。ハーディの住む近所を訪問すれば、あるいは得るものがあるかもしれない。

じっと考え込んでいるところに、御者が突然言った。

「質問は終わりかね。おれの答えは五ポンドの価値があるんじゃないか。ウン、あんた、まずおれによこせよ」

私はそれを聞いて、ようやく私が五ポンド紙幣をまだ手に持っていることを思い出した。彼にやるのを忘れていたのだ。ニヤリと笑ってそれを手渡して言った。

「君がもし二十五分以内に、私をミドルサンクス村のその老人が停車した場所に届けてくれたら、もう一度五ポンド出すぞ」

御者はその言葉を聞くと、ますます大喜びで小躍りし、馬車の御者台にすばやく腰をおろして鞭を持って待った。馬車に乗ると、車輪をならしてすぐに出発した。風が吹くように、潮が寄せるように、身体が五里霧中に落ち込んだのではないのか、迷宮の中にまぎれたかと疑ったほどだ。街路の両側の家屋が高く低く、青緑の瓦に赤い塀が耳の後方に飛んでいった。一瞬ののちに賑やかな市街はなくなり、田野の中を行くと、ほどなく馬車はぴたりと止まった。御者が大声で叫ぶ。

「ついたぞ」

首をもたげて周りを見た。夕陽がこずえにかかり止まったままで、まだ沈んでいない時刻だった。

私は、下車すると林の中に入っていった。うろついて疑わしいと思ったところで、村の農民が鋤をかついで帰ってくるのに出会った。一人二人、あるいは三、四人で笑い話しながら通りすぎていく。そこで聞いてみたが、誰もその二人のことを知らなかった。空はようやく暗くなり、林のむこうに向かって歩いていった。林を出て数十歩行くと大通りに出た。たぶん村に入る要路なのだろう。道のかたわらに低い家屋があり、老婆が一人ドアに寄りかかって座っていた。糸を紡いでおり、そばに十五、六歳の村娘がいて老婆の向かいに座って、とてもうれしそうに大声で糸紡ぎ歌を歌っていた。

二十

私は、娘が歌い終わるのを待って、進み出て老婆に挨拶した。まず老婆に情況のすべてを話した。老婆はそれを聞くと、しばらくは何も言わなかった。老婆が答えないでいると、村娘がそばから急に口出しして言った。

「おばあちゃん、おら今朝見たよ。手には革カバンを持って……」

言い終わらないうちに、老婆がしかりつけた。

「コレッ、おめえは黙ってろ。お客さんがたずねているのは違う人だ」

私は慌てて言った。

「あっ、おばあさん、彼女をしからないで。彼女は見たと言っているんだ。しゃべらせてやって」

老婆は言った。

「それならおらも見た。今日の朝、一人の身体のでかい老人が、手に革カバンを持っていた。あんたの言うのとほとんど同じじゃ。大通りの辻で、周りを見回して同伴者を探しているようじゃったが。だがの、ヒゲと髪の毛はまだまっ白ではないし、腰も曲がってはおりゃせん。連れているという少年も見んかった。あんたがたずねている人とは、まったく似ておらんぞ」

私は慌てて質問した。

「では、その老人はどんな容貌でしたか。どの道を通っていきましたか。おばあさん、教えてください」

老婆は、いくらか煩わしい様子を見せて言った。

「似ていないと言うのは、似ていないからじゃ。何度も聞くなや」

「そうはいっても、おばあさん、どうか教えてください。私は感謝しますから」

「顔は小さくて長く、目つきは狂暴さがさらけでておった。ヒゲは鬢までつながって白髪まじりじゃった。この道を南に行ったな。村の中に向かっていった。住んでいるところまでは、わしは知らん。それで全部じゃ。あっちへいけ。用事があって、無駄話はできんのじゃ」

私は、礼を言ってそこを離れた。心の中では、ほくそ笑んでとても得意だった。この事件はハーディの仕業であることを早くもつかんだからだ。先ほど老婆が述べた人物の体つきと容貌は、ハーディとひとつひとつがぴたりと符合しているではないか。ハーディの肖像を描いているのでなくてなんだというのだろう。おまけに同じ形の革カバンを持っていて、辻で慌てたように周りを見回していた。たぶん連れていた少年を探していたに違いない。その少年はおそらく、はぐれて先に帰ったんだろう。体つきとヒゲ、髪の毛に関しては銀行のフラーが述べたのとは少し異なる。しかし、私がずっと考えているように、彼は容貌を変えて銀行員の目を欺いたのだ。ことが終わり金を入手してから、森林にとってかえし、本来の容貌に戻しただけだ。どう考えても、ハーディが犯人であるように思う。ここまで来ると明らかではないか。ハーディを疑う心はますます深く、決定的なものになった。飛ぶように歩いて大通りをまっすぐ村に向かっていった。

竹の垣根が周りを囲み、土の小さな家には古いつるが少しからみ、まがきの上下には花が咲いている。美しく俗ではなく、風趣に富んでいてほのかな芳香がかおってくる。ここはどこかといえば、ミドルサンクス村の南端、老僕ハーディの住居なのだった。

二十一

空はすでに暗く、あちこちの薄暗い街灯が、私が行ったり来たりする足跡を照らしていた。ハーディの家の外をうろうろして約一時間がたった。しかし、ふたつのドアはきっちりと閉まったままだ。無人のようである。疑わしい。家の後ろへ回ると、窓を通してひっそりとランプの光がもれていて、しかも時々人影が見えた。そのときは、街には往来する人がまだ多かったのでのぞき見するわけにもいかなかった。腹もどうやらへってきた。辻に食堂があったのでそこで何かを食べることにした。少し休みたくもあった。おまけに食堂は、遠くからこの家に向かい合っている。ハーディの挙動は、もしかすると店の人が知っているかもしれない。なんとか探り出せば何か得ることがあるだろう。

ゆっくりと店の中に入ると、静かな席を選んで座った。ボーイに命じてビールを一瓶まず持ってこさせた。そのあとで食事だ。一人でコップにそそぎ、ほっと一息ついた。時間がたつと客はみな次々と出ていって、ようやく少なくなった。私は酒を追加するふりをしてボーイを呼んで聞いた。

「この店の前にある、まがきのあいだにランプの光がもれている低い家は、ハーディさんが住んでいるんだよね」

「そうです。お客さんはハーディを知っているんですか」

「以前から知っていてね。しばらく会っていないから、ひとつ訪れてみようかと」

「最近大忙しですよ。訪問するんでしたら、たぶん今はまだ帰っていないんじゃないかな」

「どうしてこんな時間まで帰ってこないんだね」

「そいつは知りませんがね。ハーディは、ハイドさんの女主人と折り合いが悪くて、先週辞めて帰ってきたんですよ。そこで蓄えを使って、この村の東街道に居酒屋を新しく作った。それでとても忙しいんでさあ」

「彼は、もう居酒屋を開いているのかい」

「いいや。まだ営業はしていないな。彼はもともと蓄えが多いわけではなかったし、ここの通りの家賃はとても高いんでね。毎年の家賃は四分の一を前払いなんですよ。それに設備、什器と商品の仕入れにかかるんだとか。ハーディの金はもう底をついていて、それでも二百ポンド足りないそうで、それで近ごろは忙しく走り回って、あっちこっちで借金を申し込んでいるよ。昨日なんか、夕方になっても帰ってこないで、今朝ようやく帰ってきたくらいですぜ」

私はここまで聞いて、にわかにこの事件が昨夜十二時以降に起きたことを思い出した。ハーディは、ちょうど昨夜出ていき今朝ようやく帰ってきた。それを考えると、その事情がますます明らかだ。しばらくはただうれしくてたまらず、狂ったような喜びを抑えることができなかった。椅子から慌てて立ち上がると、続いて質問した。

「彼は昨夜どこへ行ったんだ。今朝帰ったのはだいたい何時頃だろうか。何か物を持っていなかったかね」

ボーイは、私がとてもいぶかしげな顔をするのを見て言った。

「あんたは探偵でもないのに、なんでそんなに急いで根ほり葉ほり質問するんだ。ずうずうしいじゃないか」

私はそれを聞いて、夢中になりすぎているのにすぐ気づいた。一時の激情がボーイの疑念を引き起こしたことを深く後悔した。かといってそのまま話すわけにはいかない。気分をしずめて座ると、落ち着いて話した。

「いや、私はもともとハーディのことを知っているからね、ちょっと聞いたまでだよ。誤解があるかもしれない。ハーディの蓄えはとても多かったのを知っているんだ。君が言うように、走り回って借金を申し込むはずがないんだよ」

二十二

ボーイは、むっとして弁解した。

「へ、おれが嘘つきだと言ってるんかい。ハーディは、昨日まずここに来た。うちの店主に借金を申し入れた。店主は断ったんだよ。そしたら近所のケイウッド村へ行った。友人に借金を頼みにね。ハーディが行くときに自分で言ったんだよ。どうして誤解なもんか」

「なんで夕方に帰ってこなかったんだろう」

「ここからケイウッド村までは荒れはてた僻地なんだ。ハーディが出かけたときには、空がもう暗くなりかけていた。帰るのはきっと遅くなるはずだ。じゃなきゃ、彼は借金をしてたくさん金を持ってた。途中は不便だから、今朝早くに帰ってきたんじゃないか」

「本当にそうだね。しかし、彼は借金をして大金を手にしたのだろうか」

「そいつはおれにもわからないよ。今朝帰ってきたとき、急いで門の外を通っていった。おれとは一言も話さなかった。でもおれはハーディがにこにこしてうれしそうだったのを見たんだ。とても満足気だった。手にはとてもよくできた革のカバンを持っていたな。あのカバンは、前から持っているものじゃない。おれが思うに、借金を申し込んで金を手に入れたから、友達の革カバンを借りて持って帰ったんじゃないかな」

私は気にしていない風に、あっさりと質問した。

「その革カバンは、どんなものだった。なぜ彼の持ち物ではないと知っているんだね」

ボーイは、そのときもとても興味を持った様子で、話すのが楽しいらしくしゃべった。

「彼が出かけたとき、おれは見ていたんだ。手ぶらで出かけたよ。それまでは何も持っていなかった。おまけにその革カバンは小さくていいものだった。長さは約九インチくらい、色は濃い黄色で、しかも新しいんだ。ハーディが使っている革カバンは、大きくて口の開いた黒色だ。おれは前から知っているんだよ」

ボーイが言い終わったので、私がゆっくり応じた。

「おお、とても確かな話だ。君は本当に注意深い人だね。酒がちょうどなくなったので追加してくれたまえ。それと食事を用意してくれ」

ボーイは、承知して行った。

ボーイが行ってしまうと、私は酒をついだ。非常に愉快な気持ちだった。ボーイの言ったことは、この事件の明らかな裏付け証拠になる。

ハーディは小切手帳を代書したという罪状があるばかりでなく、昨夜暗くなってから出かけ、夜が明けてから帰ってきた。あの事件が起きたのも、ちょうど夜中から明け方のあいだであった。時間から見ればぴったりである。一つ目の証拠である。

ハーディは自分で近くのケイウッド村へ行くと言っていた。ここからケイウッド村まで行かざるを得ず、昨夜訪問したに違いない。二つ目の証拠である。

出ていくときは手ぶらで、帰ったときにはあの革カバンを持っていた。革カバンは彼のものではなかった。三つ目の証拠である。

その革カバンの大きさ、形は、彼が自分で持っていたものとは異なる。しかし、フラーが述べたのと詳細が一致する。四つ目の証拠である。

そして、彼はとても金を必要としていて、借金の申し込みに行ったが、女主人から拒否されたのを怒ったか、前から恨んでいたのを思い出したか、ついに殺してしまった。殺してその部屋に放火した。そうして財産を盗んだ。しかし、それでも不足したため、小切手帳で預金を引き出した。これもまた情勢に迫られたことだった。道理から推し量ってみれば、考えすぎということはあるまい。

二十三

このようにいくつかの確証を得ることができたし、またいくつかの考えも浮かんだ。それらを総合するとハーディがこの事件の犯人であるということに決して疑問の余地はない。そう考え、驚きまた喜んだ。

驚いたのは、本当に驚いたからだ。ハーディがはたして犯人であるならば、給料をもらいながら反対に主人を噛み殺したことになる。その罪は大悪の極みで、決して逃れることはできない。

また喜んだのは、私の予測が見てきたように的中したからだ。

そもそも、私は探偵事件に関わっているが、初めは役に立つ助手でしかなく、命令に従うだけだった。今まで独自に調査して解決した事件は一つもない。いつも自分の知能が鈍いのを恨むばかりで、私の友人である神に服従していた。今日の事件は、私が予想してついに紆余曲折をへて、これだけ多くの確証をつかんだのである。事件の内容はこれでほとんど明らかになった。また犯人もわかった。意外なことでもあり、今までなかったうれしさである。それを考えると、大喜びしないではいられない。あまりにうれしいのでさらに祝杯をあげ、思う存分飲んだ。さらに一瓶をあけた頃になると、客はみな帰ってしまって、私だけが残っていた。時計を出して見れば、すでに十時五分だった。立ち上がると支払いをすませて出た。

夜で薄雲が空をおおっている。星の光は不鮮明だった。街中が霧のためにぼんやりとして、人影はほとんどない。周りを見回すと、すべてが平静でひっそりしている。ロンドンでは、この時間なら盛り場はにぎわい、とても興が高まる頃だ。しかし、田舎ではすでに通りはうらさびしく、景色は悲しいほどに静かだ。半分は強制的に夢の中で生活している。

ハーディの家の外についた。周りは暗かった。西の一部屋だけ、ランプがついていた。人影がその中で行ったり来たりしている。ハーディはすでに帰っているようだ。部屋の後ろに回り、まがきをさっと飛び越えて入っていった。建物から数歩のところへ来ると、部屋の中から人の声が聞こえてきた。激しく言い争っているようだ。そのとき、私は建物の北側にいた。窓はちょうど西にある。窓の下からのぞこうと急いで方向を転じ、建物の角まで来ると、おかしなことがあった。突然現れて目に飛び込んできたものがあり、私はとても驚き恐れ、胸の血が冷たくなった。なんと、暗い霧の中から黒い影が突然出てきて直立したのだ。見れば人である。私はさっと建物のすみに入り込むと、かがんで待った。密かに見れば、私が会ったこともない人間だ。また私のあとをつけてきたのでもなさそうだ。しかし、心臓はドクドクと打って止まらずどうしようもなかった。しばらく時間がたったが、動きはない。首を伸ばして探ってみると、その人間は突然いなくなっていて影も形もなかった。しても疑わしく奇妙なことだ。あれは誰だったのだろうか。にわかにここに現れたことになる。ランプが照り返してくる影が、窓の外にのびだした。暗い夜の中にあって目が錯覚し、人だと勘違いしたのだろうか。いやいや、確かに人だった。明らかに私の前に立ったのだ。そうならば、ハーディ本人に違いない。いや、ドアが開いた音はしなかったし、聞いてもいない。あの人間は、たちまちのうちに見えなくなってしまった。決して室内にいた人間ではないのは明らかである。ならば、夜間に盗みをはたらく輩が、深夜ここにやってきて、壁に穴をあけるような手段を用いるほどの者なのに、私の存在に驚いて逃げてしまったのだろうか。それが近いかもしれない。いろいろ疑ってみたが、わからない。だが、気をつけて周りを観察すると、そいつは確かにいなくなってしまった。ほかに変わったことはなく終わった。心の中でようやく安心した。足を忍ばせて窓の前まで行くと首を伸ばして内部をうかがった。

二十四

室内には、男女二人がいた。男は年齢が五十歳くらい、ヒゲは白髪まじりで縮れて鬢の際までつながっている。身体は大きく、眼光は凶悪さを露わにして、ギラギラと恐ろしかった。穏やかな人間ではなさそうだ。アデンが述べていた姿形に似ていたので、ハーディに違いないとわかった。婦人は、年齢はハーディと同じくらい、容貌は優しく見え、ハーディの向かいに座っていた。二人とも耳まで赤くし顔も赤く、怒っている様子だ。言い合いがまだ終わっていないらしい。私が建物の角に近寄ったとき、彼らの言い争いは激しく、声はとても大きかった。その言葉をよく聞き取ることはできなかったが、ハイドという言葉がかすかに聞こえてきた。昨夜のことを話しているのではないかと疑っていたちょうどそのとき、あの黒い影で驚いたのだった。よく盗み聞きすることができないうちに、ハーディは外套に着替え、帽子にブラシをかけ、かぶって外出しそうだ。婦人は黙って座ったまま、もう話そうとはしない。私はとても悩み失望した。長いあいだ黙って待っていたが、その婦人はようやくハーディを見るとブツブツ言った。

「あんたのやることを、あたしは止めることができないのね。だけど、賛成しないわよ」

ハーディが、また怒った。

「おれが自分でやるんだ。おれを止めることはできんぞ」

婦人は嘆き恨んで言った。

「あんたがそうでも、もう自分だけのことではないのよ」言い続けたが、無限の失望の表情をしていた。

ハーディは言った。

「お前のような田舎女に何がわかるんだ。ゴチャゴチャ言うんじゃない。黙ってろ」

「きっと後悔する日が来る。あたしにはわかっているわ」

ハーディはますます怒って言った。

「おれがやると言ったらやるんだよ。後悔なぞしない」

「あたしはとても恐ろしい……」

言い終わらないうちにハーディは、すぐさまひどくどなって言った。

「黙れ。はやくお前の口をとじろ。亭主の仕事にかかわろうとするんじゃない。お前が今言ったことは、おれがいちばん聞きたくないことなんだ」

そう言いながらハーディは怒りの目つきで見つめた。凶暴で恐ろしい顔つきだ。婦人も身震いすると恐怖の表情が浮かび、ついには話さなくなった。私はそこまで聞いて、ハーディの話しているのは昨夜のことに違いないとはっきりわかった。妻に知られてしまい、その妻もいいとは言わないのだ。それが原因で反目している。ハーディの凶悪な様子を考えれば、妻に対しても乱暴なようだ。ましてや他人であってはどうしようもない。

その瞬間だった。ふと見るとハーディが身をかがめて木箱を開け、突然何かを取り出した。テーブルの上に置かれたものに、私の視線は釘付けになった。狂おしいほどの喜びを感じるあまり、頭脳は乱れ、何を言っていいのかわからない。ああ、それは何か!! それは何か!!!

それこそは、フラーが目撃した濃い黄色の革カバンだったのだ。その形、大きさ、すべてフラーが述べたものと同じである。しかも、私の目に直接飛び込んできたものは、焦げ跡の目印だ。はっきりとまだついていた。

二十五

そのとき、私はとても残念だった。一気に飛び込んでいってただちに彼を捕らえ、警察に渡して彼の罪を証明して、ハイドの冤罪を晴らす。私の心はやっと愉快になる。だが、それができない。この事件の重大さから、そのように軽率なことはできないと考え、ひたすら我慢し自分を抑えた。さらにのぞき込んで見れば、ハーディは革カバンを開けて現金で数百の紙幣をわしづかみにしてテーブルの上に置き、ランプの下で数を計算している。私はさらに目をこらし、そのサインを見ようとした。どこの銀行が出した書類だろう。しかし、ハーディは、私が立ったちょうどそのときに、十歩向こうへ行ってしまい、判別することができなかった。ふと、ハーディが袖を一払いし、書類の一枚が床に落ちたため彼は急いでランプを取り、うつむいて探した。私にちょうど近寄ってきたので、上から見ると、ウィーヴァー銀行の文字がはっきりと私の目に入ってきた。

そのとき、私の心の中に起きたのは、喜びか恐れか、驚きかわからなかった。いろいろな気持ちがたくさん出てきて、ひとつひとつがクルクルと回り上下して、自分で区別することができなかった。ただ心臓がドキドキと跳びはねているのを感じるだけだ。目を移すとハーディの妻は、ちらりと革カバンを見やり、顔には恨みの表情が現れた。そっぽを向いて見ようともしない。まるでそれが不正な蓄財で、一見する価値もないかのようだ。彼女はかすかなため息をつくと、身を翻して奥の部屋へ行った。私はそこまで見てから思わずうなずき、密かに言った。

「おお、賢い。あの婦人はあれほどの妻でありながら、あのような夫に嫁いだ。造物主の配置は、なんと不公平なんだろう。この事件が解決すれば、あの婦人の結末は悲しいことになるな」

考え終わらないうちに、ふと見ればハーディは紙幣を数え終えていた。また革カバンに入れ直すと、片手でそれを持ち、壁のところへ行くとそこに掛けてあった拳銃をポケットの中に隠した。そうして大声で叫んだ。

「ローリー、戸締まりをしておくんだぞ。おれは出かけてくる」

婦人は応えなかった。ハーディもそれ以上はものを言わず、顔をあげて外出していった。

ハーディが出かけたので、私は急いで竹垣を越え、その後ろに回り込み、こっそりあとをつけた。そのとき、近くの村の礼拝堂から大鐘が十一回鳴るのが聞こえた。通りの街灯は薄暗く、ひっそりとして人影はない。しばらくして村のはずれに出て田野の中に入っていった。こんな深夜に、ハーディはどこに行くつもりか。あんなに重い革カバンを持って、一人で荒野を行こうなんて大胆なことだ。昨夜の事件を思い出した。彼一人がやったのではなく、必ずや仲間がいるのは明らかだ。彼がこんな時間に革カバンを持っていくのは、おそらくは盗品を分け合うためだろう。だとすれば追跡して見失わないようにしなければならない。私のこの行動は、ハーディの罪を探ることができるばかりか、ハーディの行き先からハーディの仲間の所在も探ることができる。ならば一網打尽だ。フラーが言っていたあの少年も、そこにいるだろう。そう思い至り、急いでその後を追ったのである。見失うのが怖かったので彼から約十ヤードの距離を取った。ハーディはふと歩みを止めると、左右を見回した。どうやら尾行されているのにうすうす気づいたらしい。

二十六

私は、慌てて暗がりにうずくまり、そのまま動きを止めた。彼は、見回して何も見つけることができずにそのまま進んでいった。私はほくそ笑み、それ以上近寄って尾行しないことにした。彼が三十ヤード以上行くのを待って追尾しはじめた。

この広々とした場所は、遮るものがなく一望でき、こちらの姿をとても見られやすいのだった。市街地のようにどこにも身を隠すところがある、というわけにはいかない。移動するあいだ、しばらく近寄ったり、遠くから黒い影を見るようにしたり、ふぞろいにばらばらにして、同じように行動するのを避けた。そうして村のはずれの建物に到着することになった。密かに見はるかしていると、不注意でふとハーディの行方を見失ってしまった。周りを見回したが影も形もない。大いにがっかりして呆然としてしまった。これほどの思案をし、大変な手間をかけ、ようやく追跡してここまできた。今、彼を見失うと、あと一歩のところで完成しない。そうすれば今までの功績はすべて捨てることになる。そう自分で考えた。その悩みや無念はどれほどのものか。また、この道は一直線だとも気がついた。まっすぐ行けば着くのではないか。両側には枝道はほとんどなく、左は畑で一フィートばかり低いとはいえ、一面の平地でながめれば見える。右側は深さは約四、五フィートの溝だ。久しく晴れていたから水は涸れていたとはいえ、ひどくぬかるんでいて決してその中に身体を置くことはできない。ならば彼はどこへ行ってしまったのか。歩く速度を上げなければならない。そうとう遠く行ったのか、暗闇の中でハーディの姿を見ることができなかった。ハーディを見失うわけにはいかない。急いで追った。私はその道を全速力で走ることにした。

さらに数十ヤード行き、前を見たがやはり姿はない。道端に高く大きくそびえたち、屹立している大樹一株があるだけだ。大樹はひとかかえほどもあり、枝葉は濃くおおい隠して、まるで巨大な屋根だった。そこで歩みを止めてながめた。見えるものはなく再び進もうとしたちょうどそのとき、後ろでドンという音が突然聞こえた。重い物が大樹のてっぺんから落ちてきたのだ。おおいに驚き慌てて振り返ると、人が一人道端に直立していた。突然、後ろから私の首をつかんだのでたちまち動くことができなくなった。相手は右手を少しあげて、何かを持って私の顔を狙っている。輝いて私の目を射る。見れば拳銃だ。そいつは、指は引き金にあてたまま大声でどなった。

「盗人め。動くんじゃねえ。拳銃が見えねえか。どういうつもりだ、ずっとずっとおれをつけてきやがって。なんでだ。お前は誰だ」

私はその声を聞いて、そいつがハーディであることを初めて知った。彼は村を出たときから振り返っていたが、すでに私に気がついていて見ないふりをしていたにすぎない。こうなると、彼の凶悪狡猾なことを思い、私はますます恐ろしさを感じた。そのとき、私の心臓の血はにわかに収縮してしまい、口が開いて舌がもつれ、いっとき押し黙ったまま言葉が出てこなかった。

ハーディはどなった。

「はやく答えろ。さもないと、拳銃でお前の脳に穴をあけるぞ」

言いながら、ハーディは手をあげると、拳銃を振って私の脳を狙った。一インチも離れることができない。まさに拳銃の引き金がわずかに動こうとしている。頭は瞬時にして破壊される。その危険な情況が極限に達した。

二十七

私は、こうなって自分が悲惨な場所に出くわしたことを理解した。目を閉じ歯をかみしめ、耐えてその拳銃からの一発を待つよりしかたがない。

しばらくしたが動きがない。ハーディの手がゆっくりと動くのをふと感じた。目を開いて盗み見た。すると彼は首を回してかたわらを見ている。慌てふためいた表情だった。密かにいぶかしみ、彼の視線が注がれている方向を見てみた。目を上げてうかがうと、ここから二十ヤード以上も離れたところに、ぼんやりと黒い影が見える。はっきりはしないが、どうやら人が走って目の前に来たようだ。その動きはとても速く、私がそれを見て声をあげ助けを求めようとしたとき、ハーディは何か感じるものがあったようで、突然身体を少し曲げ、足で私のふくらはぎを払った。さらに片手で首を捕まえ、不意に力まかせに放り出した。私はすぐに避けることもまた立っていることもできず、そのままズボンッと五フィートあまりの狭い溝にはまり込んだ。溝の水は涸れており、泥が一フィート以上もたまってねばついた状態だった。ボゾッと音がしただけで、泥汁が四散した。頭部からほぼ全身が汚れてしまった。身体は仰向けになったまま起きることができなかった。しかし、頭上で足音が急いで近づいているのがかすかに聞こえた。どうやら誰かが向こうからこっちに来ていて、ハーディは狂ったように逃げようとしているらしい。

私は、急いで力をつくしてもがいた。泥の中で立ち上がると、エイッとわきの壁に足をかけ、登ろうとした。足はやっと立ったが、手のほうがすべり、また溝の中に倒れた。そこで両手足を使い、もがいて移動し、身体を起こし、まっすぐ上には行かないで、徐々に路傍の木の枝を頼りに、その力を利用しながら五、六分も費やして、ようやく岸に登った。

私には、ほかを顧みるゆとりはなかった。汚れを簡単にぬぐい落として、慌てて周囲を探った。ハーディはとっくにいなくなっていた。どこに行ったのかまったくわからない。私はこうなって心の中で思わず、怒り、恨み、恐れ、焦りもした。集めた種々の熱力が、突然外に出て水蒸気となったように、額にはやたらと汗が流れた。

そのとき、私の全身は、汗と液体と汚い泥と腐った草にまみれていた。ほとんどないものはないという有様だ。上から下までびしょ濡れで、ひとつに融合していた。惜しいことに路傍には鏡がなく、自分で見ることができなかった。

事件が終わった後、このときのことを考えたことがある。自分がうろたえ困り果てていた様子を思い出すと、本当に大笑いしてしまう。しかしそのときは、私はすべてをまったく顧みもせず、念頭になかった。ただ、この道がスワンライへ一直線につながっていることを考えていた。ほかには道がない。溝の中にいたとき、彼の足音が向かった方向を聞いたような気がする。スワンライへ逃げていったことに間違いはない。そこでもう一度厳しく激しく追走することにした。

しばらくしてスワンライに着いたと思った。途中ではハーディに会わなかった。村に入って数十歩して、歩みを止めた。見ればそこは分かれ道の中心で四方に通じていた。ハーディがどの道を行ったのかわからない。うろうろしたが決められなかった。ふと思い出したのは、左の大通りは、ハイドの屋敷に通じていることだった。私は、昼間ここを通っていたから、この道は比較的よく知っている。この道を行くのが一番いいだろう。さらに数十歩進むと、ハーディの動きがとても速いことを再び思い出した。すでに私よりも数分は先に行っている。ならば、彼が到着したのは、かなり前のことになる。そのときは、彼が向かった場所についてわからなかった。とにかく私は追及するしかない。しかし、彼が身を隠したのがどういうところかわからない。どこから追跡すればいいのか。

二十八

そう考えると、あのときうっかりしたことが失敗の原因だと深く後悔するのだった。余計な思案をして、走り回って疲れた。終日疲れ切ったというのに、結局は調査をホームズに依頼することになるのか。しばらく意気消沈してしまった。足を引きずり、前に進むことができない。先ほどは、勇ましく進む元気、躍りあがる感情があった。それがどうだ。雪に水をそそぐように、瞬時にして何もかもがなくなってしまった。

しばらく自分を責めていると、ふと道のかたわらの狭い路地から声が聞こえ、ある家のドアが突然開いた。試しに首を伸ばして中をうかがうと、一人の人間が外から入っていくのがぼんやりと見えた。暗いためその顔を判別することはできないが、その背格好を見れば、ハーディにそっくりだ。大急ぎでその後ろをつけた。ドアのところへ行くと、ドアはすぐに閉められた。すみやかに建物のそばに回って、低い塀をよじ登ってうかがった。二人の人間が、部屋に入ろうとしている。前を行くのはハーディであることがすぐにわかった。ランプを持って後ろを行く者は、体つきが小さく善良そうだ。ランプの光でよく見ると、ハイドの書記ヨークレイドである。この建物がヨークレイドの住まいであることが初めてわかった。ああ、奇怪だ。ヨークレイドはハイドの書記で、しかも、ハーディが手に持っている革カバンの中身は、昨夜ハイドの家から盗まれたものではないか。ハーディは、殺人放火強盗という重罪を負っている。なぜヨークレイドの目を避けようとしないのか。堂々とあの革カバンを持って、深夜、ヨークレイドの部屋に入っていくのはなぜか。

はっと思いついた。この事件は、ハーディだけでなくヨークレイドとも密接な関係があるのか。繰り返し冷静に考えた。考えれば考えるほど、どうもそうらしい。私の友人ホームズは、この事件は外部の人間の犯行ではないと言っていたではないか。ハーディとヨークレイドは、もとから常にハイドの家に出入りしている。ならば、二人が直接共謀して、この残忍きわまる計画を考え出したのか。そこまで考えると、もはや自制することができず、すぐさま低い塀を跳び越え、その部屋まであとを追った。

奥の部屋のドアからは、ハーディが話しているのが聞こえた。

「ミスタ・ヨークレイドさん、大事なことだから、誰にも聞かれない、相談するための部屋がいるな」

ヨークレイドが言った。

「家の裏に小部屋がありますから、そこで話すのはどうですか」

すぐに二人の足音が聞こえた。ランプの光が揺れて、いちばん奥の狭い部屋に入っていった。急いで壁に沿って回って部屋の外に出た。窓はかたく閉まっている。紗のカーテンがかかっていて見ることができない。目に力をこめて窓の隙間から中をのぞいたが、それほどはっきりしない。二人はテーブルをはさんで座っているようだ。ひそひそと話しているので声がとても小さく、ほとんど聞き取ることができなかった。しばらくしてヨークレイドの声が急に大きくなった。指でテーブルを叩いて言った。

「ああ、恐ろしい。あのホームズのことだから、もうアデンの残した証拠を見破ったんじゃないか。……」

その続きは、また小声になった。さらに、ハーディとの問答があったが、聞き取ることはできなかった。

そうしてハーディが言った。

「ホームズが男女二人の足跡と指摘しているんなら、一人はアデンで、もう一人はあいつの愛人パールメンの足跡だ。明らかじゃないか。おれらは……」

声はたちまち小さくなり、ヨークレイドの答えも同じように小さかった。聴力を集中したが、ついに聞こえなかった。

二十九

さらに長い時間がたった。ハーディが言った。

「あのパールメンは、根っからのゴロツキだし博打好きだ。ガラス工場で働いているというから、探しにいけばいつもいない」

ヨークレイドが笑って言うのが聞こえる。

「君は賭場を探すべきだったな。君に言っておくが、明日は……」

声がまた急に小さくなり、あとは聞くことができなかった。さらに数分が経過した。二人とも椅子から立ち上がったのがぼんやりとわかった。ランプの光の下で何かを調べるらしい。すぐに、テーブルのかたわらにある鉄の箱を開けるカチャンという音が聞こえた。何かが箱の中に投げ入れられた。ついにはバタンと震えて、鉄の箱は再び閉められ鍵がかかった。私は、それはハーディが持ってきた盗品に違いないと思った。盗品を分け終わったのだろう。革包みも箱の中に入れ鍵を掛けた。そう思う間もなく、二人が出ていくような音がしたので、慌ててあとをつけ、塀のそばで密かにうかがった。二人は、すでに廊下にいた。見れば、ハーディが手に持っていたはずの革カバンがない。そしてヨークレイドが言いつけているのが聞こえた。

「この仕事は、おたがいに秘密を守ろう。ホームズに聞かれでもすれば、私たちの仕事はうまくいかなくなるよ」

ハーディは同意した。そうして別れていった。

私は、わずかにその断続する数語を耳にしただけだった。しかし、胸中はすでにはっきりと澄み切っていた。驚きいぶかしく思わずにはいられなかった。私はアデンの容貌から、とても誠実な人間だと思っていた。どうやら悪事をするばかりか、結局のところ意外にもハーディとヨークレイドらと気脈を通じた仲間だったのだ。彼女の愛人というパールメンという男を引っぱってきて手伝わせ、この殺人財産強奪の重要事件を引き起こした。本当に予想外で想像すらできなかった。今までのことから、あのハイドの家にいる、ハーディ、アデン、ヨークレイドたちは、ハイドの敵にほかならない。周囲からねらって、ハイド夫妻を陥れた。しかし、ハイドはぼんやりしていてまるで夢を見ているような孤立した情況にいて、あのもの寂しい邸宅で、あいつらの勢力範囲の中に留まっているなんて、まるで鉄板の上の肉、釜底の魚のように絶体絶命ではないか。おお、ハイドはあまりにも危険だったのだ。幸いなことに、ハイドはちょうど昨夜は偶然外出していたので、難を逃れることができた。さらに考えた。私がハーディを疑ったことがヨークレイドにつながった。また、ヨークレイドが話した数語から、アデンと彼女の愛人パールメンがつながった。あの晩に、凶悪な悪人たちが、あの事件を引き起こした。詳しい内容は、まるで絵のようにありありとはっきりしている。もう私の掌中にあるばかりか、一網打尽にすることもできる。なんと愉快なことだろう。ここまで思い至ると喜びに表情が変わった。私はついに低い塀をこえて出てしまった。

塀の外に身体が飛び出して足が地面につきふらふらしている、そのときだった。頭をあげると、人が一人、前方に立っている。高くそびえるように動かない。ここから五、六ヤードも離れているか。よく見れば、ハーディに似ている。しばし、私は困ってしまった。驚いて気が動転したままだ。ハーディを恐れる思いが頭の中を満たしていた。急にその人間を見たものだから発狂するくらいに驚いて気絶しそうになり何度か叫びそうになったが、急いで口をふさいだ。逃げなければ、それ以外方法はない。だが、きっとうまくはいかないだろう。きびすを返して逃げようとしたちょうどそのときだった。頭の後ろで、とても聞き慣れた声がした。

三十

不意にその人は言った。

「ご苦労さま。とても疲れているようだが、まだやめないのかい。遅いな。きみをここでずっと待っていたよ。さあ、帰って休もう」

この声が耳に入ると、すぐさま私の気分は大いに立ち直った。識別できないどころか、ただちにわかった。思わず声を出して叫んだ。

「ああ、ホームズじゃないか」

私の友は、応えて言った。

「そうだよ。ぼくはずっとここにいたんだ」

私はその言葉を聞いて、思わず大喜びして躍りあがり、彼に言った。

「ここにいたんだったら、どうして教えてくれないんだ。こんな悪ふざけで人を驚かせようなんて」

ホームズはニヤリとして言った。

「ぼくがどうしてきみを驚かせたのかな」

私はさらに言ってやろうとしたら、ホームズが押しとどめて言った。

「シーッ。ここは討論するところじゃないんだ」

私の腕を握り、急いで狭い路地の外へ出た。東に向かって数十歩行くと、村はずれの森林についた。揺らめく黄色い光が、木陰のところどころ密になったあいだから外にもれているのがかすかに見えた。

よく見ると一台の空馬車があり、光は馬車のランプから出ていた。ホームズは、私を抱きかかえると馬車に乗って座り御者に行くように命じた。鞭をならして馬車は疾走していった。

私は、馬車の中でゆったりと座り、驚きがおさまるとうれしくなった。しばらくは心の中で喜びが爆発し、抑えることがほとんどできず、また今日経験したことを話すこともできなかった。急いでまずホームズに質問した。

「ホームズ、君はいつここに来たんだい」

「実はきみが来るよりも前だったね。ぼくがあの塀の左に入ったら、きみは右から入った。ぼくからははっきりと見えたんだよ」

「そうだったのか。ずるいじゃないか。なぜ早く出てきてくれなかったんだ」

「ねえ、よく考えてくれよ。もしぼくがあのとき、中庭から飛び出していたら、きみをますます驚かしただろうよ。きみはすぐにぼくとわからず、きっとおびえて走りまわっただろう。あるいは、一挙手一投足が不注意で、すぐに気づかれてしまったよ」

「それだったら、君は何を見たのかね。ヨークレイドの部屋で言い争っていたが、彼はまさかこの事件に関係しているわけではあるまい。君は前から気づいていたのか」

「いや、いや。ぼくも最初はわからなかった。ぼくがここに来たのは、ずっとハーディの後をつけていたからだ」

私はその言葉を聞くと、思い出すことがあった。急いで質問して言った。

「私はあのとき、途中でハーディにひどい目に遭わされた。すると誰かが後ろから走ってくるのがチラッと見えて、難を逃れたのだがね、するとあれは君だったのか」

「そうだよ。ぼくだった。先にきみがハーディを尾行していた。そうしてぼくがきみの後ろを尾行していたのさ。たった数十ヤードしか離れていなかった。ハーディに気づかれないよう声を出さなかった。ところが一瞬にしてきみはハーディに捕まったじゃないか。とても悪い情況だった。そこでぼくはそれ以上隠れていることができなくなったので急いで駆けつけ助けようとした。ところがあいつは狂ったように逃げていった。しかも、きみはすでに溝の中に倒れている。ぼくは溝を見て、深くないからなんとか起きあがることができると考えた。ぼくが手を差しのべることもない。それよりもハーディの跡を失うほうが心配だった。それで急いで追いかけていくと、ヨークレイドの家についたというわけだ。しばらくしてきみも追いついた。そこできみが出てくるのを塀の外で待っていたんだ」

三十一

私は聞き終わると、ようやく思いいたって言った。

「そうすると、私がハーディの庭にいたとき、窓の外をうろついてのぞいているような人間がいたが、あれが君だったんだね。ああ、君はなんて人を驚かすんだ。あのとき、心臓がドキドキしたよ」

ホームズは首を振って言った。

「いや、あれはぼくじゃないよ。別にもう一人いたんだ」

私はまたびっくりした。ますます不安になりとまどい、わけがわからなかった。

「君はハーディの家に行っていないのか」

「彼の家には行ったよ。だが、塀の外にしばらく立っていただけ。よそへ行ったから、初めからは庭には入っていない」

「なら、なんで彼の部屋に行ったんだ」

「別に理由があったんだ」

「ハーディは、事件の主犯だよ。君ももうわかっているだろう」

ホームズはかすかに首を振って、馬車の天井を見た。考えがあるようだった。

「おそらくは、そうでもないかも」

私は焦って、待ちきれずに言った。

「君は、彼が主犯ではないと考えているのかい。私はいろいろな証拠を残さずに集めつくしたんだ。どうして疑うんだ」

「その証拠とは、どういうものかね」

私は、今日見たこと聞いたことを、ひとつひとつ説明した。

「これほど確実な証拠があるのに、まだ確かじゃないと言うのかい」

「それは、ぼくもおおよそを知っている。君が午後に帰ったあとで、ぼくは電報を打って、いつもぼくの調査を手伝ってくれるニコルたち三人を雇った。まず、先にニコルをウィーバー銀行に行かせて、すべてを調査させた。そのあと、八時半にぼくとここで会った。その報告はきみが述べたこととほぼ同じだった。ハーディは、確かに疑わしい人間の一人ではあるし、この事件と関係があるということはできるにしても、しかし、彼がこの事件の主犯であるかといえば、断じてそうではない。ぼくらの着眼点が間違っていれば、ハーディばかりに注意してしまい、周りを見る余裕がなくなり、本当の主犯は、幸運にも法の網から逃げてしまうだろう」

私は不服だったから言った。

「君は何を見てそう言っているんだ。ハーディの持っていた革カバン、それからヨークレイドとの会話を君は聞かなかったのか。見たんだろう」

ホームズは言った。

「当然さ。だからぼくは、ハーディはあるいはこの事件に関係はしていても、事件の主犯ではないと言ったんだ。この事件の内容は、非現実的なんだ。とても多くの重視すべき点があって、すぐに把握できるものではない。ただ、本当の犯人については、ぼくの脳の中に、しっかりと捕まえて錠をかけて入れてある。決して逃すことはないよ」

ここまで言うと、馬車はもうミドルサンクス村を過ぎ、ロンドンに近づいていた。天空を見上げると、黒雲が墨に染まったように広がる中を、薄暗く不鮮明な一、二の小さい星が、雲の隙間から見え隠れしていた。光は豆粒ほどの小ささだ。夜の風がそよそよと吹いてきて、寒さが襲った。時計を見ればもう二時三十分である。道に通行人はまったくいない。すべての動物は休んでいる。景色はとてももの寂しい。車輪と馬のひづめの音が、ガラガラパカパカと相互に響きあっているだけだった。

三十二

私は、マッチを出して葉巻を一本吸った。そうしてまた質問した。

「君の言う犯人は、いったい誰なんだ」

　ホームズは、ためらって即答はしなかった。

　私は言った。

「ハーディが主犯ではないと言うのなら、君が夜にあの部屋をうかがったのは、どうしてなんだ」

「ぼくがある人間を尾行していて、あの部屋についたというだけのことさ」

「君がつけていたのは誰なんだ」

　ホームズは、反対に私に質問してきた。

「あのとき、ハーディの家の窓の外で、うろついてうかがっていた者がいた、ときみは言うが、きみの考えではその人は誰だい」

「わからない」

「わからないのか。それこそ昨夜、殺人放火をした本当の犯人だよ」

　私はそれを聞いて、あまりのことで驚いて言った。

「ああ、犯人だって。誰だ!!　誰なんだ!!!　教えてくれ」

　ホームズは、笑って答えはしなかった。ただこう言った。

「ぼくがハーディの部屋に行ったのは、そいつの後をつけたからだ。そいつはやっとハーディの家についたところで突然きみに出会ったものだから、驚いて逃げてしまった。急いで追ったけれど、前方の狭い路地に入ると、どこへ行ったかわからなくなってしまった。再びもとの場所に戻ってみると、ハーディが革カバンを持って出かけるのが見え、きみがその後ろに続いていた。心の中では、ハーディは主犯ではないと知ってはいたが、きみのあとをつけて行き先をさぐった」

「君は、そいつが犯人だと確信しているのなら、どうして警察を呼んで捕まえさせないんだ。捕まえられたのに、また逃がすなんて」

「ところがまだ無理なんだ。ぼくは確実な証拠を手に入れていない。たとえ捕まえたとしても、何を根拠にその罪を証明するのかね。おまけに、この事件は彼一人でやったことじゃない。仲間が、必ずこの村の近くに潜んでいるんだ。もしも急いでいい加減にことを進めてしまえば、彼と仲間は気配を察して遠くへ逃げてしまう。この事件を解決するのがますますむつかしくなる。ワトスン、きみは飢えた鷹が魚を獲るのを見たことはないかい。鷹は下に行く前に、必ずとても高く空を飛び、何回か旋回して何度も観察する。翼を振るのに乗じて一気に降下する。そうして爪でつかむと魚は言いなりになる。ぼくたちの捜査は、これと同じだよ」

ここまで言うと、馬車の速度はようやくゆるくなった。ベイカー街の住所に到着すると車賃を支払い、二人して部屋に入った。

翌朝、私が起きたらもう八時だった。部屋に入ると、ホームズはちょうど朝食をとっていた。かたわらに人が座っている。見ればアージェンだ。顔の表情は重苦しく、とても心配しているようだ。私が来たのを見て、立ち上がって言った。

「ワトスン君、起きるのが遅いよ。昨日、ハイド君は第一回の取り調べを受けたんだが、知っているかい」

「知らない。取り調べはどうだった」

アージェンが言った。

「昨日、ハイド君が取り調べを受けたとき、私も傍聴した。法廷での問答や発言は、だいたいをここに記録しておいた」そう言い終わると、一枚の紙を私に渡した。そうして言った。

「今日の新聞に、掲載されていると思うよ」

私は受け取った紙を広げて読んだ。それには次のように書いてある。


原告の招聘になる弁護人ウィリアム・テリーが告発したのは、次の五条である。
（一）ハイドは平素から夫人とうまくいっていなかった。時に家庭内で争いがあり夫婦のあいだの愛情が次第に減り、ついにはなくなってしまったことが十分に見て取れる。これが殺人の原因であることを証明している。
（二）先週の朝、すなわち夫人が殺された日に、ハイドは夫人と激しく争った。激憤し、自分はお前をこの手で斬り殺す、という言葉を使った。そのとき、原告シャロンが側に居合わせ、実際にそのことを聞いている。
（三）その日、ハイドは日記帳を持って出かけた。一時も身体から離したことはない。建物の後ろに残された血のついた紙は、確かにその日記帳から破り取られたものだ。
（四）仮に外からの賊の犯行であれば、なぜ殺人の後にさらに放火して形跡を消そうとしたのか。そのような余裕があるはずがなく、そのように用意周到であるはずもない。
（五）仮に外からの賊であれば、ドアから出入りすることはできない。塀の周囲を実地調査したが、飛び越えた痕跡はまったくなかった。

三十三

被告人の弁護人フェリスンが弁解したのは、次の五条である。
(一) 被告の品行および平素の人となりは、つとに社会では重視され高く評価されている。法廷においてもそれを信用されると考える。
(二) ハイド夫妻の夫婦間における愛情は、はなはだ篤い。夫人は近ごろ夫をとても嫌っており、時に口論をした。しかし、ハイドは力を尽くして彼女の歓心を得ようとしたし、再びうまくいくように願った。その愛情が、少しも衰えていないことが理解できる。
(三) その日、ハイドと夫人が口論したとき、自分はお前をこの手で斬り殺す、と言いはしたが、およそ凡人がとても憤怒したときには、頭がぼんやりし目がくらみ、往々にして刺激の強い言葉を口にする。確証とするには足らない。
(四) その夜、ハイドがその友人ワットのところから家へ向かったのは、十二時三十分以後である。そうして彼の家が出火したのは、二時前後である。そのあいだの一時間半で、四マイル余の距離を歩いて帰り、その妻を殺し、死体に火をつけるなどの種々の行為を行うには、おそらく時間的余裕はなかった。

（五）仮にハイドが主犯であるとしても、銀行に行って金を引き出した老人と少年は誰なのか。そこが事件の中でもっとも重要な人的証拠である。それをどうして論じないのか。

私は読み終わると言った。

「この弁護人は、すべての項目を弁護してとても要点をついているね。ハイドさんは、法廷で釈明しなかったのかな」

アージェンは、顔をしかめて言った。

「いや、していない。フェリスン弁護士の論駁は、一語一語が人を引きつけるものだった。やわらかで適切で道理にかなっていた。ハイド君が確かに無罪であり冤罪をこうむっていると十分に説明していた。ただ、建物の後ろに残された血のついた紙が彼の日記帳から破られた、という点については、ハイド君はまったく弁明していないんだ。大いに関係があるところなのだが。ハイド君に問いただしても、ぼんやりとして自分では理由がわからないと言ってね。知らない、の一言だった。だから法廷は釈放することができないし、あの老人と少年を捕獲するのを待たなくてはならない、それでこの事件は判決することができる、というわけさ。尋問が終わって、ハイド君はやはり警察署の中に留置されている。私は、その夜何とかして面会したのだがね、かわいそうに、憔悴して顔の色は紙よりも白くて、気の抜けた様子でベッドに横たわっていた。まるで死人のようだった。留置されたのはわずかに数時間なのにまるで数年もたったようだったよ。私が来たのを見て、急に起きあがると私の腕を取って、悲しみ叫んで言うんだ。

『アージェン君、私はここで死ぬのか。妻を亡くし、家は壊され、しかも財産もなくなった。つまらない名誉も保つことができない。私は冤罪で死んでいく。私は潔白だというのに死ななきゃならん。妻が死んだとき、私の心も一緒に死んだんだ。私の身体ひとつだけでどうして生きられるだろうか。私には、二度と生きる人間の楽しみがないのだよ。神さま、神さま、神さまが私にお与えくださったものは、なんと苛酷なんだろう。こんな目に遭わせるなんて。生きている意味がないよ』

そう言うと、声と涙が交じり合い、嗚咽して気絶しそうになった」

三十四

「私は、この惨状を見て、悲痛のあまりに何も言えなかった。慰めたが、私の友人は悲しみと憂いが自分の身に集中して、しかも冤罪をこうむり、屈辱を受け、さらには監獄の苦しさが加わっています。もしこの数週間のうちにハイド君が釈放されなければ、望みを失ってしまうに違いありません。今はとても迅速な手段で、この事件の犯人を捕まえる必要があります。そうしてハイド君を獄舎から出すのです。ホームズさんのほかに力になってくれる人はおそらくいません。だから私は急いでここに来たのです。ホームズさんが、早く救いの手を差しのべてくれるようお願いするだけです」

そう言うと、しゃくりあげて嘆いた。私もまた悲しみ心を痛めた。しばらくは、黙ったまま顔をあわせていた。ホームズは、突然椅子から起きあがると、軒下に掛けてある鳥カゴを指さして言った。

「アージェンさん、これを見てください」

アージェンは、わけがわからずぼう然として言った。

「あなたの指さしているのは、あのカゴの中の小鳥ですか」

「そうです」

「どういうことですか」

ホームズはニヤリとして言った。

「ぼくが見るところ、あれがあなたの友人の妻を殺したのです。しかもあなたの友人を監獄に陥れた犯人は、ちょうどこんな赤いくちばしで青緑色の翼をした小鳥です。もうすぐぼくの鳥カゴの中に、頭を下げおとなしく入ってきます。天を突くほどの丈夫な翼を持っていようが、逃れることはできません」

アージェンは驚き喜んで言った。

「あなたは、犯人を探り当てたんですね」

ホームズはそれには答えず、ただ言った。

「向こう数週間は言わないでおいてください。ぼくは、ここ数日中にやろうと考えています。もし遅れてしまえば数週間後には、犯人は遠くへ逃げるでしょう。アメリカかあるいは、アフリカか。我が英国統轄のもとにはいません。捕らえたくても、できなくなりますから」

アージェンが言った。

「あなたは、どうやって犯人がわかったのですか」

ホームズは言った。

「ぼくは、昨日ハイドさんのところを出て夜まで半日間、力をつくして、犯人のやったことをすべて調べました。その人間は、ぼくの視野に前から入っていたので、もう逃がすことはありません」

アージェンは言った。

「そのとき、なぜ急いで捕まえなかったのです」

「チャンスはまだ来ていなかったのです。ぼくは、犯人の所在を徹底的に捜査しました。しかし、なお犯人の仲間の所在はわかっていなかった。ですから、ぼくは、犯人と彼の仲間を調べ上げてから、一網打尽にしようとしたのです。しかしながら、取り逃がしてしまった」

アージェンは言った。

「もしも彼がもう遠くへ逃げてしまっていたらどうするのですか」

ホームズはニヤリとして言った。

「天地は大きく、河海は広いとはいえ、あの七フィートある身体では、隠れる場所はないでしょう。ぼくは今、千尺の縄、百練［厳しく鍛錬した］の鎖によって犯人の首をしばっているようなものです。たとえどこへ行こうと、彼が風に乗り空高くのぼる能力を持っていて、一瞬に千里を行くことができようとも、ぼくが引きずりおろしたいのなら、ちょっと引くだけでいいのです」

アージェンは言った。

「どうやって逃がさないようにできるのですか」

「いいえ、ぼくは逃がさないようにしているわけではありません。非常に敏捷な三人をすでに派遣しています。三人はあの村に身を隠しています。一人はその部屋を見張り、一人はその人間をうかがっています。変化があれば報告してきます。犯人はずる賢いとはいえ、天の果て地の果てに行こうとも、あの三人は、魂が体を守り影が本体に従うようなものです。片時も離れることはありません。逃げてもむだなのですよ」

アージェンはそこまで聞くと、喜びのため思わず表情がゆるんだ。

「ホームズさん、あなたはそんなことができるんですね。とても安心しました。私は神に祈り、私のかわいそうなよき友を陰ながらお助けくださいと願うだけです。あなたに早く成功をもたらしてほしいともね」

アージェンは立ち上がり帽子を取って、ていねいに握手をして別れた。

三十五

その日、私は往診に呼ばれ慌ただしく出かけて戻ってきた。時計が十一時を知らせた。ホームズはいつのまにか外出していた。一人部屋の中に座って、目を閉じて瞑想した。私の友人が言ったことについて、密かに考えたのだ。

ハーディはこの事件の犯人ではない、とホームズは言う。ならば、犯人は暗闇の中でハーディをうかがっていた人間になる。そこが疑わしいのだが。昨夜、聞いたり見たりしたことを思い出す。ハーディが彼の妻と言い争いをしたときの言葉のやりとり、ヨークレイドとの種々の情況。彼らは、ひとつにつながっているに違いない。さらにはアデンの愛人パールメンが結びついて計画を助けている。この計画を主にして考えれば、事件の内容が明確なのだ。だから私はハーディたちの犯行だと考えるが、しかし、ホームズの言うことは別である。すべての証拠を不問にして、ハーディたちではなく、ほかに犯人がいるというのだ。

心の中では納得できない。理解できないのは、あの夜にハーディをうかがい探っていた人間である。誰なのか。まさかあいつがパールメンだというのだろうか。そうすると、もしかして盗品を平等に分けてもらえないかもしれない、と夜に乗じてうかがい探っていたのだろうか。そこまで考えた。

やはりホームズとは異なっても、自分が正しいと考えることをそれぞれが行うしかない。私の今日の目的は、急いでパールメンの人となりを調べに行くことだ。それとあの日のパールメンの行動だ。そうすれば、事件をすぐにはっきりさせることができる。そこで使用人に昼食を用意するように言いつけ、食べ終わると慌ただしく出かけて、あの事件にもっと身を投げ出したのである。

夜の八時に私は帰ってきた。帰ったが意気消沈していた。まるで戦いに敗れた犬のようにふさぎこんで、我を忘れそうだった。

その日、私はまずあるガラス工場へ行き、続いていくつかの賭場へおもむいた。パールメンの人となりを詳しく探ろうとしたのである。彼は賭博を好むというから、遊びほうけているに違いない。やはりゴロツキで悪い青年であった。ただ、ハイド夫人が殺害された夜は、パールメンは賭博をしており、また同類のやつらとひどいけんかをしたため警察に拘束されていて、今なお警察署に留置されたままで釈放されていなかった。だからパールメンはあの事件とは、明らかに無関係だったのだ。私は、アデンの近所にも行った。アデンはその夜、どこかに行かなかったか。するとアデンは日曜日に帰宅したあとは、母親を連れて隣家の宴会に参加していた。宴会は夜になってようやく散会した。多くの人がアデンを目撃している。だから、アデンはあの事件とは、さらに関係がないのだった。

私の昨日の奔走と、まる一日の聞いたこと見たこと、初めは確かで依拠できると考えたことが、ここにいたって、まるで空中に雲をとらえるような、水底の月をつかむような気分である。ことごとくが、虚しくぼうっと霞んでとらえどころのないものになってしまった。

三十六

部屋に入ると、ホームズは帰ってきていた。口にパイプをくわえて、安楽椅子にあおむけて座っている。とても余裕がある態度で、眉の上は得意気な表情があって動いており、心がのびのびしている様子だ。また、非常に満足気でもある。私はそれを見て、今日の外出ではきっと大きな成果をあげたに違いないとわかった。だから、そういう態度が自然に表れるのである。私は、ねたましく、うらやましかった。自分が及ばないのが悔しかった。

ホームズは私が戻ったのを見ると、ニヤリとして声をかけた。

「ワトスン、お帰り。今日はどこへ行ったんだ」

私は、ほかの言葉を言う間もなく、今日の失望についてとても急いで話した。すると意外なことに、ホームズはニヤリとしただけで答えない。私はがまんできずに、慌てて質問した。

「君は今日の外出では、得たものがあったんだろう。君の表情を見ればすぐにわかるよ。話してくれたまえ」

ホームズは、やはりニヤリとしたまま答えない。しばらくしてようやく言った。

「座りたまえ。そんなに焦らないで。ぼくたちの捜査は、安定していて失望はないのだよ。ただ、一、二のことについて失望することはあるが、そうかといって最初の考えが急に阻害されるというわけではない。失望が深くなればなるほど、探求にますます力が入る。探求に力が入れば入るほど、考察して得るものがある。事件がますます奇怪になるといっても、必ずますます真実に近づく。一日中探して収穫がないこともあるし、時には向こうから来ることもある。その中の奥義は、ぼくたち探偵術をあやつる者が独自に到達するところだよ。普通の人が深く感得し理解できるものでは決してありえない。きみはぼくの捜査に関わって長いから、まさか我慢できないということはないだろう」

そう言い終わると、呼び鈴を押して使用人を呼び、夕食を用意するよう言いつけた。

たそがれてから、私は窓に寄りかかり黙って座っていた。興味が薄れた気がする。昨夜探ったそれぞれを思い返してみる。初めは、いちいち道理がある、筋道が通っていると考えた。ところが、今は一変してしまった。すべてが違う。求めれば求めるほど遠くなる。ひとつも手がかりがない。憂鬱で不愉快な気分が止められなかった。

ホームズはといえば、談笑して泰然としている。音楽を論じ、演劇、および種々の遊戯を論じる。思い通りに、気ままに話すが、あの事件については決して一言も口にしない。私がたまたま触れると、彼はすぐにほかのことを言ってはぐらかした。

ホームズは、普段は人のために事件を捜査するが、その様子はまるで囲碁のようだ。必ず全体を理解し、胸中で徹底的に明らかにする。計画が熟し、細かい観察が決まったら、その後一気に動いて直ちに大勝する。もしも情況が安定する前であれば、あらかじめ秘密をもらすことはありえない。秘密こそ探偵にとっては第一に重要な意味を持っている、と理解しているからである。だから、怪しむことはない。

私は再び質問しなかった。時計が十一時を知らせた。私はそのまま就寝した。

翌朝、私が起きてみると、ホームズはすでにどこかへ出かけていた。夜になってようやく帰ってきた。その後、慌ただしく三日が経過した。そのあいだ、ホームズは出かけたり帰ってきたり、あるいは帰ったかと思えばまた出かけていった。終日、走り回ってとても忙しそうだった。彼の表情には、時に喜び、時に憂い、時に疑い深さが現れて一定していない。眉をひそめて考え、目をむいてみたりしてさまざまに変化し、その様子は他人には推測ができなかった。その動きといえば、突然座るかと思えば、すぐに立ち、たちまち部屋の中を行ったり来たりしてとても不安定だ。たずねても答えない。言葉をかけても、聞いていないようだ。あの事件について深く考察して、情況や最新の情報について、彼は絶対に話さない。私も聞くことができない。聞いたとしても言わないだろう。

三十七

四日目の午後になった。土曜日だった。私が往診から戻ると、ホームズが先に帰っていた。

そのとき、ホームズはあぐらをかいて椅子に座り、目を閉じて瞑想していた。何か非常に疑わしく判断しにくいことがあり、考えてもすぐには解決しない、という表情である。しかも、明らかにその捜索がとてもむつかしいらしいことがわかる。ぶつぶつと独り言を言っているが、それを聞いても理解できない。座席のそばにはヘロイン錠が残されている。「老婦」と逆さまにテーブルに書かれた二文字がおよそ十余ヵ所ある。ただし大半がすでにふき消されてぼんやりしている。私は、ますますわからなかった。私が部屋に入ってもホームズは気がつかないようだった。私は足音をしのばせて進むと、静かに座った。そもそも、彼が考えに苦しんでいるときは、邪魔をされたくないことを私は知っている。私はそのときホームズに背を向けて座った。新聞を取り出し、一人で時間を過ごすつもりだった。まだ数行も読まないうちに、突然後ろでガンと震えるのが聞こえた。手でテーブルを叩く音のようだ。音があまりにも大きいので驚いて振り返ると、ホームズは癲癇の発作のように突然狂ったように笑いはじめた。飛びあがるとドアのそばに行き、帽子を取りステッキを握って、猛然と走って出ていった。一瞬にして、姿が見えなくなった。

私は驚きのあまり、しばらくはひどくとまどい、まったく理解できなかった。

私がホームズの捜査を手伝ったのは一日だけでもないし一度だけでもない。とても疑わしくむつかしい事件でも、往々にして彼は談笑して出かけていくか、表情や声に出さない。一生懸命考えて力を尽くして探索するのをいままで見たことがないのだ。

ところが、今日のことは理解しがたい。喜びを爆発させ、躍りあがったところなど見たことがないからだ。あんなに得意で我を忘れるほどならば、今探索している事件には、必ずや非常に多くの不思議があり捉えることができない、という情況なのだろう。それをホームズは、突然意外にも得るところがあったので、狂ったように喜んだというわけだ。

一人部屋の中に座り、考えをめぐらせ続けた。その日は、私は外出もしなかった。新聞を読んで時間を過ごし、夜の八時になって夕食をとっているとき、ホームズが突然入ってきて言った。

「ワトスン、食事中かね」

「君はまだ食べていないんだろう」

「まだだ。とっても腹が空いたよ」

言い終わると、ホームズはむさぼり食い、食べ終わると、さらにコーヒーを一杯飲んだ。タバコをくわえると座り、おもむろに私に言った。

「ワトスン、ぼくがこの三日間、この奇妙で奥底をうかがい知ることのできない事件の中をさまよっていたのを、きみは知っていたかね。ぼくの脳は病気になりかけた。そうして心は狂わんばかりになった。この事件の原因がそれだとしても、その結果がいきなりこうなるのか。これほど変化し曲がりくねった事情があるものなのか。不思議で奇怪な事件なんだ。その中に蓄積されたものは、他人が夢想しようにも見ることができないだけでなく、ぼくが初めに想像していたこととまったく違ってもいた。ああ、ワトスン。ぼくは今後二度と、見通しが的確だとは言わないことにするよ」

私はそれを聞いて、急いで質問した。

「そのこととは何なんだ。君はわかったんだろう」

「聞かないでくれ。明日朝九時以降に、驚くべき、目を楽しませてくれる、非常に奇妙なニュースが必ず来るから。きみに見せたら、きっと三日間は大喜びするよ。今日のぼくが喜んだ以上にね。少し待ってくれたまえ」

そう言い終わると、手をこすって笑った。その声はとても激しかった。ゆっくりと立ち上がると火をおこして、残りのタバコを吸った。私がもう一度質問しようとしたときに、使用人が封書を渡しに入ってきた。ホームズが開けて見終わると、顔の表情が変わっている。私に手渡して言った。

「ワトスン、試しに読んでごらん。これは何だろうか」

三十八

私は封書を受け取ると開いて見た。それには次のように書いてある。

ホームズさんへ

明日朝八時半、私たちはあなたの所へうかがいます。お会いして申し上げることがあります。あなたの捜査にお役に立てると存じます。お待ちください。

三月十五日

手紙の末尾には、署名がなかった。郵便局が封筒に押すスタンプを見れば、この手紙はアシッドレイ村から出されたものだとわかる。私はいぶかって言った。

「あの事件と関係があるに違いないね」

「そうだね。手紙では、ぼくの捜査に役に立つと言っている。おそらくは、あの事件のことを指しているね」

「これは、きっと君が派遣した三人が出したものだよ。だから署名をしていない」

「いや、違う。あの三人の報告書は、署名がなくてもそれぞれに暗号が記されている。ぼくがちょっと見ればすぐにわかる。それに言葉使いが違うんだ。きっと別人が出したものだ」

「それじゃ、アージェンだろう。それにしてもなぜ名前を書かないのかな。それにアージェンの筆跡は知っているが、これとはまったく違うな。するとシャロンが出したのか。そうでないとすれば、誰なのか」

　ホームズは、首を振りながら言った。

「いや、決してそうではないね。文章を見ると、手紙を書いたのは一人だけではないな。明日になればわかる。今夜はもう遅いし、ぼくはとても疲れたから、早めに寝るよ」

　翌朝私はとても早く起き、近所を少し散歩した。新鮮な空気を吸い、戻ってくるとようやく八時五分だった。ホームズと一緒に朝食を終え、長針を見るとすでに二十五分を指している。私はホームズに言った。

「昨夜手紙をよこした人は、もうすぐ来るんじゃないか」

　言い終わらないうちに、呼び鈴が鳴るのが聞こえた。にわかにコツコツと靴音が響き、客が一人入ってきた。見ればほかでもない、アージェンである。私は奇妙に思い、慌てて迎えて質問した。

「昨夜、手紙をよこしたのは君なのか」

　アージェンは、何が何やらわからないらしく言った。

「君は何を言っているのかね」

「ゆうべ、ホームズに手紙を送った人がいるんだ。今朝、言いたいことがあるので来ると書いてあった。私は、もしかしたら君が出したものかと思ったんだが」

　アージェンは言った。

「いいや。私がなんで手紙を書くのかね。今日来たのは、ハイド君のことが心配でね。ホームズさんに情況を聞きたいと思ったからなんだ」

そう言うとアージェンは座った。ホームズとひとしきり時候の挨拶をして、ようやくあの事件の様子を聞こうとしたとき、また呼び鈴の音がして、ただちに客が二人、慌ただしく入ってきたようだ。客は部屋に来ると、指で軽くドアを叩いた。ホームズは起きあがり、入るように言った。

客はドアを開けて入ってきた。私は目をあげて一目見た。ああ、どうしてここに来るのか。私は思わず驚いて立ち上がった。ああ、ああと声が止まらない。二人の客は、誰あろう、先に入って来たのがハイドの書記ヨークレイドであり、後ろにいたのは前夜怪しげな行動をとった下男のハーディだったのだ。

三十九

ヨークレイドは、ホームズに挨拶し、ハーディを紹介して座った。見ていると、ハーディが手を上げて、テーブルに物をひとつ置いた。私の目に急に映り込んだものは、私が驚き怪しみ、さらには私を刺激して無限の疑いの雲を脳内に一気に湧きあがらせ、たちまち広がっては消えぼんやりさせ知覚を失わせた怪しいもの、そのものなのだ。彼が三千ポンドという盗品を入れた。深い黄色の革カバンなのだ。焦げ跡もはっきりと明らかに見て取れる。フラーが説明し、私がこのあいだの夜にうかがい見たものとまさしく同じだ。あの夜、ハーディはこの革カバンを持って、ヨークレイドの部屋に行ったことをおぼえている。二人が密室の中で語ったこと、種々の見聞を証拠とすれば、二人があの事件の主犯ではないにしても、必ずや大きく関係しているはずだ。殺人と財産窃盗の重要犯人が、姿を隠し逃げもせず、また探偵の耳目を避けもせず、こうして公然と白日のもとに、自分でこの明らかな盗品の証拠を持って、直接探偵の部屋に入ってきた。少しも恐れた様子がない。これはなぜなのか。さてもさても、この二人の者は、はたして何のために来たのだろうか。

二人はもう座っていた。まずヨークレイドが話し出した。

「ホームズさん、あなたは私たちが今日来た意味をご存じですか。あなたの捜査にとって、あるいは役に立つかもしれないと思いうかがいました。ただ、私たちは、あなたに早く話すことができず遅れに遅れて今日になってしまいました。私たち二人が身の程を知らなかったからです。あなたの功績を奪おうとしました。その結果、期待した成果を得ることができなかった。ですのでしかたなくこの事件をあなたに引き渡し、お願いしようと考え直しました。こんなことを言えば、あなたに笑われるでしょうね」

ホームズは言った。

「ぼくに言いたいことは何ですか。どうかはっきり言ってください」

ヨークレイドは言った。

「ハイド夫人が殺された夜、ウィーヴァー銀行の小切手帳が一冊なくなっていました。ご存じですか」

「知っています」

「翌日の明け方に、ある人がその小切手帳を持って、ウィーヴァー銀行に来ました。ハイドさんの預金三千ポンドを持ち去ったのです。このことは、あなたもご存じだと思います」

「それも知っています」

「あの三千ポンドという大金は、いま誰のところにあるのか、ご存じですか」

「さて、どこですか」

ヨークレイドは、テーブルの上の革カバンを指さして言った。

「この中です。実は、私たち二人が手に入れたのです」

そう言いながらヨークレイドはハーディを見てにっこりした。私はそれを聞いて、心の中でますます疑った。この事件は明らかに財産のために発生した。銀行に行って金を引き出したその人間が、確かに小切手帳を盗んだ人間だ。その小切手帳を盗んだ人間が、ハイド夫人を殺した人間であることも明らかなのだ。原因があって事件が起こった。お互いに関連していて、あるひとつのことが事実なら、ほかのことも事実でないことはない。彼が、この財産窃盗という一端を認めるというのなら、殺人放火という大罪もまた認めることになるのだ。自ら白状していることになる。

四十

この二人は、愚かのきわみである。殺人放火、財産窃盗の重大事件を犯し、しかも自分で探偵の前に出むいて、すべてを直接認めるという人間が、天下にいるであろうか。しかし、必ずやその理由があるはずだ。私は、考え、考えて、さらに考えたが、しかしついにその理由はわからなかった。そこで振り向くあいだに、ホームズが私を見て、かすかにほほえんでいるのに気がついた。まるで彼の予測が間違っていなかったことが明らかになったかのようだった。ああ、不思議だ。

すぐに私の友人が質問するのが聞こえた。

「ヨークレイドさん、あなたたちはこの革カバンをどうやって手に入れたのですか。ぼくに話してください」

ヨークレイドは言った。

「本当におかしなことでした。この革カバンが私たちの手に入ったのは、私の手柄ではなく、ひとえにハーディのおかげなのです。詳しく知りたいのであれば、彼に説明してもらいましょう」

そういうと、ハーディがすぐに立ち上がって言った。

「ホームズさん、話すと長くかかるんで。おれは、今、おれのカカアと何度かけんかしてましてね、ヨークレイドさんところに入りびたりの毎日なんです。絶望して、神経はすりへらすし穏やかな気持ちじゃいられない。すべてこの革カバンのせいなんです。もう、これはあなたのもんです。一切よろしく頼みます。そうしておれは無罪であることをお話しすることができます」

ホームズは言った。

「その理由を話してください」

ハーディが言った。

「おれが主人に仕えて、だいたい七年になります。主人は、おれにとてもよくしてくれました。初めは辞める考えはなかった。奥様とおれの仲がうまくいかなくなってからです。おれは、先週辞めて帰った。年もとっていて、生活する方法がないんで蓄えを出して酒場をミドルサンクス村に開くことにした。店のことをみんな適当に決めていたから、さすがに資金が急にまったく足りなくなっててね、先週の六日に近くのケイウッド村へ行って、友達に借金を申し込んだんだ。行ったときは、もう暗くなりかけていて、途中はとても荒れた何もない土地でね。ピストルを自衛のために持ったんですよ。おれの友達と長い時間話し込んで、夜はますます更けていった。そこである家に泊まることにした。そうして次の朝、明け方に帰ると言って、ミドルサンクス村近くの巨木のところに来ると、野鳥が二、三羽道端に集まって鳴きながらエサを食っている。おれは、それを見てふと風流心を起こした。もともと狩りをするのが好きでね。ガキの頃は、獲物が飛ぶのを撃ったり、走るのを追いかけたりしたもんです。毎日忙しかったな。おまけにピストルの腕もかなりのものだったし、自分でも百にひとつの失敗もないと考えていた。そこで護身用のピストルを出して、いきなり撃った。当たらずに、鳥は林の中に飛んでいってしまったよ。おれはかすむ老眼で、むりやり少年の頃をまねした。用心深くしなきゃいけないんだが、そのときは気持ちがおさまらなくて、あせって興奮して追いかけたんだ。周りを見回しても野鳥は一羽も見えない。もう一度振り返ると林の片隅の草が茂っているところが、まるで地ならししたようになっているのが見えた。そこに人が横になってたようなんだ。そのよく茂った森の草むらの中に、雪みたいに白く光り輝くものを見つけた。直接におれの目に飛び込んできて釘づけになっちまった。近づいてみると、それが三千ポンド入った革カバンだった」

四十一

「この革カバンの上口には、よくできている美しい銅が、まるで雪のように白く光ってた。朝の重い光に照らされて輝いて注目を集めるんだ。おれは周りを見た。遠くにも近くにも誰もいなかった。誰が置いていったものかわからない。ただ、こんなよくできた革カバンに入ってる物は、さっと価値があるに違いない。持って帰ろうと考えた。明日、新聞に広告を出して、この革カバンの持ち主を探せばいい。取りにくるだろう。おれは、手に持って調べてみた。ちょっと見てみると、この革カバンの大きさ、形には確かに覚えがある。どこかで見たことがあるんだが、おれは年をとって、物覚えが悪くなっていてね。目の前にあるのにどうしても思い出せない。もしかしてガキの頃のことか。思い出すかと何度も考えたが、すぐにはわからなかった。そこで歩きながら考えた。考えれば考えるほど、ますますわからない。門のところまで来て、突然ひらめいたんだよ。脳みその中から飛び出してきて、電気の光みたいに全部思い出したんだ。この革カバンはハイドの奥様の持ち物だったんだ。奥様はあまり出かけなかったんで、カバンを持っていったことはほとんどなかった。おれは見たことがないくらいだ。けど、この革カバンの大きさと形は、確かに奥様のと同じだ。おまけに、奥様は葉巻が好きで手から離したことがないんだ。しばらくして、不注意でカバンに焦げ跡がついてしまった。おれは、当時気にしていなかった。だからすぐには思い出さなかったんだな。今から思えば、それが奥様の物であると確実に断定できるにしても、いつから、なんでそこにあったのかはわからない。突然、ミドルサンクス村に出てきて、ここで失せ物になった。しかし、おれの元主人の失せ物なんだから、主僕の義があるし、当然、急いで送りとどけようと考えた。物はその持ち主に戻るもんさ。ところが、その日は、おれの店が開店する最初の日だった。いろんな仕事がたくさんあって処理しなきゃならなかった。どうにも身動きできずに、自分で屋敷に届けにいくこともできない。おれのカカアに手渡して、理由を言って、カバンを隠すように言った。それからばたばたと店に行ったというわけだ。

午後になってから、店の仕事もようやく目鼻がついた。時間を作って届けにいこうかと考えたところに、昨夜のハイド家での不幸な事件を人から聞いたんだ。おれは酒を飲みに来た客の言うのを聞いたのだが、信じることができん。すぐに夕刊を一部買って読んだよ。そこで初めてハイドの奥様がゆうべ殺されたことを知ったんだ。おまけにハイドさんは、殺人の疑いで警察に捕まえられたというじゃないか。

ああ、ハイドさんのいつもの情け深い誠実な態度、それと奥様を愛する気持ちを考えると、孝行息子が母親を愛する気持ちと同じじゃないかと思ったもんだ。ハイドの奥様をハイドさんが殺ったなんて、そんなのは濡れ衣だ。神さま、知っておいでしたら、おれの主人が誠実であることをお調べになることができます。どうぞお助けください」

四十二

「おれは、新聞を読み終わった。しばらくは、驚き悲しかった。そうしてふと考えた。あの夜、奥様が殺されて、奥様が使っていた革カバンが今朝になってなぜ突然、ここに残されているのか。新聞には、犯人が銀行へ行って金を引き出したとき、この革カバンに金を入れて出ていったと載っていた。ならば、ここにある革カバンは、まさに犯人が残していったものじゃないか。革カバンに三十ポンド入っているのなら、犯人がどういう考えかわからんが、道に放置するわけがない。ならば、この革カバンがみんなにばれちまって、探偵の目を引きつけるから、証拠隠滅のために捨てたんだろうか。どちらにしたって、林の中に捨てたんなら、他人に拾われる。それで罪を他人になすりつける計画か。そうなら、この革カバンはおれの手に入ったのだから、おれも巻き添えを食って事件の関係者にされちまう。今、自分のためにに考えると、カバンはハイドさんに返すべきだ。しかし、ハイドさんはもう警察で拘束されている。警察は、おれのことを信用しないかもしれない。おれはどうしたらいいのか。心し言葉がぐちゃぐちゃで、自分で決められない。それに事件の犯人がカバンを捨てたんなら、カバンはからっぽにするだろう。けど、さっきおれが持ち帰ったとき、太鼓みたいにパンパンにふくれていたように思う。また、ちょっと動かすと、かすかに金が震える音が聞こえた。決して中身は空じゃなかった。なら、三千ポンドという大金はその中に入っているに違いない。そう考えると希望があふれた。すぐこの革カバンを開けて見ることができないのが恨めしかった。おれの主人の物だと考えたからだ。主人の許しがなければ、公証人がそばにいなければ、おれは勝手に開けることはできない。何度も何度も考えた。やはりハイドさんに持っていくことにしよう。ヨークレイドさんと相談して、なんとかしよう。それから、ヨークレイドさんに証人になってもらおう。この革カバンを開けて、みんなで調べよう。それがいいな。計画は決まった。急いで晩飯を食って、店の仕事をやり終えると、すぐに家に帰ったよ。

ドアを入って、革カバンを渡すようにカカアに言おうとしたところ、おれのカカアは急いで出迎えると笑って言いやがった。

『ハーディ、あんたはほんとに運が向いてきたんだね。おめでとさん』

おれはびっくりして、慌ててその理由を聞いたね。

おれのカカアは、笑って言うんだ。

『あんたの店は、今日が開店だったよね。そんでもって三千ポンドの大金が急に湧いて出たんだもの、大きいじゃないか。おめでとさん』

おれはまだわからずにいたが、その理由を聞いて思わず大いに恨んだね。おれのカカアは、もとが無知な村の女だ。金が命でね。おれは、さっきあいつに革カバンを渡したんだが、あいつはおれが行ってしまった後で、なんとかそれを開けたらしい。三千ポンドなんて大金がふいに転がり込んだのを見たというわけさ。そのほかに貨幣で百ポンド少しと十数シリングあった。動揺し、欲望がすぐに燃えあがったらしい。おれにこの金をくすねて自分のものにするように強く迫ったよ。ああ、こんな金なんか、どのみち他人のもんじゃねえか。おれはこんな汚い金を欲張って自分のふところに入れたいわけじゃないし、ましてやおれの主人のものなんだぜ。おれの主人はおれにとてもよくしてくれたよ。おれは感謝しているんだ。それに報いることができないのを恨んでもいる。そんな金をくすねるわけがねえ」

四十三

「おれは、カカアの頼みをきっぱり断ったよ。そいでこの革カバンを勝手に開けるんじゃない、と責めてやった。おれのカカアは、それを聞くととても恨んだ。しかも欲ばっちまって、そばでつべこべとうるさくしゃべりやがって止まりそうもない。相手にしなかったら、おれのことを罵倒しやがった。おれは大いに怒ったね。それでけんかして、ひどいにらみ合いだ。そのとき、おれは怒っていたしびびってもいた。

なんで怒ったかって、カカアがおれの命令をきかなかったからだ。勝手にこの革カバンを開けやがって。びびってたのは、いつの日かバレて、他人から信用されなくなることだ。考えなしだったのを後悔したよ。こんな重要な物を、バカな女に渡してしまったからな。しかし手遅れだ。

そこで急いでこの革カバンを取り出すと、紙幣を全部調べあげた。もう十一時になっていた。しかし、おれは怒りのあまり、ますますいらつき、我慢できなくなった。おれの肝玉はもともと大きいから、深夜だったが荒野の中を一人で行くことにした。怖いことなんかありゃしない。自分でこの革カバンを持って、自衛のためにピストル一挺を持ち、夜中アシッドレイ村へ向かって出かけることにした。通りはもう寂しくなって人の声も聞こえない。たぶんほとんどの村人は寝ているだろう。

ああ、ホームズさん、どう思われますか。その夜出かけたら、途中で危ない目に遭うことになろうとはね。おれがすばしっこくなかったなら、今ごろはこの三千ポンドの革カバンを、あなたたちの前に出すことはできなかったでしょうよ。おれは、今でも考えるとぞっとする。

おれは、そのとき腹の虫がおさまらないまま出かけて、まったく注意していなかった。村を出て、おれのあとをつけてくるやつが一人いることに初めて気がついた。振り返ったが見えない。ただ、黒い影が道の左側に伏せているのが見えたような気がする。この時間、ここでおれをつけてくるやつがいるなんて、おれには不利じゃないかって怪しく思ったね。おれは一人で真っ暗な夜中に歩いている。おまけにこんな重要な物も持っている。どう考えても危険じゃないか。急いで十数ヤードを行って、また振り返った。そうすると、そいつはもっと速く、飛ぶように後ろをついてくるんだ。とても困って歩きながら考えた。立ち向かう方法を考えて、急に頭をあげて前の道端につったっている大きな木を見た。計略をひとつ思いついて、猿みたいにすばやくその木に登って、枝分かれしている所に身を隠した。高いところで待ち受けたんだよ。しばらくしてそいつはやってくると、おれを探しながら後ろを気にしている様子だ。おれを見失ったのがとても不思議らしい。おれは黙って考えた。何もしないで敵を待つか。やつに捕まるか、それともこちらが出ていくか。その後ろを不意に襲い、先制することにした。計画が決まった。革カバンは木に引っかけておいて、高い所から一気に飛び降りた。急いで手をのばしそいつの首を捕まえた。大声で問い詰めてやろうとしたときだった。ちょっと振り返ると、思いもよらず、黒い影がちらと動いたのが見えた。二人目の人間が近寄ってきていたんだ。しばらくは、慌てちまってどうしようもない。そいつの仲間か、あるいはそれ以上のやつかもしれない。こっちは一人なんだから、かなうはずがない。逃げるに限る。ということで力まかせにそいつを溝の中に放り込んだ。急いで革カバンを取ると、背を向けてとにかく走った。数分して、初めて危険から逃れたと思ったね」

四十四

そのときのハーディは、身振り手振りをまじえて説明し、姿が見え声が聞こえるように巧みに描写し続けた。私は思わず声を失い、笑いそうになった。あの夜に聞いたこと、見たこと、さまざまな言葉、さまざまな情景すべては、結局のところ二人の心から出た誤解だったのだ。そのことがようやくはっきりと理解できた。ホームズを見ると、うなずいて微笑んでいる。私が遮ってしゃべらないように、目で制した。そこで私は笑うのを強くがまんして、静かに聞いていた。

ハーディは、すぐに続けて話した。

「おれは、着くとすぐにヨークレイドさんの部屋へ行った。この革カバンを渡し、すべてを説明した。ああ、意外にもヨークレイドさんは、これを見ると、突然好奇心を起こしたようだった。おれも急におもしろくなって、二人で腕を振り回したね。功績を相手に譲るなんてことも考えたよ。

ヨークレイドさんが言うには、この革カバンをミドルサンクス村の林の中で見つけたということは、この事件の犯人もきっとその村に潜んでいるに違いない、と。そうしてその村で一番怪しいのは、アデンの愛人パールメンだ。そいつは博打と遊びほうけるのが好きで、悪いことならなんでもやる。ゴロツキでじつに悪い若者だ。しかもパールメンの居場所があの林から近い。

ヨークレイドさんは、ホームズさんからも聞いていて、この事件は外部の人間がやったんではない、きっと犯人は男女二人だということになった。そこでパールメンが、まさしくこの事件の主犯で、アデンが内と外で連絡してこの事件を実行したと疑ったんだ。考えれば考えるほど、そう思える。おれとヨークレイドさんが二人で調べればすぐ捜査は成功する。そこでお互いの秘密にすることを約束した。ホームズさんにも知らせない。自分でこの犯人を捜査し、それでハイドさんを助け、おれたちの能力を見せつけるんだ。へへ、おれたちサイコーだね。

もともと探偵に詳しいわけじゃない。でも、探偵がやっているのをそっくりまねてみよう。探偵が探ることができない奇怪事件を捜査するんだ。なんとかできるんじゃないか。ということで毎日走り回り、力をつくし、神経が疲れた。けど、初めに予想していたのが、最後はことごとく意外なことになってしまって、今日になって能力は使い果たし、興味もなくなっちまった。そうして功績を相手に譲るっていう考えもまたなくなっちまった。この事件は全部誰かに頼もうと話しあった。それでこの革カバンを持って、ホームズさんのところにやってきたというわけだ。見聞きしたことをすべてを話せば、もしかしたらホームズさんにいくらかの助けになるかもしれないし」

ホームズは、タバコをくわえて黙って座り、ハーディが話し終わるのを聞くと、ようやくあくびをして、静かに口の中のタバコを吐き出した。私を見てにやりとして言った。

「ワトスン、どうだい」

私はそう聞いて、答えることができなかった。悔しいやら、恥ずかしいやら。ただ作り笑いをしただけだった。

今、ハーディが説明したことによれば、ハーディの人となりは、まったく誠実で情に篤く、尊敬に値する年長者である。私は、いくつもの賢くない行いで、みだりに疑っていた。後ろめたく恥ずかしく思った。そう考えると、ますますホームズの決断の明快さに心服するのだった。本当に先見の明がある。一方で、自分のまずい手腕には笑ってしまった。分かれ道に出ると、さらに分かれてしまい、さらにうろうろして分かれ道に入ってしまって終わらないのだった。私は今後、再びホームズと事件について論じないことにした。

四十五

ただ、密かに考えてもわからないのが、ホームズがかつて、この事件はハイド家の中の人間がやったと言ったことだ。ハイド家の人間は、ハーディであれ、アデンであれ、ヨークレイドであれ、以前疑いがかけられた人々は、今や全員疑いが晴れてしまった。ならば、そのほかに誰がいるというのだろうか。誰もいないではないか。まさか、ハイドが自分でやったわけではあるまい。考えれば考えるほど、ますますわからなくなった。

もうがまんができず、口を開いて質問しようとしたとき、ふと呼び鈴が聞こえたが、それがまた大きな音で、すぐに誰かが飛び込んでくると急に叫んだ。

「ホームズ君、突然申し訳ない。あの事件についてはやっぱりあなたに助けてもらわなくちゃならん。ホームズ君、手を貸してくださらんか」

見てみると、来たのはほかでもない、先日の自分で智恵があふれて英雄だと思っているスコットランド署の警察長ホレスである。いつもなら尊大ぶって平然とほかを見下すような表情が、今は一変してがっくりと頭をたれて意気消沈している様子だ。前に来るとホームズと握手をしおわった。恥ずかしそうに顔を赤らめ、にやりとして言った。

「ホームズ君、ハイドさんがいましがた釈放されたのを知っていますか」

たぶん取り調べの結果、確かに無罪であるとわかった証拠だろう。

ホームズは言った。

「なぜですか」

「私は初め、確実な証拠があるのだから、ハイドがきっとこの事件の犯人だと考えた。銀行へ行って金を引き出した老人と少年は、ハイドの仲間に違いない。ハイドがかわりに金を取りに行かせたんだ、とね。しかしよく考えると、どうもそうではないらしい。そこで昨日、私は捜査しにいってみた。結局のところ予期しないところで、ハイドは確かに無罪だという証拠を入手したんですな。

あの夜、ハイド宅が火を出す数分前に、ハイドは外出から帰ってきた。近くの村に老婦人が一人います。医者を呼びに行って医者の邸宅へ行った。途中でハイドに会ったが、彼はすでに酔っ払っていて目もくれなかった。それで老婦人は覚えていた。昨日彼女は、ハイドに会ったあと十分もたたないうちにハイド宅から火が出た、と間違いなく証言したんですな。そうすると、その十分以内に、ハイドがあんなにいろいろなことをできるわけがない。というわけで、ハイドは完全に無罪だということです。わからなかった自分が恨めしい。当時は、ハイド一人だけに注意しておりましたからな。ハイドこそが真の犯人である、とね。反対に、真の犯人を罪に問わないことになってしまった。今日になって、それが誤りだと初めて知ったのです。犯人は、すでに高飛びしてどこかへ行ってしまったかもしれない。もしも、私が捕まえることができなかったなら、スコットランド警察署の名誉はどうなりますか。ああ、私は、今まるで河で舟を漕いでいて、オールを折り、舵を失って、渦の中で回転しているようなもんです。自分で何もできない。どこに向かえばいいのか、もうわからなくなった。私は、あなたの言うことを聞かなかったために、今日の失敗をまねきよせたことをとても悔やんでいます。お許しのほどを。そうして私を助けてください」

四十六

ホレスが言い終わるのを聞いて、ホームズは言った。

「ホレスさん、そんなに悩まないで。ぼくたちの中で、捜査で失敗したことがない者はいません。あなたの過ちは、一つか二つ失敗したことにではなく、自信があまりにもありすぎるところにあります。ぼくのところにいらしたからには、ぼくは必ず手伝います」

言い終わると、首をもたげ壁に掛かっている時計をじろりと見た。長針がちょうど九時二十分を指している。ホームズはそれをしばらく見ていたが、ふと立ち上がると声に出して言った。

「すばらしいですね、諸君。今日、諸君は互いに約束もしていないのに、まるで予期したように同時にここにおいでになられた。それはむだではないと言えます。どうか諸君、期待してほしい。ぼくは、この二十分以内に、水が引いたあとで石が現れるようにこの事件の真相を明らかにしましょう。諸君にこの奇異な結末をご覧に入れます」

言い終わると、遠慮ない大声で狂ったように笑った。みなは、それを聞いて顔を見合わせ、突然のことにびっくりするばかりで、どう答えていいものかわからなかった。

ホレスが問うた。

「ホームズ君、冗談はよしてください」

「あなたは冗談だと言われるが、まさに戯れの芝居です。ロンドン全市の劇場のすべてが、この風変わりな新しい芝居を上演することはできない、とぼくは考えています。この事件の変幻自在で見るべきものが、今このとき、すでに近づいています。お待ちください」

ホームズは、言い終わるとあぐらをかいて椅子の上に座った。目を閉じ、タバコを吸って、何かを待っているようだ。全員が当惑して目を見はり、彼の顔を見たが、何もわからない。一時、部屋の中は静まり返って物音がしなかった。

遠くから、ガラガラヒヒンという馬車の音と馬のいななきが聞こえ、だんだんと近づいてきた。門の外につくと、はっきりと停車した音がした。ドアが開いて、人が突然入ってきて、首をのばしてうかがうように部屋の中を見た。よく見れば御者のようである。ホームズは、彼に向かってうなずいた。御者はただちに出ていくと、まもなく人が一人、階段をあがってくる足音がかすかにして、衣擦れの音がさらさらと聞こえ、来訪者が女性であることがわかった。彼女はドアのところに来て、片足をそっと部屋の中に踏み入れると、とてもなまめかしい声で言った。

「シャロン、いますか」

言い終わらないうちに、すっと首を差し入れると、部屋の中が客でいっぱいなのを見てひどく驚いた。

とても疑い恐れている様子だった。急いで細かく観察すると、入ってきたのは五十ばかりの老婦人である。頭髪は白髪まじり、体格は細く小さく、黒色の衣裳を着て、顔にはベールをつけている。その容貌をよく見ることができないが、ベールの外からかすかにうかがうと、その顔をよく知っているように強く感じる。以前どこで知りあったのか。さらに見ると、その人は目をあげて客達をざっとながめると、ますます震えておびえ平常心を失っている。さらに一歩を進めて部屋に入ると、すぐには引き返すことができなくなった。少しためらいそれ以上進めないで、木で作った鶏のようにぼんやりと立ったままだ。ホームズは、すでに立ち上がっており、声をかけた。

「お入りください」

婦人はまるで聞こえていないように、反応もせず動きもしない。

ホームズは、また前に進んで声をかけた。それで初めて婦人は夢から覚めたように、わかりました、といやいやながら応じたが、しかし足をあげるのもとても重い様子で、少しの歩みすらももう進めることができない。ようやく窓の前まで行くと、急に椅子の中に倒れ込んでしまった。顔色は真っ青で、はあはあえぐだけで一言も話さない。彼女が目を転じるあいだに、ホームズは不意にその前に直立し、手を伸ばしてそのベールを掲げると、突然叫んだ。

「ハイド夫人、お元気ですか。ぼくの失礼をお許しください」

言い終わらないうちに、続いてアーッという声が聞こえると、婦人は突然床にどうと倒れ、気絶してしまった。

四十七

そのとき、部屋の中は大混乱だった。アージェン、ハーディ、ヨークレイド、ホレスまでもが騒いで驚いて立ち上がり、そのそばに駆け寄った。支え助けあって、室内のカウチに横たえた。そのときの忙しく走り回り、驚き恐れる情況は、言葉では言い表すことができない。

一人としてこの事件について質問する者はいなかった。私は、このとき、まるで千にも百にも重なる疑いの心、驚きの波が湧き上がり、脳の中はたちまちあふれ満ち、ついには収納しきれなくなり、頭蓋骨を打ち破って出てきそうだった。

ああ、この婦人はなぜ来たんだろう。ハイド夫人は、殺されたのではないのか。殺されたハイド夫人が突然出現するとは、死んでから復活したのか。そうではなく、ハイドにはほかに第二夫人がいるのか。ああ、私は覚えている。間違いなく、あの婦人がやってきたのだ。彼女を前から知っているようなのだ。

私は思い出した。初めホームズと事件を捜査した日に、ハイド夫人の肖像を見たことがある。この婦人の容貌は、あの肖像とまったく同じなのだ。それなら、この婦人はやはりハイド夫人だ。するとハイド夫人が殺されたということは不確かになってしまう。しかし、ハイド夫人が死んでいないならば、死者は誰なのか。ますますわからない。何度も考え疑いながら信じながら、しばらくはぼんやりと我を忘れたようになっていた。

ふと、ホームズがそばで言っているのが聞こえた。

「ワトスン、婦人は気を失ったぞ。どうしてぼんやりしているんだ」

私はそれを聞いて、初めてびっくりして気がついた。慌てて奥の部屋に入り、薬を与えた。しばらくすると、彼女はようやく横になることができるようになり、意識が戻ってきた。下女に言いつけて看護させ、そうしてそっと退室した。

ホレスが質問しているのが聞こえた。

「この事件は、奇怪ですな。どういう原因で、どういう結果におさまるのですかな。これはまことに不思議中の不思議ですぞ。私は長く警察官をしているが、意外にも今日は五里霧中に落ち込んだように、目を見はっても見ることができない、足を踏み出しても歩くことができない。ぼんやりすればするほど、ぼうっとなる。この疑惑のかたまりは、ますます捕らえどころがないし感じます。この悩みを解消できる人はいないものか。ホームズ君、あなたはどのようにして解決しますか。この事件の詳細について、詳しく話しくださることを望みますよ」

ホームズは、ホレスを見てたずねた。

「ホレスさん、あなたはこの事件の本当の犯人を知っていますか。一体、誰でしょう」

ホレスは言った。

「わかりません。誰なんですか」

ホームズは、微笑んで奥の部屋を指さして言った。

「彼女が本当の犯人です。あの婦人と彼女が愛する人物ですよ」

ホレスが追いかけて質問した。

「彼女が愛する人とは、また誰なんです」

「ほかでもない、ハイド氏の妻の弟、すなわちハイド氏を訴えた原告のシャロンですよ」

ホレスは驚いて立ち上がって言った。

「シャロンですと」

再び首を振って言った。

「そんなわけありません。あなたは間違っていますよ。罪人が罪を犯すとしても、あえて他人を罪人だと訴えますかな」

ホームズは、落ち着いた態度で言った。

「そうである確実な証拠があるのです。間違いではありません」

「証拠とはなんですか」

「少し落ち着いて。慌てないでください。説明しましょう」

四十八

「ぼくがハイド邸におもむいて事件を調べたとき、初めてシャロンに会いました。初対面で、顔色や態度がおかしいことに気がつきました。しかし、姉が殺されたのですから、彼もあるいは姉のことをひどく悼んで、普通の態度を失っているのだと思ったのです。初めは、彼のことを疑いませんでした。

しかし、調査が終わり、建物の後ろで証拠物件を数種入手しました。それでほかの参考物件と互いに照らし合わせ、いろいろな有形の証拠があることから、さらに進めていろいろな無形の証拠を求めたのです。そうして、試しにシャロンの身体に照らして調べると、すべてが一致したのです。ぼくは、そこで初めて彼を疑うようになったのです」

そこまで言うと、ホレスがただちに口をはさんだ。

「それでは、その証拠はどこにあるんですか。なぜ先に見せてくれないのですか」

ホームズは、すぐさまふところから記録帳を取り出すと、最後の一ページを開けて、それを示して言った。

「すでにおおよそを箇条書きにしてあります。ワトスン、きみはそれを見て、ぼくのかわりに口述してくれたまえ」

私は、急いでざっと見たところ、以下のように記録してある。

(一) 樹木のそばに残されていた男性の足跡は、歩幅がとても広い。しかも触れた木の枝の高さは約六フィート以上あり、その身体が大きいことが十分見て取れる。ちょうどシャロンと一致する。

(二) 樹木のそばに残されていた、吸いさしのタバコは、確かにアメリカで購入したものだ。ロンドン市内で同じものは売っていない。シャロンは、アメリカからの帰国者だ。

(三) シャロンが吸っているタバコと、地面に残されていたタバコとふたつを比較すると、色、香り、味の三つがすべて一致した。

(四) 石の上に残されていた割れたガラスの小片は、近視眼鏡から割れて落ちたものだ。密かに調べたところ、シャロンがかけていた眼鏡は、そのレンズの度数がちょうど同じだった。

(五) 木に触れたときの勢いがとても強く、眼鏡をはたき落とした。顔に小さな傷がついてしまった。密かに調べると、シャロンの顔には、眼鏡の下の左目と眉毛の端のあいだに、明らかな傷跡が少しついている。血の色はまだ新しい。

そこまで読むと、ホームズは言った。

「これらは、みな有形の証拠です。さらに、いくつかの無形の証拠があります。ほとんどは、ハイド氏たちの口述から得たものです。証拠とするには不十分かもしれませんが、相互に参照すると調査がおよばないところを補足してくれるでしょう」

そうしてさらに一ページを指さした。そこには次のように書いてある。

(一) シャロンは、常軌を逸した性格をしている。おじに許されず、腹にすえかねてアメリカにおもむいた。ならば、その平素の人となりは想像することができる。
(二) シャロンは、一昨年の二月に帰国した。ハイド夫人はその頃から夫と反目しはじめ、昔日の愛情は一変した。そこでそそのかしたのは、本当のところ誰なのか。そこに着目せざるを得ない。
(三) ハイド夫人は、突然四千ポンドの旅費を求めた。アメリカ旅行に行くという。しかもハイド氏とは一緒に行きたくない。一人の若くか弱い女性が、夫も他人も連れず、単身で異国に行こうという。そういう道理があるだろうか。シャロンが主導してやらせているに違いない。
(四) 事件が発生した当日、ハイド夫人は、シャロンにその晩の九時に来宅するようにと約束している。しかし、シャロンは、その日の夕方に帰って、遅くなったので約束を実行せず行っていない、と言う。信用できるかどうか。疑わしい。

（五）ハイド宅で火事が発生したとき、すぐさまシャロンのところへ人を遣って夫人を探させようとした。半分も行かないところで、シャロンが警報を聞いて駆けつけている。ハイド宅はシャロンの居場所からほぼ一マイルも離れている。そこを来たとは、なんという速さか。消息を聞くのが神のようではないか。これが一大疑惑である。

（六）夫人の寝室が燃えて、夫人の形跡がなくなっている。シャロンは、夫人の弟であるにもかかわらず、事件発生当時は彼が発する言葉も聞かなかったし、急いで慌ただしく病気だと言って帰ってしまった。これはなぜだろうか。

四十九

ホレスは、見終わると目を見開いて話さず、頭をあげて何やら考えているようだ。

しばらくしてホームズが続けて言うのを聞いた。

「これらさまざまな疑わしい問題について、先程挙げたようにそれぞれ信用する価値のある実際の証拠によって証明することができます。ということは、シャロンがこの事件の真犯人であるに違いない。これで決まりです。事件当日、ぼくは、シャロンは姉を殺された人間にすぎないと決めつけていました。ところが、殺害するほうだったとは。あるいはおじを恨んでいたから、姉も恨んでいた。おそらく財産が原因で事件を起こしたに違いない。シャロンは職に就いておらず金を使い果たした。それで彼はアメリカから帰国すると、姉を極力けしかけそのかした。脅迫してその日ハイド氏の財産を求めたんだろう。そこからうまい汁を吸おうとしたが、欲望を遂げることができず、ついに姉を殺してしまった。そして財産すべてをまとめてさらっていった。これは、むろん想像ですがね。

ところが、ぼくがあの日初めのうちに想像していたのは、別のことなんです。殺されたのは姉ではなく、別の誰かわからない婦人である。しかも、彼の姉は死んでいないばかりか、一緒に逃げた。犯人の一人となったのです。これは、本当に不可思議な非常事態ではないですか。ああ、本当に奇怪です。

先に、ぼくはハイド邸から出て、いろいろな痕跡を調査しました。シャロンはおそらくこの事件に関係しているとわかり、そこでシャロンの行動を探ろうと思ったのです。昨夜の行為については、難しくはなくただちにわかりました。シャロン以外にもう一人婦人が手助けしているはずだから、それを調べました。もしもその仲間の所在を探り当てれば、一網打尽ですからね。取り逃がしはしない。そこでぼくの友人には先に帰るように言いました。

ぼくは、すぐに市中にでかけて古着を一式購入し、労働者に変装しました。シャロンの家の前に行くと、門の外をうろつきました。ふとガタンと音が聞こえると、門が開いて青い顔をした白髪の老僕が出てきた。ぼくはそれを見て急に計画をひとつ思いついて、急いで追っていき、たちまちその側を通りすぎ、さらに歩きながらポケットの中を探り、物を取るふりをして、半ソブリン金貨を誤って地面に落とした。知らぬふうを装って、そのまま行って振り向かない。老僕は、それを見るとぼくに声をかけてきました。

『ちょっと待て。お前さん、何か落としたぞ』

ぼくが歩みを止めると、彼は拾ってぼくに手渡した。ぼくは大いに喜び、再三礼を言い感激した様子を装い、その氏名をたずね、さらには市中の居酒屋へ誘いました。彼は初めは断っていたが、ぼくがしつこく誘ったので、ついには喜んでついてきた。飲みながら、ぼくはくどくどと世間話をするだけで、決してその主人のことには言及しなかった。酒がしばらくすすむと、彼は先に帰りたいと言い出しましたが、ぼくは承知しなかった。

彼は言いました。

『たぶん主人が起きて、わしを呼ぶかもしれん。おれは役立たずだから、応えないとな』

ぼくは、その機会を捕まえて問いました。

『あんたの主人は、病気なのか。どうしてこんな時間にまだ寝ていて起きてこないんだ』

彼は、首を振って言いました。

『いや、いや。おれの主人はな、昨日夜じゅう用事があって、疲れて今日の午後になってようやく戻ってきて寝たんじゃ』

『どんな用事なんだい。夜じゅう帰ってこないなんて』

『おれの主人は、昨日はひどくつらい目に遭うての。主人の姉さんが、この村のハイドさんの奥さんじゃが、昨夜火の不始末で、不幸なことに焼け死んだと』

『そうすると、あんたの主人は、全部を聞いて初めて夜に出かけたと。それで寝なかったと』

『いんや。昨日は、おれの主人は本当に忙しくての。朝起きると、すぐにロンドンへ行って、夜の八時半にようやく帰ってきた。帰るとまた出かけた。すると門のところに知らないご婦人が一人、慌ただしく入ってきて、ちょうどおれの主人と顔をあわせたものだから、そのまま二人で部屋に戻っていったのさ』」

五十

「老僕がそこまで言ったから、ぼくはゆっくりとたずねましたよ。

『その婦人は、綺麗かい。あんたの主人の友人だろうな』

『たぶん違うんでないかい。おれは今まで顔を見たことがなかったから。きれいではないし、着ているのは黒いの衣裳で、細くて小さかった。ただアメリカ訛りがあって、聞いてもほとんどわからんかった。部屋に入ってくると、おれの主人と長いこと言い争っての、帰ろうとはせん。それで主人は言った。

「今晩、友人と約束がある。もう時間になっている。行かないわけにはいかないんだ」

ご婦人の許しを待たずに、主人は急いで出かけたんじゃ。ご婦人は予期していなかった様子で、少しためらったが、すぐに門から勢いよく出ていって、おれの主人のあとを追っかけていったよ。それから後は、おれの主人は空が明ける頃になって、やっと帰ってきたな。おれらにハイド夫人のことをちょっと説明して、そのまま部屋に入ると、紙袋を持ってきて、慌ててまた出ていった。今日の午後になって、ようやく戻ってきたよ。これが、この一日と夜中におれの主人に起こったことだね。休む場所を見つけることができなかったから、少しも寝なかったんだろうよ』

言い終わると、立ち上がって別れました。

老僕が行ってしまって、ぼくは質問は十分だと考えました。

老僕の言うところによれば、シャロンが最初に出かけたのは、明らかにハイド夫人との約束だった。二回目の外出は、明らかに必要な物を取りに帰ったときだ。銀行に行って金を引き出す計画でしょう。ただ、わずかに気持ちがすっきりしないものがあった。そのアメリカ訛りの婦人です。シャロンと仲間であるなら、犯人の一人だ。だからシャロンを先に行かせた。下僕の疑惑を引き起こすから、一緒には行かずその後をつけていったんだろう。ただわからないのは、その婦人が何者で、どこに住んでいるかだ。ぼくは、全部を捜査しているわけではないから、シャロンを捕まえるのを遅らせ、その婦人と接触させるしかない。ぼくは、シャロンを調査し、シャロンの仲間の婦人の住所を調べなければならない。そうしてすべてをぼくの掌中に入れる。そう考えて大変満足しました。時計を見ると、すでに九時だったのでボーイを呼んで、晩飯を用意させました。

食べ終わらないうちに、ドアの外で足音が急にし、男がたちまち入ってきた。見ると、ほかでもない、ぼくのパートナーであるフェラーです。ぼくがシャロン宅に行く前に電報を打って、いつもぼくの事件を手伝ってくれるフェラーたち三人を雇っていたんです。ぼくがシャロン宅へ行き、周りを探したその後のことです。フェラーが急いで来たところを見れば、何か報告することがあるに違いない、とぼくにはわかった。すぐに立ち上がり、食事の料金を支払って、一緒にドアから出ると、フェラーは歩きながら話して言った。

『シャロンは目覚めてからすぐに、また出かけました』

ぼくは急いで質問しました。

『どこへ行ったのかね』

『わかりません。ステッキを手に持って、非常に急いで村はずれまで行ったんです。この村を出て、よそへ行くんじゃないでしょうか』

『早くぼくを連れていってくれ。急いであとを追うんだ。見失ってはならない』

『問題ないですよ。おれが報告に来るときに、ヨハンに尾行するように言いました。見失うことはないですから』

言い終わると、フェラーはぼくを案内して急いでいった。村はずれに来ると、ふと暗闇の中から手を叩く音がかすかに聞こえる。ぼくは、それが暗号であることを知っている。応じるとすぐに一人がすれ違っていった。よくその顔を見ると、ヨハンでした。彼が低い声で言うのが聞こえるだけでした。

『早く、早く。彼はステッキを持って前を行っている』

五十一

「ぼくはそれを聞いて、目をこらしました。はたして三十ヤードほど先に、黒い影がある。その動きは軽く速く、まるで風が吹くようにたちまち遠くへ行ってしまった。再びよく観察すると、その後ろ姿はやはりシャロンでした。フェラーたちを道端に立ち止まらせ、身体を低くして猿のように進んで、猛烈にあとを追いました。まもなく、ミドルサンクス村に入り、竹の垣根のあるあばら屋につきました。貧しい家のようだ。シャロンは門の外で急に歩みを止めると、振り返って左右を見た。人がつけてくるのを恐れているようだ。ぼくは急いで暗がりに隠れ、近寄ることはしなかった。彼はしばらくうろついてから入っていったが、ドアを叩こうとはせず、身をひるがえして部屋の後ろに回った。竹の垣根が少し切れているところから、急いで飛び込むと、そのままランプがぼんやりとともった窓へ直行し、中をうかがっている。ぼくはこれを目撃して、とても奇妙に思いました。彼は、深夜人の家に入って、奇異なことをしている。こそ泥のまねじゃあるまいし。ぼくがそろりと前に進み垣根を越えようとしたとき、一瞬で彼の顔が慌てふためくのがちらりと見えました。彼は、すばやくきびすを返すとひとっとびに垣根を抜け、またたくまに狂ったように出ていこうとしている。ぼくが下がって避けていると、真正面からぶつかりそうになった。ぼくは、ますます戸惑い振り返りました。ふと見ると、この家の庭に光る黒い影が立っている。ようやくわかりました。その人物がシャロンを驚かせたんですよ。ぼくはそこでよく見ないまま急いでシャロンの後を追った。このときのシャロンは、先に見たときとは大いに違っていた。心にやましいことがあるものだからびくびくしているのがわかりました。しょっちゅう振り返っている。オオカミが常に振り返っているのと同じで、恐れているのです。ぼくは、左右にすばやく動き気づかれないようにしました。やや距離をとり、しばらくついていくと、突然シャロンは道を曲がって狭い路地に入り込んだ。すぐ後に続くと折れ曲がり広くつながり、分かれて四方に出ていく通路でした。そうしてシャロンの足跡は、突然消えた。

そのときは、ぼくはがっかりしてふさぎ込んでしまい、どこに行っていいのかわかりませんでしたよ。だが、考え直しました。シャロンが盗み見ようとしていたのは、誰なのか。誰の家なのか。彼がこんな夜にあの部屋を盗み見たのは何のためか。もとの場所に戻って調べるのがいいと考えすぐにドアのところまで戻ると、ドアが突然開いて、たくましい身体の老人が出てきた。手には革カバンを持っている。

慌ただしく行ってしまうと、また一人の人物がそのあとをつけているのが見えた。その人物こそ、先ほど暗闇の中からシャロンを驚かせて走らせた人物にほかならない。その顔をよく見て、またひどく怪しんだね。ぼくの友人ワトスンでしたよ」

ホームズはここまで述べると、ふと転じてかたわらに座っているハーディに言った。

「ハーディ君、手に革カバンを持った老人とは、誰だと思うかね」

ハーディは、耳をそばだてて聞いていて、夢中になっていたところににわかにそう問われたので、しばらくは目を見開いて答えることができなかった。

ホームズは、大笑いをして言った。

「そう、きみだね」

ハーディは、初めてはっと気づくと、続いて恨みがましく言った。

「そうですがね、あなたたちがわしの後をつけたのは、一体何でですかね」

ホームズは言った。

「ほかでもない。ぼくの友人が君を調査しているときに、この革カバンを持って見せびらかしながら街を歩いたからだよ。それで誤解されることになった。その後、きみたち夫婦が口論したことや、ヨークレイド君と密室で交わした言葉など、考えれば考えるほどますます疑わしく、真実に思えてきた。つまり誤解の中に誤解が生まれたということだね。しかし、あの夜はぼくの友人はきみのためにとても困っていたよ。もしぼくが助けなかったらね、ぼくの友人も事故に遭うところだったし、またきみも誤解をしていたということだ」

五十二

みんなは、ここまで聞いてきて、全員が手を打って喜び微笑んだ。ただ私だけが、ちぢこまり不安だった。ハーディに申し訳ないと強く思ったからだ。そこでハーディに謝ると、ハーディは初めは怒っていたが、これも笑ってくれた。

ホームズは、さらに続けて言った。

「それから後、ぼくは密かにシャロンの家を見張りました。数日間は、シャロンはロンドン警察署に一度行った以外には、外出しなかった。そこへ来る人間も、疑わしい様子はない。ただ花売り女が一人、数回来たことがある。怪しいと思いませんでしたが、ある日、ぼくが見ていると門を入ったあと、ふところから何かを取り出して渡しているではないですか。見れば手紙です。彼女がここに来るのは、花を売るためではないことがようやくわかったんですよ。ほかの人物のために手紙を手渡している。ぼくの心はすぐぴくりと動いた。そこで花売りが出てくるのを待って、あとをつけました。辺鄙な場所に来たところで、金を与えて彼女に手紙を託している人物は誰なのか、と質問しました。彼女は、ぼくから金を受け取ると、すべてを話しましたよ。彼女に手紙を託してくるのは、来歴も知らない一人の老婦人だという。自分では、アニー夫人と称している。数日前、ミドルサンクス村に初めてやってきて、シャロンの家から遠くない空き家に借家住まいを始めた。住むのに満足していて外出はしない。ただ、彼女が花を売りにその家に行ったとき知り合い、手紙を託されるようになった。彼女はまた、アニー夫人の容貌についてとても細かく話してくれました。年齢は五十ばかりで白髪まじり、体格は細くて小さい。顔は端正だ。もっとも髪は全部が白くはないから、遠くから見れば、まだ三十歳くらいの人だ。ぼくは、それを聞いてとても喜びました。彼女の説明したのは、この罪を犯した婦人と同じだからです。一致しないのは年齢だけです。彼女は罪を逃れるために、白髪に偽装し、五十ばかりの老婦人を装っているだけではないのか。そこでさらに金を積んでこの花売り女を釣り、アニー夫人の挙動を密かに監視させることにしました。毎日午後、報告するためにぼくとそこで会うことにし、そのまま彼女についてミドルサンクス村に行くと、彼女はぼくにアニー夫人の家を示して行ってしまった。ぼくは、あたりをうろうろして、見張る方法を考えた。ふと上を見るとベランダに背の高さが四フィートくらいの白髪の婦人が、欄干に寄りかかってうつむいて庭の風景を見ている。急いで回り込みその前に出た。顔を見てひどく驚きましたよ。ああ、ぼくは見たことがある。かつて会ったことがあるような気がした。ぼくが知っている婦人について一人一人思い出してみた。だが、容貌が似ている人は一人もいない。おやおや、この婦人は、ぼくの脳内の記憶力をまったく一瞬にして失わせてしまった。本当に不思議なことです。

ぼくは、帰って一人部屋の中に座り、目を閉じて一生懸命考えました。「老婦」という二文字を手書きして、テーブルの上をほとんどそれで埋め尽くした。それでも思い出さない。そのときです。ふと彼女の髪の毛が本物でなかったら、と考えた。額から上がぼくの目を十分にごまかしたとすれば、ぼくはその上部をなぜ捨てないのか。そうして、額から下の顔つきを想像してみた。はっきりと比べる必要がある。眉から目へ、頬から口まで、鼻から下顎までを一通りありありと思い出してみた。突然、脳の動きが一瞬にして方向を変え、ひとつになって、はっと気がついたのです。あの婦人は、ほかでもない、一昨日に殺されたハイド夫人なのです。ぼくは、それより前に小さな肖像写真をちらと見たことがありました。初めは気にもとめていなかった。突然、老婦人に変わるということがあるでしょうか。彼女にだまされていた。では、ハイド夫人が死んでいないならば、一昨日の死者は誰か。聞かなくてもわかる。夜中にシャロンのあとをつけていたアメリカ人女性です」

五十三

「死んだ婦人の身体つきは、ハイド夫人とよく似ています。しかも火事のあとで顔か判別できず、ハイド氏もわからなかった。シャロンは、何の恨みか、何を憎むのかわからないが、あのアメリカ人女性をすぐに殺してしまった。あの婦人はどんな因縁か突然夜にシャロンのあとを追っていき、そうして殺された。その理由は、本当に想像も勝手に推測もできない。しかし、この事件の始まりは、ハイド夫人の殺害には違いないから、殺されたのがハイド夫人でない、またハイド夫人が生きているのだから、この事件は、たちどころにはっきりする。だからその全体もただちに解決する。そう考えると、思わず狂ったように笑って、立ち上がって出かけることにしました。あの花売り女がぼくを約束の場所で待っているからです。彼女はぼくに手紙を一通示して言いました。

『さっき、おらがあの家に花を売りに行ったら、彼女がまたおらに、手紙をシャロンに届けるようにと言った。おらは、まずあんたに見せてから、そのあとで届けるよ』

ぼくはその手紙を見ました。とても厳重に封がされている。なんとか開けると、次のような文面でした。

シャロンへ

私が今どのような情況であるか、あなたはご存じのはずです。私は、魂が驚いて飛び散りそうで、きもを冷やして裂けてしまいそうです。数日は、夜に出歩いています。今、荒れ果てた村に閉じこもっているのに、あなたは来てくださらない。私も行くことができない。一刻を過ごすのがまるで一年のように、なんと長いことでしょう。私は、一日でも早く身体を動かしたいですし、心は一日も早く安心したいのです。あなたが私を愛してくださるなら、どうか早く取りはかってください。

下には、「愛されている私より」と署名がありました。ぼくは、手紙の意味を細かく吟味しました。その最後の署名から、ようやく夫婦仲が悪くなり、彼女が突然ハイドに離婚を求めた理由がわかったのです。彼女は、早くからいとこのシャロンに思いをよせていた。彼に嫁ぎたかったが、その願いがかなわなかった。ついに部屋に放火して、夜にまぎれて逃亡しようという計画です。この事件の起こりは、きっと原因がここにある。あの死んだアメリカ人女性については、わからない。なぜ来たのか。なぜ殺されたのか。

そこでぼくは手紙を封筒に入れると、もとのように封をして、花売り女に届けさせました。そうして、もとの場所で待っていると、しばらくして花売り女がまた来ました。封書を手渡して、これはあの男の返書だ、と言いました。ぼくは開けてみた。するとその中で次のように言っていた。

私の最も愛する人へ

最近のニュースは、特によくありません。探って知ったのですが、ハイドは無事であるばかりか、夕方には出所するということです。私たちは、長くは持ちこたえられません。明日朝九時半、先にロンドンのチャリング・クロスの某ホテルに行ってください。会ったあとで、一緒に行きましょう。

シャロンより

ぼくは、読み終わると大喜びしました。すぐさま普通の便箋を取り出して、シャロンの筆跡をまねて手紙を一枚書いた。数語を書き換えたのです。

明日朝九時、先にロンドンのベイカー街第二十四号室〔原文のまま。正しくは二二一B〕に行ってください。会ったあとで、一緒に行きましょう。馬車で、時間通りに、間違いのないように願います。」

五十四

「書き終えると、封筒の中に入れ、そのまま花売り女に手渡しました。フェラーたち二人に命じて、密かにシャロンを見張らせたのは、逃さないためです。一方でヨハンに命じて、御者の扮装をして馬車を一台走らせ、朝八時十五分に行かせることにしました。彼女は、はたしてぼくの計略に引っかかり、不用意にヨハンについてくるかどうか。

この事件の最初から終わりまで全体を見れば、初めは金や財産から起こった事件が、たちまち変化して情愛になった。初めは死者だと思われた人が、たちまち変化して生きている。初めは謀殺されたと思われた人が、たちまち変化して殺人者となった。あまりにも奇異であり、とてつもなく幻想的ではありませんか。玄妙不可思議ですね。どのような結果となるのか。ああ、これがまた奇怪なのです」

ホームズが説明し終わると、みなは奇妙だと言って、手を叩かないものはいなかった。みな目を見開いて、一言も言葉を発することができない。そのとき、ハイド夫人がようやく目覚めた。私はブランデーを一杯、ゆっくりと飲ませた。彼女は飲み終わると、キラリと目を光らせて見た。みんながその前をかこんで立ちふさぐように集まって彼女をながめている。そこで彼女は再びきつく目を閉じた。フウフウと声はもらすが、しゃべろうとはしない。

ホームズは、前に進み安心させるように言った。

「夫人、この事件は夫人とは関係がないとぼくは知っています。ほとんどシャロンがやったことです。夫人、心配しないで。ただ、事件の顚末をお話しください」

夫人はその言葉を聞くと、目を見開いてホームズの顔をしばらく見つめ、なんとか質問をした。

「ならば、シャロンはどこにいるのですか」

ホームズはカマをかけて応じた。

「彼はすでに捕まりました」

夫人は顔色をますます暗くし、口をかすかに開いてしばらくのあいだため息をついていた。ふと顔をおおうと叫んだ。

「ああ、死にたい。そんなことになったのなら、何も言うことはありません。私は早く死ぬべきでした。

罪をすべてシャロンに負わすことはできません。私は本当のことを言って、彼と一緒に死にたい」

そこまで言うと、声はますます弱くなり、ほとんど続かず、彼女は冷たい水を求めて数口飲んだ。続けて言った。

「本当のことを言います。私が、ハイドに嫁いだ当時、すばらしい結婚だ、とみなが考えました。ですが、私には災難としか思えませんでした。なぜなら私と私のいとこシャロンは、幼いときから同居し、長じて一緒に学び、耳と鬢が触れあうように親密な仲だったからです。私と彼のあいだの愛情は、年とともに大きくなるばかりではありません。水を乳に投入するように、漆をニカワに投入するように、早くも合体し再び二人を離すことができませんでした。当時、はっきりしは言いませんでしたが、彼と私は結婚するつもりでした。彼と私のほかには、お互いを満足させることができる人はいませんでした。ところが私の父が頑固だったので、シャロンは些細なことで腹を立て反抗しました。まるで仇敵のようにシャロンは急に去りました。際限のない抵抗をしたのです。ついに私との結婚はなかったことになり、私はシャロンを捨て、ハイドに嫁ぐことになりました。ああ、私が今そう言うのも、痛みをともないます。これは私の一生の恨みです。しかし、後悔したところで、間に合うものではありません」

五十五

彼女はここまで語ると、ため息をつき泣き続けた。しばらく休んで、ようやく続けて言った。

「シャロンは、そういうわけで、腹にすえかねてアメリカに行き、数年がたちました。私の父が没してから、ようやく旅支度をして戻ってきたのです。

私はシャロンと会い、以前のことをあらためて話題にし、感情が一途に深まったのでした。ぼんやりとした数年間は、まるで夢のようです。

ああ、人生が貴重なのは、意志通りに生きられるからです。私には愛する人がいましたが、嫁ぐことができませんでした。そうして私は絶対に愛さない人に嫁いだのです。ついに私の身には、志に適う日が一日たりとも永遠になくなってしまったのです。生きていても、死んだほうがましでした。これが、私とハイドとの仲がうまくいかなくなった理由です。離婚を求めることに決めたのですが、ハイドは決して同意しませんでした。そこで旅行をするという口実で、旅費の四千ポンドを要求しました。シャロンとアメリカへ行くつもりでした。しかし、ハイドはこれも許しません。お互い強く反目しあうようになりました。

あの夜、九時を過ぎ、シャロンが私のところへ来ました。私たち二人は、アメリカへ行かないのなら別の国にこっそりと向かい、安楽の場所を別に探そうと相談しました。ついに私たち二人は、仲良く飛び立つという願いを持つようになりましたが、シャロンは多くの金を蓄えることができないのを心配しました。生計をたてる資金がないのです。私は、そこで、ハイドが持っている現金と銀行の小切手帳一冊をたばねて、シャロンに渡しました。明朝金を引き出し、どこかへ行って私を待って一緒に行こうというわけです。よく考え議論しようやく決めました。ところが、意外なことが突然振りかかってきたのです。

部屋のドアが突然ガタンと開き、一人の婦人がそろりと入ってきました。顔は青く筋肉を赤くしてひどく怒り、指を私たち二人の顔に突きつけると、アメリカ訛りで口早に叫ぶのです。くり返し罵り、言葉はせっぱ詰まっているようですが、理解できません。私は、そのときそれが誰なのか知らずとても恐れ戸惑いました。シャロンはというと、その婦人を見ると急に顔色が大きく変わり、ただちに腕まくりをすると、犬が吠えるように言い争いを始めました。

その婦人は、ほかでもない、シャロンがアメリカに行ったあと、二年目に娶ったアメリカ人女性だったのです。ことのあとでシャロンが話すのを聞いて、私は初めてそれを知りました。その婦人はとても醜く、性格もまたねじ曲がっていました。シャロンに嫁いだあと、しょっちゅう口げんかになり、シャロンは愛想をつかしたのです。イギリスに帰ってからは、もう連絡はとりませんでした。ところが、なぜか彼女はその日ロンドンに到着すると、シャロンが私に会いに来る前に、後をつけてシャロンのところまで来ていたのです。シャロンは、長く彼女にまとわりつかれましたが、追い払う方法がありません。口実をもうけてそこを出ると、慌ただしく私と約束したところへ来ました。ところが、どうしたことか、彼女はシャロンのあとを密かにつけていたのです。私の部屋へ直接やってくると、窓の外から耳をそばだて、私たちが出立する相談のすべてを聞きました。嫉妬に燃え、怒りをほとばしらせ、一気に私の部屋に入り込むと、激怒し罵り騒ぎ叫び、騒ぎ声が窓の外へ突き抜けたのです。私たち二人の内情をみんなにばらす、という勢いでした。シャロンはますます窮地に追い込まれました。彼女の口をふさぎ、声を立てさせないようにしたのですが、彼女は手をあげて抵抗し、叫び声はますます激しくなりました。私は、そのとき驚きが強すぎて気が狂いそうになりました。悪魔に会ったように、彼女の後ろに飛び込んで、力まかせに両手を抱えました。シャロンを助けようと思ったのです。けれど、白い刃が横切り、鮮血が四方に飛び散ったのがその瞬間見えたのです。彼女の身体はぐったりとして倒れました」

五十六

「シャロンは、追い込まれていましたから、その勢いで激しい怒りをぶつけたのでしょう。彼女の口をふさぐことがうまくいかず、ついに身につけていたナイフを抜き、力まかせに首のところを刺しました。ああ、私はその場にいて、その情景を見たのです。私の全身の血液はにわかに冷たくなりました。私の身体も彼女に巻き込まれ、二人ともに倒れてしまいました。そうして、私は精神が少し落ち着くと、初めて哀切きわまりない声をあげました。私は叫びました。

『あなたはなぜこんなことをしたのです』

シャロンは、凶暴な笑い方をして言いました。

『いいんだ、いいんだ、殺した方がよかった』

私は言いました。

『もしハイドが帰ってきてこれを見たら、どうなるの』

『こうなったからには、恐れることなんかない。この場を切り抜けるためには、急いで火をつけ部屋を燃やすしかない。形跡を消すんだ。あとで死体が発見されたら、みんなお前が自分の火の不始末で部屋と一緒に燃えたと思うさ。今後は、反対にお前は逃げて名を隠して地方へ行けば、あとを追う者はいないだろうよ』

私はそれを聞いて、そのほかにはこれといった方法がないと考えました。それで急いで薪を集めると、灯油を注ぎ火をつけました。火が燃え上がったので、急いで二人して出ました。ドアは後ろ手に閉め、塀を回って建物の後ろから逃げました」

　ここまで述べると、ホームズが急に質問した。

「すると塀の足元に燃え残っていた船マークの葉巻は、夫人が残されたものですか」

「そうです。私が偶然そこに捨てました」

「ぼくの最も理解できない問題がひとつあります。シャロンが残した血のついた紙は、確かにハイドさんの日記から破り取られたものですか。まさか、シャロンはハイドさんに罪を着せようと早くから考えており、あらかじめこの狡猾な手段を準備して、ハイドさんを陥れようとしたわけではないですよね」

「いえ、いえ、それはシャロンとは無関係です。私がやったことです。私も初めはハイドを陥れるつもりはありませんでした。その朝、ハイドは起きるのがとても遅かったのです。朝食のあとも熟睡したままで、起きそうにありませんでした。私は先に起きて、たまたま旅行のことを覚えていて、シャロンを呼んで相談しようと手紙を書くことにしました。引き出しを開けて便箋を取り出そうとしたら、あいにくと切らしています。見るとハイドが使っている日記帳がテーブルの上に置いてありました。それでその後ろから一ページを破り取ったのです。さあ書こうとしたところで、書く前にハイドが目覚めたのです。私はハイドに見られたくなかったので急いでそれをポケットの中に入れ隠しました。そのあとです。ハイドとけんかをして、その最中にシャロンがちょうどやってきました。そこで会ってその夜に約束をしたものですから、再び手紙を書く必要がなくなったのです。そうしてその紙については、忘れておりました。あの夜逃げるときになって、指のあいだに血がついているのに気づきました。ポケットを探ると、中にあの紙がまだありました。そこで取り出しふき取ると、そのまま地面に捨てたのです」

ホレスはそれを聞くと、思わず膝を叩いて、嘆じて言った。

「おお、天下の不可思議という巧妙さは、そういうことを言うのですな。私は今後、臆断にもとづいて仕事はしませんぞ」

五十七

言い終わらぬうちに、ホームズはさっとホレスを止めてしゃべらないようにさせ、ハイド夫人が続けて説明するのを聞いた。

「私たち二人は、家を出たあと、深い草、密な林の中を奔走したのですが、とてもつらいものでした。おまけにあの果てしなく暗い夜ですから、何も見えず、足を出しても歩くことができません。茂みの中で何度かころびました。シャロンは眼鏡を壊して顔を傷つけましたから、林を出て脇道を行きました。とうとう村のはずれの小屋に到着しました。その小屋はもともとシャロンのものです。すでに空き家で長いこと閉めていました。私をしばらくそこに隠そうとしたのです。

シャロンは、再び帰っていって回り道をしてハイドの家に着きました。火はすでに消えていました。それでしばらく周囲を回って、病気だと言って帰りました。そのまま自分の家に戻ると、子供のときに喜んで遊びに使ったニセの白髪一式と子供の衣裳一揃いを持って再び私のところへ来たのです。

それぞれが変装しおわると、深夜ロンドンに行き、空が明けるとすぐさま預金の三千ポンドを引き出し、馬車に乗ってミドルサンクス村で下車しました。林に入ってしばらく休み、この村に家を一軒借りることを相談して決めました。私をしばらく住まわせ、彼の方はいくつかのことを処理し終われば、すぐさま私を連れて逃げることになりました。

どうしたことか、相談がまとまらないうちに、突然パンというまるでピストルを撃ったような音がすると、続いて狂ったように追ってくる者がいます。急いで見ると、驚いたことに、ほかでもない老僕のハーディです。私は、そのとき心臓はバクバクするし気持ちはビクビクするし、魂魄ともに飛んでいきました。私は彼が追ってきたのかと疑いました。すぐさま身を翻し革カバンを持ち逃げました。数歩も行かないうちに、足が茂った草を踏んでつまずいてころび、急いで起きあがって、さらに走りました。三千ポンドが入った革カバンを地面に取り落とすと、とっさに追いつめられて動けなくなり、それ以上持っていくわけにはいかなくなったのです。林を出て数百ヤードのところで振り返って見ました。ハーディがどこに行ったのかはわかりません。追ってはこないでしょう。そこで初めて、彼がここに来たのは、私が原因ではないということを悟ったのです。しかし、私は恐れておびえていたのです。ただ、あの重要な革カバンをなくしたことが悔しくて、急いでもとの場所に引き返しくまなく探しましたがありません。あの革カバンは、翼もないのに飛んでいったらしいのです。そこでしかたなく、二人で村に入り、私は家を借りました。つまり、私が今いるところです。私に、そこに隠れていること、外出しないことを言って、シャロンは慌ただしく行ってしまいました。

その晩の十時過ぎです。私はもう寝ていました。シャロンが息を切らして突然現れたのです。驚き恐れ、青くなって、しばらくしてようやく私に言いました。

『今日の夕方、あなたのところへ行こうとした。ただ、なくした革カバンのことを思い出し、もしかするとハーディが持っていったのではないかと疑ったんだ。そこでまず、彼の家に行って密かにうかがっているると、意外にも暗闇の中で伏せている人間がいる。黙って私の後ろをのぞいているんだ。幸い、私はすぐに察知したから、極力回り道をして来た。ようやく逃げ切ることができた』

そう言うと、私に約束しました。以後、彼は再び来ないし、私も行くことができない。他人の耳目を避けるためだ、と。さらには、数日間がまんするように、と私に言いました。一、二週間のあいだに、必ずほかの財産を金に換え、私を連れていく、と。それから後は、私は彼と数回やりとりしただけです。会ってはいません。昨日、突然ここで待つようにという彼からの手紙を受け取りました。ともに話しあって出発する、と。その手紙が、人を捕まえるための書状であり、私を拘束してあなたの檻に入れるものだったとは思いもしませんでした。ああ、なんと言ったらいいのでしょう」

言い終わると、彼女は手で顔をおおい、悲しみに沈んで、再び語ろうとはしなかった。

みなは、彼女の説明を聞き終わると、全員が部屋の外に退いた。しきりに議論しお互いに嘆息した。私だけが、なおカウチのそばに立ったまま、彼女に薬を飲ませようとした。彼女は、ふと私に願いを述べた。

「先生、口が渇いてしかたがありません。もっと水をくださいませんか」

私は承知した。私がきびすを返して部屋を出ようとしたその瞬間、彼女の震える声が聞こえた。

「ああ、死ぬわ」

その瞬間、私は異変を感じて急いで振り返った。彼女は、すばやく七インチあまりの短刀を取り出すと、のどに突き刺した。私は、狂ったように叫び、駆け寄って助けようとした。すでに手遅れだった。冷たく光る鋭利な刀は、一瞬で血に染まり、いい香りは消えて玉が砕けるように美人は死んだ。ああ、なんと悲惨なことだろう。

そのとき、みなは声を聞きつけて全員が集まった。ホームズはじだんだを踏み叫び、しきりにため息をついた。

そんな雑然と混乱したなかに、ふと一人の人物が飛び込んできた。見れば、ホームズのパートナーであるニコルだ。派遣されてシャロンを調査していた三人の中の一人である。ホームズに言った。

「今しがた、シャロンが逃げてしまったと聞きました。私たちは警察署の逮捕状を入手していません。逮捕できないのです。今、彼はウォータールー駅に向かっています」

ホームズは答えない。ホレスは跳び起きて言った。

「どうする。急いで追え」

ホームズは、笑って止めた。

「慌てないで。ぼくの手配はもうすんでいます。彼は、すでにカゴの中の鳥、網に入った魚ですよ。一時はどのように悠々としていようが、瞬時に捕縛されてしまう。あなたは、逮捕状を持っていくだけです。ウォータールー駅についたとき、あなたを案内する人がいますから」

その後、数日ならずして、ホレスがサウサンプトンから打った電報を受け取った。シャロンは、はたしてかの地の某会社汽船の埠頭で捕縛されたという。

華生筆記「(偵探小説)殺婦奇冤」全五十七回
『申報』光緒三十三年二月廿八日―五月十八日(一九〇七年四月一〇日―六月二八日)掲載

作品解説

以下の解説には、作品の核心に触れる部分があるため、本文読了後にお読みいただきたい。

上海のシャーロック・ホームズ　最初の事件

原題の翻訳は「(短篇小説)シャーロック上海訪問　最初の事件」。

冷血こと陳景韓(一八七八―一九六五)は江蘇松江県(今の上海に属する)の人。日本に留学もしている。『大陸報』の記者を経て、一九〇四年『時報』の主筆となる。のち、『小説時報』『婦女時報』『申報』などの主編をつとめた。

作品冒頭にある説明は、作者陳景韓の手になる。そこに出てくる『時務報』とは、日本に政治亡命する以前の梁啓超(広東新会県の人、一八七三―一九二九)が主編した上海の維新派雑誌である。英国、フランス、日本の新聞記事を翻訳して掲載した。英語は張坤徳が、日本語は日本人の古城貞吉が担当した。当該誌の海外翻訳欄に掲載されたコナン・ドイル作品は、以下のとおりである。

訳歇洛克呵爾唔斯筆記、張坤徳訳「英包探勘盗密約案(「英国探偵の密約盗難探査事件」)」(「海軍条約文書事件」"The Naval Treaty")第六―九冊　一八九六・九・二七―一〇・二七

訳歇洛克呵爾唔斯筆記（此書滑震所撰）、張坤徳訳「記傴者復讎事（「曲がった男復讐事件」）」（「背中の曲がった男」“The Crooked Man”）第一〇―一二冊　一八九六・一一・五―二五
滑震筆記、張坤徳訳「継父誑女破案（「娘を欺く義父事件」）」（「花婿失踪事件」“A Case of Identity”）第二四―二六冊　一八九七・四・二一―五・一一
訳滑震筆記、張坤徳訳「呵爾唔斯緝案被戕（「ホームズ殺害事件」）」（「最後の事件」“The Final Problem”）第二七―三〇冊　一八九七・五・二一―六・二〇

これらは、中国最初の漢訳されたホームズ物語であり、各作品が『ストランド・マガジン』に発表されてから数年で、翻訳されたことになる。日本でも明治時代にホームズ物語は紹介されているが、江戸川乱歩は「少なくともホームズの翻訳では向こう（注：中国）の方が進んでいた」（一九五七年）と評したことがある。そういう状況が、確かに存在した。

なお、この四篇より前に、同じ雑誌に張坤徳訳「英国包探訪喀迭医生奇案」という作品が掲載されている。しかしこれはホームズものではなく、犯罪実話報道のようである。

犯罪実話報道と、シャーロック・ホームズ物語を混在させている事実は、何を意味するか。

雑誌初出には、著者名として、コナン・ドイルの漢訳表示はない。「訳歇洛克呵爾唔斯筆記」は「シャーロック・ホームズの記録の翻訳」の意である。

うち二作品の著者とされているのは、ワトスンを音訳した「滑震《ファチエン》」で、これと上の犯罪実話報道を合わせて考えれば、中国において最初のホームズものは、実録として受け止められたのではないかと推測

される。短期間だがホームズは実在の人物だと考えられ、ホームズの活動をワトスンが筆記し、それをコナン・ドイルが小説に仕立てた、と理解されていたのである。さすがにこの認識けのちに訂正された。「滑震」はのちに「華生」と表記されることが多くなる。中国でシャーロック・ホームズものといえば、一般に「華生偵探案」と呼ばれることが普通になっている。「偵探」は日本語の「探偵」である。

中国では、華生（ワトスン）が筆記した事件簿という意味で「華生筆記偵探案」とすべきところ、どういうわけか、筆記が脱落して流布し「ワトスン（華生）探偵事件」と誤訳されて定着した。誤りであるという認識は、中国ではすでにない。シャーロック・ホームズを押しのけて「ワトスン探偵」という表題に中国人読者は慣れてしまったらしい。今でも、その題名の間違いに気づいていない中国人は多い。

梁啓超は、日本・横浜において中国人向けの政治雑誌『清議報』『新民叢報』を刊行した。彼は、小説のもつ影響力に注目し、中国社会を変革するために、中国最初の小説雑誌『新小説』を一九〇二年に日本で出版する。日本で創刊・刊行した小説専門雑誌が、なぜ中国で最初の雑誌になるのか。はじめから中国人読者を対象に想定し、全部が漢語で書かれているからだ。中国に送られ広く読まれた。刺激を受けた上海では、小説専門雑誌『繡像小説』『新新小説』『小説月報』『小説林』などが陸続と創刊されるにいたる。清末の小説雑誌創刊ブームである。

のちの北京大学教授・外交官の胡適が、十代で上海に出ていた頃、ちょうど創刊した『時報』について回想している。同紙掲載の小説を切り抜いていたことがあるくらい愛読したという。陳景韓（筆名・冷）と包天笑（筆名・笑）の活躍を記述している箇所を引用して翻訳する。

『時報』が出現して以後、「冷」あるいは「笑」が翻訳したり著述した小説が毎日掲載された。あるときには毎日、冷血先生の白話小説［古文ではなく口語で書かれた小説］が二種類も載っていたが、当時の翻訳界では確かにすばらしい翻訳だといえた。彼は時に、自分でいくつかの短篇小説を書いた。たとえば、ホームズが中国に来て事件を捜査するような話などだが、これも中国人が新型の短篇小説を作ったもっとも早いものだった。（胡適「十七年的回顧」『時報』一九二一・一〇・一〇初出（未見）、『胡適文存』二集巻三、上海・亜東図書館一九二四・一一初版／一九四一・三、十二版。四頁）

これを見れば、贋作ホームズは、贋作として認識されていることがわかる。

上海のシャーロック・ホームズ　第二の事件

原題の翻訳は「(短篇)シャーロックはじめての上海　第二の事件」。

冷血（陳景韓）の原題は「(短篇小説)歇洛克来遊上海第一案」。包天笑が書いているのは「歇洛克初到上海第二案」。「初到」部分が陳景韓の「来遊」とは異なる。ちいさな記憶違いだろう。

「支那」は原文のまま。「張園」は静安寺路にある、舞台をそなえた遊園地のことである。

包天笑（一八七六―一九七三）は江蘇呉県（今の蘇州）の人。改名して公毅。筆名は笑、天笑生、冷笑（陳景韓と合著）、秋星、釧影など。蘇州で『励学訳編』を出版し、『蘇州白話報』を主編した。陳景韓と『小説時報』を共同編集し、広智書局編訳所、時報、小説林編訳所などにつとめ、また学校で教鞭をとった。商務印書館編訳所に勤務したことがある。『婦女時報』『小説叢報』『小説大観』などを編集し創作翻訳を多数発表した。台湾から香港に移住し、そこで逝去した。日本に留学したことはない。日本語は、基礎を学んだあとは独学したらしい。欧米原作で日本語訳のある作品を重訳することがあった。

深く浅い事件

原題は、『深い浅い痕跡』。漢語で「深浅」と言えば、普通は抽象的な意味で「深さ」を指す。作品の内容から判断し、さらに原題を生かして日訳題名とした。

著者の鴛水不因人は、浙江嘉興の人（後述の欒偉平による）。詳細不明。以下の作品がある。

不因人「（短篇小説）青羊褂」『小説林』第九期　一九〇八・二

（英）亨利美士著、鴛水不因人訳『（冒険小説）険中険』科学会社、一九〇六

本作は、コナン・ドイルの著作であると長いあいだ考えられてきた。研究の先達阿英（本名銭杏邨、一九〇〇―七七）の誤記が原因だ。

阿英は編著「晩清小説目」（『晩清戯曲小説目』上海文藝聯合出版社、一九五四）の一四三頁に同書名をかかげ、つづいて、原本のどこにも表示がない「英柯南道爾著」（コナン・ドイル著）と明記している。シャーロック・ホームズが登場することから、阿英はドイルの原作だと推測したのだろう。阿英が「英柯南道爾著」と書いているのだから、原物にもそうあるはずだ。本作はドイルのホームズものだ、

と後の研究者は信じ込んだ。実物を探す人はいなかったらしい。

本作が贋作ホームズものであることは、原書を天津図書館で読んだ一九八四年に私は理解していた。それについての文章を書いたこともある（「贋作漢訳ホームズ」『中国文芸研究会会報』第五〇期記念号、一九八五。沢本郁馬名を使用。のち『清末小説論集』法律文化社、一九九二所収）。ゆえに、樽本編『新編増補清末民初小説目録』（中国・斉魯書社、二〇〇二）の該当項目（六二八頁）において、私は、阿英目録の誤記を指摘した。その後、『深浅印』に言及する論文は、私の知る限り書かれなかったように思う。

最近刊行された専門資料に『深浅印』の名前がある。任翔、高媛主編『中国偵探小説理論資料（1902-2011）』（北京師範大学出版社二〇一三・三）だ。その附録二「翻訳偵探小説目録（1869-1949）」の六〇一頁において、次のように記述される。

深浅印（The Adventure of the Second Stain）［英］華生筆記（柯南・道爾著）鴛水不因人訳述
丙午五月（1906）／1906.5　上海：小説林総発行所

「福爾摩斯偵探案」を示していないのは、たぶん原著で確認したのだろう。ところが、ありもしない「柯南・道爾著」を挿入し、原作名も追加して誤っている。明らかに阿英と先行論文を無批判に受け入れただけで、作品そのものは、読まなかったらしい。このようなことからも、中国の学界では『深浅印』が長期間にわたって、現在にいたるまでホームズものであると信じられているとわかる。

だから、欒偉平『小説林社研究』（上下　台湾・花木蘭文化出版社、二〇一四・三。一六九頁）に次のように書かれているのを見たとき、奇妙な気がしたものだ。

鴛水不因人は、浙江嘉興（鴛水は嘉興の鴛鴦湖）の人。『福爾摩斯偵探案深浅印』を訳した。多くの研究者がみな該書の英文原本を探し出すことができない。偽訳ではないかと疑う。

ここで欒偉平が書いている題名からして原著とは異なる。彼女は、執筆当時たぶん原物を見ていなかったのだろう。「偽訳」というのは、翻訳と偽った作品、という意味だと思われる。ならば、結局のところ鴛水不因人の手になる創作作品ということだ。しかし、欒偉平は、「訳した」と説明して、どうしてもドイル原作のホームズものにしたいらしい。

もっとも、欒偉平は著作の別のところ（三五二頁）で、『深浅印』に注をつけ樽本目録第五版によったと明記して「該書は贋作、Arthur Conan Doyle の作品ではない」と書いていることをつけ加えておく（なお、目録最新版は、二〇一五年にウェブ上で無料公開している）。

本篇は、中国の当時の時代と社会状況を背景にして書かれた作品だ。中国では現在も使用する差別語が出てくる。原文を尊重してそのまま翻訳した。

モルヒネ事件――上海のシャーロック・ホームズ　第三の事件

原題の翻訳は「（短篇）モルヒネ事件（シャーロック来中　第三の事件）」。

ケシから作られるのがアヘン。アヘンから抽出するのがモルヒネである。清朝はアヘン貿易を禁止したが、中国にアヘンを密輸する英国との戦争になった。一八四〇年のアヘン戦争だ。中国ではアヘン吸飲所を「煙館」と呼ぶ。「煙」は普通タバコを意味するが、アヘンの意味もあった。清朝末期の上海でも繁華街である四馬路には、青蓮閣、滬江第一楼、五層楼、四海昇平楼、南誠信など（『上海』）大小の煙館がひしめいていた。「禁煙薬」と翻訳した原語は「戒煙薬」だ。当然「タバコ」ではなく「アヘン」を指すことは文中に見えているとおりである。

隠されたガン事件――上海のシャーロック・ホームズ　第四の事件

原題の翻訳は「(短篇) ガン隠匿事件（シャーロック訪中　第四の事件)」。「ガン」と訳した原文は「鎗」。「槍」に通じる。鉄砲を意味するが、本作品は「煙槍」にかけてある。つまりアヘン吸引用パイプだ。パイプといえば漢語では「煙斗」とするのが普通である。漢語で鉄砲とパイプが同じだといっても、そのまま日本語に訳しては意味が通じない。ガンと雁首（キセルの頭部）に共通点をおいた結果である。

福爾摩斯《フウアルモス》最後の事件

原題の翻訳は「(探偵小説) ホームズ最後の怪事件」。

著者の桐上白侶鴻については、詳細不明。

訳述とあるが、明らかに創作である。原著の表紙目次は「福爾摩斯最後之奇案」、本文は「福爾摩斯之最後案」、柱、奥付は「福爾摩斯最後案」となっており、題名が表示場所によって異なる。清末の刊行物ではよくあることだ。翻訳では本文の題名を採用した。

最後に配した「序言」は、原文では冒頭に置かれている。ただし、すべてのネタがばらされているので本翻訳では末尾に移動させた。中国において序のたぐいは、もともとが文章の最後に配置するものだ。

この作品は中国の伝統的小説形式に外国のホームズ物語を押し込んでいる。とても珍しい作品だということができる。

伝統的小説形式とは、たとえば、「さて」ではじまり「あとのことを知りたくば、次をご覧《ろう》じろ」で終わるもので日本の読者には見なれないかと思う。中国では「旧小説」といい、名称からして近代小説と対比しているのがわかる。本作品は、過渡期に出現した。形は従来のもの（語り物）を採用し、内容に新しいものを盛り込む。見なれない形式だからこそ、違和感が生じる部分を含めておもしろい。

また、当時の印刷物は、句読点なし、カッコなし、改行なし、というのが普通である。会話がどこまでで、地の文がどこからはじまるのかは、文章の前後関係で判断する。翻訳ではカッコを使用し読みやすくした。

なお、ホームズを含めた登場人物名、また一部を除いた固有名詞のほとんどは、原作の雰囲気を伝えるためそのまま漢字を使用した。中国語に外国文学が翻訳される場合でも、外国を舞台にして、登場人物は中国人名に書き換えることがある。日本でもかつては同様のことが行われたのはよく知られていることだろう。本作において、創作した作者の意図を推測すれば、中国人が判別しやすく読みやすいように漢字を使って人物と場所を設定したのだろう。舞台の一部はフランスだ。しかし、出てくる人々は中国人にしか見えない。それらしいカタカナに書き換えては原文の妙味を生かすことにはならないと判断した。

底本についてひとこと。

翻訳に使用した版本には、欠陥が二ヵ所あった。そのうち一ヵ所は一葉二ページが破り取られ、ホームズが犯人をピストルで撃つ場面を含んでいた。どこにでもあるという作品ではないため、あきらめていた。ところが、国書日本語学校北京事務所よりその欠落部分をご提供いただき、完全なものになった。特に記して感謝します。

主婦殺害事件
原題の翻訳は「(探偵小説) 主婦殺害大冤罪」。著者名不記。

著者名を「ワトスン(華生)筆記」と表示するのは、筆者を匿名にするためだと思われる。もうひとつは、当時の中国にあったワトスン実在説を逆手にとったためである。

本作品は、中国人が贋作したホームズ物語というのが基本なので、中国風味を残すためにあえて原文を残した部分がある。

たとえば「ミスタ・ホームズさん」と訳した箇所は、重複するから普通はそう訳さない。原文は、「密司忒福爾摩斯君」とあり、「福爾摩斯」は「ホームズ」の漢訳で一般に使用されている見なれたものだ。「ミスタ(密司忒)」を生かし、「君」を「さん」と訳すことにより中国人がホームズを呼ぶときの奇妙さを出した。

作者の書き癖かもしれないし、あるいは、当時の中国人が外国人をそのようにいう習慣があった可能性も否定できない。そこから、中国人の外国人に対する屈折した心理を読みとることもできる。「ミスタ」を削除してそのまま「ホームズさん」にしてしまうと面白味がなくなるというのが私の考えだ。

二四四ページで「名はミスタ・マスクレイ、姓はハイド」と書いている。中国の一般読者は、西洋人の名前が名姓の順であることは知らない。作者の判断によって注釈を加えたと思われる。欧米人が作者であれば書きそうにもない箇所だ。「ミスタ」の使用と奇妙な組み合わせになっている。

本作の作者は不明だが、中国人だと考える理由をすこしあげる。

二四七ページに「私の妻は姓をエルムートといいます（余妻姓愛姆脱）」とある。中国では現代でも、女性が結婚しても姓は変わらない。いくらシャロンとの関係があるとはいえ、ハイド夫人の旧姓をここでわざわざ、しかも当たり前のように出すのは筆者が不自然だとは思っていないからだろう。

中国独特の慣用句が出現する。本作以外にもよく出てくる「水が引いて石が現れるように真相が明らかになる（水落石出）」という表現だ。あるいは三五三ページに「木で作った鶏（木鶏）」がある。ぼんやりしている、という中国での用語だ。小さな箇所に作者が中国人だと示す証拠がある。

また原文の「蘇格蘭署」「蘇格蘭警署」を翻訳して「スコットランド・ヤード」と書くことは容易だ。しかし、本稿ではあえて「スコットランド署」「スコットランド警察署」とした。作者が、どこあたりまで理解しているか不明だからだ。「倫敦警察署」を「ロンドン警察署」としたのも同じ理由による。

あとがき

はじめに

本書に翻訳収録したのは、中国人作家が漢語（中国語の意味）を使用して独自に創作し、中国で発表した、シャーロック・ホームズを主人公にする贋作（パロディ）である。

日本語翻訳にあたり、初出の新聞・雑誌、単行本の初版を底本とした。今まで漢語による類似の作品集が編纂刊行されたことは、中国を含めて世界のどこにもないはずだ。中国で編纂された贋作ホームズ作品集など、もとから存在していない。それには、理由がある（この点については後述する）。

本書であつかう作品の発表時期は、清朝末期（一九一一年辛亥革命まで）から、一九一二年に成立した中華民国後の民国八（一九一九）年あたりまで（民国初期という）である。略称して清末民初である。わざわざ「中国の」と書かないのは、清朝も中華民国も中国でしか成立しなかったからだ。日本でいえば明治時代後半から大正時代に重なる。

作品は、主として上海（アヘン戦争で英国に敗れて開港）に設置された租界、つまり外国租借地という特殊な場所において書かれて発表された。

中国人の手になるこれらの贋作ホームズが、ドイルがホームズ物語を発表した時期と同時代であることを指摘しておきたい。

発表媒体は、新聞・雑誌が主となる。新聞・雑誌はそれまでの中国には存在しておらず、近代印刷技術が、外国から上海に導入されて刊行が可能になり、印刷所を持った新聞社、出版社が陸続と創設された。新聞雑誌の繁栄がはじまる。それまでの知識人は、科挙の試験に合格して官僚になることが目標だったが、新聞・雑誌の出現によって筆一本によって生計を立てることが可能になる。新聞記者、専業作家の登場である。小説は、新聞雑誌に連載されるのが通常だが、いきなり単行本で刊行されたものもある。

さらにいえば、清末に西洋から流入した「探偵小説」という形式は、中国に昔からある伝統的な裁判もの、訴訟事件もの（公案〔裁判〕小説と称する。名裁判官包拯が活躍する『包（龍図）公案』は日本の創作「大岡政談」に影響をあたえたという）とは基本的に異なる。その新しい流れの中に、贋作ホームズが誕生した。

それらを総合して、中国においても、ホームズの贋作はいわば特異な創作探偵小説である。しかも、世界のホームズ愛好家とは基本的に無関係に、中国人が独自に書いて発表したとご理解いただきたい。贋作ホームズは、現代中国においてどのように評価されているか、というと現代の中国人は、自国の過去においてそういう豊富な創作探偵小説が存在していることを知らない。研究者は、知らないふりをするかまったく無視する。あたかも、中国人作家がイギリス人のドイルを模倣して中国流ホームズを創作したこと自体が、とても恥ずかしいことと思っているように見受けられる。

天津図書館にて

本書に収録した「深く浅い事件（深浅印）」に関連して、思い出すことがある。中国に長期出張していたときの話だ。文字通り中国文化を徹底的に破壊しようとした「文化大革命」後の一九八四年という昔の天津である。

天津図書館にかよって午前午後と蔵書を閲覧していた。その小さい閲覧室は特別で、一九四九年以前に刊行した図書を集めている。入室には、特別の許可を必要とした。その頃天津ではまだ珍しかった日本製の複写機が、事務所の別の場所に一台置いてあった。

閲覧室の係員に希望の書籍をわたしておけば、翌日には複写ができる。全ページと口頭で言うだけで複写依頼書など書いた記憶がない。一枚当たりの複写料金は、当時の天津の物価に比較するととてつもなく高価だった。中国人研究者が複写をしないのは、複写料金があまりにも高すぎたからだろう。複写依頼書がないはずだ。天津図書館で一日に大量に、それも中国人の平均月収（当時平均六十元、一元が日本円で約一五〇円だった）を超える大金を投じるのは、日本人の私ぐらいしかいなかったらしい。

ある日、閲覧室の責任者が私に質問した。「商売で複写しているのか」と。中国語はわかるが、言っている意味が、私にはわからない。研究のためだ、と説明したがその責任者は、理解したようには見えなかった。

後日いつもの通り、『深浅印』を含めた書籍を数冊、複写依頼に出した。すると、「複写はできない」という。理由をたずねると「規則だ」というだけ。複写を許可しないという「新しい規則」を日本人ひとりのために特別に作ったらしい。後年、上海図書館の所蔵本から複写を入手することができた。あの天津図書館で読んだのが、今から三十年前のことなのか。

中国人研究者は無視する

これらの贋作ホームズ物語が、中国の研究者からいかに無視されているか、最近の著作から例を示す。闞文文『晩清報刊上的翻訳小説（清末新聞雑誌の翻訳小説）』（済南・斉魯書社、二〇一三・五）だ。書名通り、新聞・雑誌に掲載された翻訳小説を研究対象とする。新聞の影印が出版され、マイクロフィルムが利用できるようになった最近だからこそ、なし得た研究だ。『申報』に連載された二作品、「主婦殺害事件」（本書収録）と「三捕愛姆生巨案」が掲載されている。ホームズを主人公にしている点で、翻訳作品であることを闞文文は疑わない。ホームズが登場すると、思考の回路が自動的にドイルの作品にしてしまい、贋作ホームズであることに気づいていない。だからこそ「翻訳小説」としてあつかっている。

中国における探偵小説研究

中国の学界では、全体の傾向として近代翻訳小説研究を軽視する。そのため研究が遅れていると、中国人研究者が今でも論文に書いている。

私が中国近代小説の研究をはじめた一九六〇年代後半は、翻訳研究を進めていた中国人研究者は、ほとんどいなかった。当時の中国大陸では、人間を含めてすべてを破壊しそうな勢いの「文化大革命」が進行中だった。だが、「文化大革命」終結後も、翻訳小説研究は停滞状態のままで変化はないように感じられた。日本文学の方面から漢訳小説に接近していた中村忠行先生が、一九七〇年代に「清末探偵小説史稿」を日本で発表したのが、日本と中国を通じてほとんど唯一の例外ではないか。先生は、阿英目録（本書「作品解説」参照）に記載された作品名を手がかりにして慎重に説明した。「ドイル物といふが、何れも未見であるので、何とも言へない」。残念ながら、中村先生は生前に実物を目にすることはかなわなかった。

中国では翻訳小説研究がなぜないのか。ながく疑問に感じていた。機会があって、私は著名な中国人研究者蕭相愷氏に翻訳小説研究の現状について質問したことがある。阿英目録を増補した人だ（欧陽健、蕭相愷編次『晩清小説目』補編」一九八九）。翻訳研究の実状にも詳しいだろうと考えた。

蕭相愷氏は、言下に断定した。

「翻訳文学は、中国文学ではない」

まさか、そのような言葉が返ってこようとは思いもしなかった。

なるほど、中国文学の専門家からは、翻訳文学は外国文学に見えるらしい。自分たちの研究対象ではないという考えだ。では、外国文学研究者はどうか。彼らにすれば、外国文学を研究するのが専門であって、漢訳された作品は研究の対象にならない。たまに論文を発表すると、郭延礼氏から、もっと中国文学を勉強してから書け、と注意されたりしていた。

もうひとつは、中国独自の歴史的背景がある。現代中国における小説研究にそれが反映されている。

その元をたどれば、一九一七年当時の文学革命運動がある。

この文学革命運動が、評価の分かれ目だ。実際には、それ以後も、贋作ホームズ物語を含めて多くの作品が書かれ翻訳されていて、読者から歓迎されたことがわかる。しかし、文学史では言及されることはない。

民初の一九一七年あたりから文学革命派による批判がはじまった。「ホームズ物語」はじめ多くの外国文学を翻訳した林紓《りんじょ》（福建福州の人、一八五二―一九二四）に対しては、文学的価値のない娯楽作品を大量に翻訳した、と文学革命派は大いに批判した。のちに鄭振鐸は、ドイル、ハガードなどの二流の小説を漢訳したと林紓を非難してもいる。一九二九年に曽虚白が、翻訳作品目録を編纂し刊行した。同書の凡例には、ハガード、コナン・ドイル、ルブランなどの三四流作家の作品は収録しない、と明言している。これが、研究者評論家たちの意識だった。

ドイルのホームズ物語は、同時代の中国人読者によって熱烈に歓迎されたのが事実だ。一九一六年には『福爾摩斯偵探案全集（ホームズ探偵事件全集）』（全十二冊）が中華書局より出版されている（樽本『漢訳ホームズ論集』汲古書院、二〇〇六参照）。評論家たちが無視する、あるいは力を入れて非難していることこそが、実際には盛大に読まれたことを逆に証明している。中華書局の『福爾摩斯偵探案全集』は、一九三六年には二〇版を刊行した。別人の翻訳によるホームズ物語全集も、一九三〇、四〇年代に数種類が出版された。

中国大陸で問題となるのは、学界で評論の主流を占めたのが、文学革命派だったことだ。各種の中国現代文学史を見れば、それが理解できる。探偵小説に触れられることはほとんどない。

一九四九年に中華人民共和国が成立した後は、情況が異なる。出版そのものが上から管理されるようになった。実物が印刷物のかたちで供給されない。

評論、文学史の分野では、かたよった方向がさらに鮮明になる。文学革命派の視点で研究は行われ、評論が書かれた。いわば「勝者の文学史」である。勝者からすれば、林紓が漢訳したホームズ物語など採り上げる価値はない。敗者に指定した人物の作品は、批判しか残されていない。ましてや、贋作となれば言及があると思うほうが間違い。

中華人民共和国において、それ以前に読者から大いに歓迎されていた大衆小説（漢語では通俗小説）は批判されるべき存在だった。「鴛鴦蝴蝶派」あるいは「礼拝六派」（『礼拝六』は毎週土曜日発行の雑誌）という蔑称を特別に強調しておとしめた。蝶よ花よ、とくだらない内容の小説群だという意味を込めている。その中でも探偵小説と恋愛小説が特に槍玉にあげられた。資本主義を象徴し体現しているかのような扱いをうけて非難されたのだ。中国大陸における探偵小説受難の時代だった。

一九六〇年代後半から現代中国で実行された「文化大革命」は、日本で考えられるような普通の文化運動とは違う。批判の矛先を小説作品そのものに限定しなかった。その作者、さらにはその子孫親戚、研究論文とそれを書いた研究者などの関連する多数の人々を徹底的に糾弾した。それには社会的な存在を否定し肉体への直接的実践を含んでいる。図書館は、関連書籍の図書カードをカードボックスから抜いた。閲覧禁止にしたのと同じことになる。蔵書目録には掲載しなかった。私は、天津図書館で「採録しない」と書き込んだ図書カードを見たことがある。中国共産党が有害だと認定した言論や作品は、「毒草」と呼んで禁止した。作品批判はあるが、自分でその作品を読んで確認することができない。論文とはいいながら、批判文の複写をくり返すだけになる。こういった事情は、日本ではたぶん理解されないだろう。あるいは今の中国でも、その実態は隠蔽される傾向がある。

毛沢東が一九六六年に発動し主導し、一九七六年彼の死去で収束した「文化大革命」から中国の学界が立ち直るには、時間がかかった。群衆出版社から漢訳ホームズ物語の一部が刊行されたのは、目録の上から見れば一九五八年だ。そのあと空白がある。『福爾摩斯探案集（ホームズ探偵事件集）』全五冊が同じく群衆出版社から刊行されたのが一九七八年からになる。ようやく出版許可が出たのだろう。探偵小説についていえば、中国大陸では空白の期間が長すぎる。いったん断絶した研究を、回復させるには時間がかかるのもしかたがない。探偵小説の見なおしも、私の記憶によれば、二十一世紀前後からようやくはじまったくらいだ。それも中国におけるホームズ物語の受容と中国人作家が創作した探偵小説を研究する段階にとどまっている。

贋作ホームズ

贋作ホームズを指して「偽訳」と説明する研究者もいる。創作の一種だと認定しているらしいのは、私の知る範囲内では、孟松『清末偽訳小説研究』（重慶・西南大学碩士学位論文、二〇一三）がそのひとつだ。ただし、その彼にしても「偽造訳作」などと称して侮蔑する。はなはだしくは、利益を追求するために偽訳をつくったとおとしめ、それらがもつ独創性を評価しようとはしない。

そういうわけで、中国人が創作した贋作ホームズに触れる人はいない。

本書に収録した作品は、中国の新聞・雑誌に掲載されたままで終わった。単行本も多くが初版止まりだ。新聞・雑誌に発表されたとき、基本的に誰も紹介（読書筆記、新聞広告は除く）しなかったし、評論もしなかった。単行本についても同様である。漢訳ホームズ物語が、版を重ねたのとは異なる。

深い。

のちの研究者も今の専門家も知らぬ顔をしている。専門家の見解をひとつ紹介する。

任翔、高媛主編『中国偵探小説理論資料（1902-2011）』（「作品解説」参照）という探偵小説の専門資料集がある。探偵小説を論じた文章を収録して便利な資料だ。附録として、探偵小説を掲載した雑誌目録、翻訳と創作の目録がある。ようやくこの種の刊行物が出てくるようになった。そういう意味で感慨深い。

そこで作品目録を見る。

陳景韓と包天笑のふたりが、新聞『時報』紙上で書き継いだ「上海のシャーロック・ホームズ」、あるいは劉半農、陳小蝶の「（滑稽小説）福爾摩斯大失敗（ホームズの失敗物語）」については、さすがに創作としている。

だが、「深浅印」「黄金骨」「福爾摩斯最後之奇案」「三捕愛姆生巨案」は、あいかわらずドイルが原作の翻訳に分類する。驚きはしないが、探偵小説の専門書としてはいかがなものか。

さらに、本書に収録した「主婦殺害事件」については、任翔らの目録には未収録だ。

以上を見れば、贋作ホームズ物語に注目する中国人は、いないといっていいだろう。中国人研究者の全員が無視し取り上げないから今の多くの中国人読者は、それが存在したという知識すら持ってはいないはずだ。だから、中国においては現在にいたるまで、作品集を編んで再度掲載するとか、評論文で言及するとか、学術論文の研究対象にすることはない。中国人自身が抹殺したも同然なのである。

私が提案するのは、贋作ホームズという中国人作家の手になる創作を再評価することだ。

上海で活動するホームズが、同時代の中国人からもてあそばれているということだけでも、独自の世界が構築されている。中国のみに存在した希有な創作作品群なのである。

おわりに

本書の刊行にこそ「意表之外」という言葉を使いたい。「意表」はすでに意外、予想外という意味だ。「意表をつく（出人意表）」のように使う。「意表之外」は外の外だから内になる。ゆえに漢語では間違いだとされている。

それはさておき、予想外のそのまた外側だと考えれば、超予想外でかまわない。予想外を強調する。だからこそ本書の刊行は「意表之外」だと言いたい。

中国において豊饒なホームズ受容の時代が過去に存在した。それを国書刊行会の佐藤純子氏が日本で再び発見されたことを喜ぶ。日本で、というのが重要だ。なぜなら、現代中国人読者の想像もできないことが、日本で実現したからだ。

謝辞：資料を提供された平山雄一氏、劉徳隆氏に感謝します。

樽本照雄

編訳者

樽本照雄（たるもと　てるお）

1948年、広島市生まれ。大阪外国語大学大学院修士課程修了。大阪経済大学名誉教授。博士（言語文化学）。

季刊『清末小説から』をウェブにて公開中（『清末小説』は第35号で終刊）。

編著書に『新編増補清末民初小説目録』（済南・斉魯書社、2002）、『清末小説叢考』（汲古書院、2003）、『漢訳アラビアン・ナイト論集』（清末小説研究会、2006）、『漢訳ホームズ論集』（汲古書院、2006）、『清末小説研究ガイド2008』（清末小説研究会、2008）など。

ホームズ万国博覧会《ばんこくはくらんかい》　中国篇《ちゅうごくへん》
上海《シャンハイ》のシャーロック・ホームズ

2016年1月20日　初版第一刷　発行

編訳者　樽本照雄

発行者　佐藤今朝夫
発行所　株式会社国書刊行会
〒174 0056　東京都板橋区志村1-13-15
電話　03-5970-7421　ファックス　03-5970-7427
http://www.kokusho.co.jp

装幀　長谷川じん（CMD+G Design Inc.）

印刷・製本　中央精版印刷株式会社

ISBN978-4-336-05991-8

落丁本・乱丁本はお取替えいたします。